KB027041

메디치
3

Volume III: La Malédiction des Médicis, L'ange de miséricorde
by Patrick Pesnot

메디치

파트릭 페노 장편소설
홍은주 옮김

LA MALÉDICTION DES MÉDICIS

3 : 자비의 천사

문학동네

일러두기

원주 표시가 없는 주석은 옮긴이주이다.

피에르 에르만에게

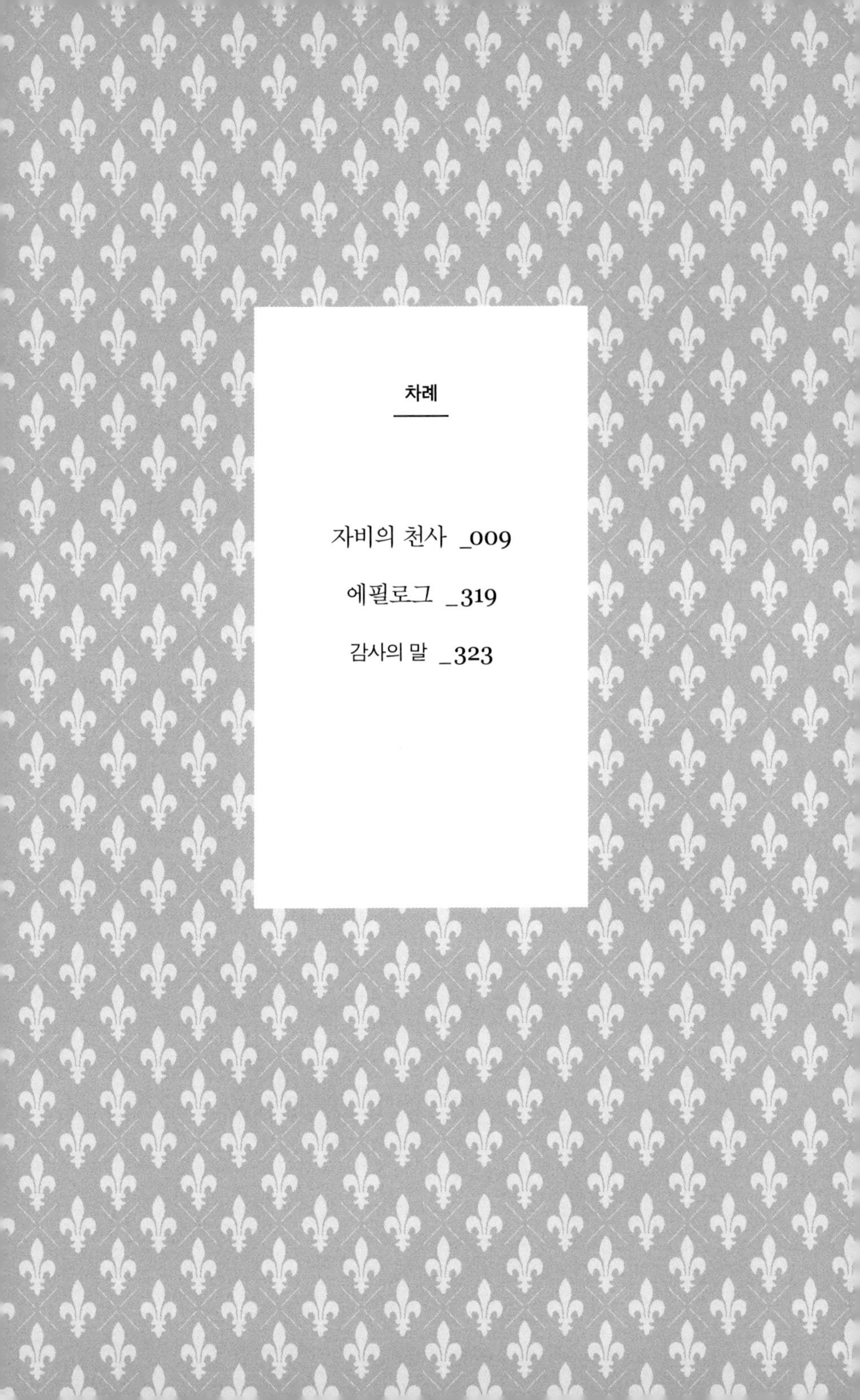

차례

1
1661

그녀는 훌쩍거리고, 발을 구르고, 딸꾹질을 해댔다. 그러다가 왕 앞에 무릎을 꿇고 간청했다.

"폐하, 자비를 베푸세요…… 절 구해주세요. 제발 이 끔찍한 혼담을 없었던 것으로 해주세요! 네? 폐하!"

루이 14세가 고개를 가로저으며 빙그레 웃었다.

"이 결혼엔 애초 그대도 찬성했을 뿐만 아니라 그것이 그대의 바람이라고 말했던 걸로 기억하는데."

"제가 잠깐 착각했던 거예요. 피렌체가 더없이 매력적인 곳인 줄 알았거든요…… 하지만 듣자 하니 그곳 궁정은 갑갑하고 음울하며, 제 짝으로 맺어주신 코시모란 사내는 우중충한 모친 비토리아 델라 로베레를 꼭 닮아 신앙심에 전 인물이라던 걸요."

"그대도 믿음 깊은 가톨릭교도가 아니던가, 나의 어여쁜 사촌이

여?"

마르그리트루이즈가 코를 틀어쥐었다. 눈물 뒤에서 눈동자가 팽팽히 빛났다. 루이는 그녀가 연극을 했을지도 모른다고 생각했다.

"그렇지요. 그러니까 폐하가 끝내 제 청을 거절하시면 세상을 버리고 수녀원으로 들어가겠어요."

왕이 웃음을 터뜨렸다.

"네가? 수녀원에? 말이나 되는 소리니? 네가 들어가는 날엔 수녀원이 통째로 거덜날걸."

왕은 자신도 모르게 어릴 때처럼 허물없이 말하고 있었다. 루이는 겨우 열여덟 살이었고, 사람들이 왕자님이라고 칭하는 그의 숙부 가스통 도를레앙의 딸 마르그리트루이즈는 막 열여섯 살이 된 참이었다. 예쁘고 당돌한 이 말괄량이 왕녀는 몇 시간이고 말을 달리기를 무엇보다 좋아했다. 말을 타지 않을 때는 스피넷을 연주하거나 책을 꽤 읽었는데 사실 썩 얌전한 처녀라고는 할 수 없었다.

그녀가 입을 비죽거리며 다시 애원했다.

"제가 그런 남편 때문에 눈물이나 흘리며 살기를 정말 원하세요? 그의 부친 페르디난도 2세 대공은 주님밖에 모르는 아내의 눈을 피해 미남 시종 브루투스 델라 모랄라와 사랑을 주고받는 한심한 인간이란 것도 좀 생각해보세요!"

"사내들끼리의 사랑은 피렌체 남자들의 전문 분야가 아니던가?"

"하지만 폐하, 장차 제 남편이 될 사람도 부친을 닮았으면 어쩌고요?"

"그렇다면 너도 애인을 듬뿍 만들어 즐겁게 지내면 되지."

젊은 왕의 얼굴이 심각해졌다.

"어쩔 도리가 없어. 계약이 이미 성사됐으니까. 그걸 깨는 건 약속 위반일 뿐 아니라 세상을 떠나기 전에 전력을 다해 일을 성사시킨 마자랭 추기경의 유지를 모욕하는 일이지."

"그 꼬맹이 공작과 잠자리를 나눠야 한다면 제가 몸을 파는 유녀와 다른 게 뭐란 말이지요?"

"왕녀의 몸은 자신의 것이 아니야. 왕국의 정책에 공헌하는 것이지."

마르그리트루이즈는 왕의 마음을 바꿀 수는 없다는 것을 깨달았다. 다시 말해 조만간 피렌체로 떠나야 한다는 소리였는데, 수녀원에 들어갈 생각 따위는 해본 적이 없었기 때문이다. 그녀가 몸을 일으키고 루이 14세를 똑바로 건너다보았다. 그러고 발을 구르며 말했다.

"만나보기도 전에 벌써 그가 미워요. 독실한 신자 행세를 하는, 평민 냄새를 피우는 메디치가에 대해서라면 아무것도 알고 싶지 않다고요!"

왕이 다시 웃음을 터뜨렸다.

"그들은 분명 상인과 은행가의 자손이지. 그래도 이미 교황 두 명, 프랑스 왕비 두 명을 배출했어. 네 할머니 마리아도 메디치란 걸 벌써 잊은 것 같은데."

"저하곤 상관없어요. 게다가 연대기 기록이 옳다면 그녀의 섭정은 한심했고요!"

그녀는 아무렇게나 절을 하고 젊은 국왕을 알현하는 루브르의 살롱을 떠나려 했다.

"마르그리트!"

그녀는 멈춰섰다. 루이 14세가 너그러운 눈길로 그녀를 바라보았다. 숙부 가스통 도를레앙이 딸을 그와 결혼시키려고 갖은 공을 들였다는 것을 그는 잊지 않았다. 그녀와 사랑을 나눴더라면 좋았으리라고, 어여쁘고 매력적인 사촌을 바라보며 그는 생각했다. 그러나 루이 13세와 마자랭은 그렇게 놔두지 않았다. 미래의 프랑스 국왕은 외국의 왕녀가 아니면 결혼할 수 없었다.

"마르그리트…… 네가 사촌 샤를 드 로렌에게 다정한 마음을 품고 있다는 건 알아. 남은 몇 주일을 그 아름다운 우정을 유지하는 데 쓰도록 해. 난 아무것도 모르는 걸로 해두지."

그녀가 눈을 내리깔았다. 이번에는 진짜 눈물이 눈앞을 부옇게 가렸다.

* *
*

결혼했다. 정말 결혼한 것이다! 하도 가볍고 태평한 기분이라 마르그리트루이즈는 그 사실이 믿기지 않았다. 대리 결혼은 루브르 예배당에서 거행됐다. 구이제 공작이 신랑의 대리였다. 상대도 없는 결혼식. 본인도 실감이 나지 않는 건 그 때문일까?

마차는 느릿느릿 움직였다. 평야는 끝도 없고 지평선은 침울했으며 길은 먼지투성이였다. 급기야 그녀가 창문을 두드리며 소리쳤다.

"내 말을 줘!"

그녀가 마차에서 뛰어내렸다. 마르세유까지 동행할 왕실 호위대장이 달려와 그녀가 말에 오르는 것을 도왔다. 토스카나 대공의 이름으로 이 결혼을 협상한 베지에의 대주교 봉시는 눈을 돌렸다. 그런 식으로 말에 올라타는 건 그의 눈에는 다시없이 정숙치 못했던 것이다.

마르그리트루이즈는 고삐를 잡고 박차를 가해 큰 보폭으로 출발했다. 싱싱한 봄바람이 뺨을 후려쳤고 아름답게 단장한 머리칼은 금세 헝클어졌다. 뒤에서는 호위대가 그녀를 따라오느라 애를 먹었다.

그녀는 날아갈 것 같았다. 팔딱거리는 짐승 옆구리가 허벅지에 닿을 때마다 쾌감이 느껴졌다. 샤를과 함께 지칠 때까지 말을 달리던 기억이 되살아났다. 그들은 사냥하고, 말을 달리고, 금지된 것이라면 뭐든지 어겼다. 달짝지근한 피로에 젖어 땅에 내려서면 기다렸다는 듯이 서로의 입술을 찾았다. '절대 당신을 잊지 않을 거야……' 둘은 뜨거운 눈길로 마주보며 속삭였다. '우린 미쳤어, 그렇지?' 그래도 그들은 서로를 향해 몰아대는 그 열정적인 광기를 사랑했다.

마르그리트루이즈를 데려갈 호위대가 퐁텐블로로 출발할 때가 되자 그들은 괴로운 마음으로 파리에서 헤어졌다. 왕이 퐁텐블로

성에서 그녀를 기다리고 있었다. 루이 14세는 사촌의 출발을 축복하기 위해 콜베르가 못마땅해하는 것도 아랑곳없이 금고를 축냈다. 륄리의 바이올린 선율에 맞춘 수상 퍼레이드, 몰리에르의 희극, 무도회, 불꽃놀이까지, 장장 나흘 동안 궁정은 토스카나 대공비가 될 왕녀를 축복했다. 마르그리트루이즈도 그 모든 관심과 배려의 한복판에 있는 것이 싫지는 않았다. 그러나 프랑스를 떠날 순간, 다시 말해 벌써부터 미워 견딜 수 없는 남편을 만날 순간이 시시각각 다가오고 있었다. 코시모 디 메디치! 그녀는 남편의 이름을 프랑스식으로 '코스므'라고만 부르리라 맹세한 터였다. 무도회에서 춤추는 사이사이에도 그녀는 아름다운 연인 샤를 드 로렌의 초상화를 끼워둔 우묵한 펜던트의 뚜껑을 몇 번이나 몰래 열어보았다.

몇 시간이나 말을 달려 생파르고성에 도착했을 때는 이미 밤이었다. 어찌나 기진맥진했던지 그녀는 말에서 내릴 때 실신 직전이었다. 하녀들의 부축을 받아 방으로 간 그녀는 식사도 마다하고 옷도 갈아입지 않은 채 곧장 침대로 몸을 던졌다. 푹 자고 나면 말끔히 잊을 수 있으리라. 그녀는 잠시 훌쩍거리다가 이내 깊은 잠에 빠졌다.

* *
*

기침이 터지고 얼굴에는 붉은 반점이 퍼졌다. 며칠 전부터 코시모는 앓아누웠다. 홍역이었다. 대공비가 사제들을 줄줄이 거느리고 아들의 침대머리로 바람처럼 달려왔다.

작고 둥글게 무르익은 몸매와는 어울리지 않게 얼굴만은 동안인 대공비 비토리아 델라 로베레는 사랑해 마지않는 아들의 교육을 볼룬니오 반디넬리라는 신학자에게 맡기겠다고 우겼다. 페르디난도 2세는 마지못해 허락했다. 애인 브루투스 델라 모랄라와의 낯뜨거운 장면을 들킨 이래 대공은 아내에게 말발이 서지 않았고 그 탓인지 국사도 종종 아내의 뜻대로 흘러갔다. 그 결과 피렌체는 크게 쇠퇴했다. 종교재판이 기승을 부리고 신부들이 행정과 국사를 제멋대로 휘둘렀다. 식견은 있지만 힘없는 군주 페르디난도 2세는 교회 권력과 바티칸의 의지에 몇 번이나 뜻을 굽혔다. 1630년과 1633년, 엄청난 페스트가 피렌체를 휩쓸었을 때 수도원을 개방해 병원과 격리소로 이용하려던 대공의 계획은 성직자들의 반발로 좌절됐다. 대신 그들은 믿음의 힘으로 '모리아'를 퇴치하겠다며 수많은 군중을 모아놓고 대대적인 종교 집회를 열었는데, 그 바람에 전염병은 몇 갑절로 퍼져나갔다.

그뿐만이 아니었다. 페르디난도 2세는 교황의 뜻에 굴복해 결국 갈릴레오 갈릴레이를 종교재판관들의 손에 넘겼다. 지구가 태양 주위를 돈다는 그의 혁신적 이론은 성서에 위배된다는 이유로 이단으로 판정됐다. 메디치가의 보호를 받던, 고령에다 병까지 얻은 당대 최고의 학자는 감옥에 갇혔고, 고문의 위협 앞에서 무릎을 꿇고 자신의 학설을 철회했다.

마지막으로 대성당 참사회원 판돌포 리카솔리의 참혹한 최후를 누가 잊을 수 있을까? 부도덕한 관계를 가졌다고 고발당한(분명 억울한 누명이었다) 그는 종교재판소로부터 산크로체 성당 망루에 산 채로 유폐당하는 형을 선고받았다. 대공은 그의 결백을 믿으면서도 또 굴복했고 형벌은 집행됐다.

여러 면에서 자신의 뜻을 관철시키지 못한 군주였지만 페르디난도 2세와 그의 똑똑한 아우 레오폴도 추기경이 예술을 보호하는 메디치가의 전통을 되살린 점은 인정할 만했다. 대공은 우피치 갤러리를 확장 개조하고 가문의 수집품인 회화와 조각을 다시 모아들였다. 피티 팔라초의 개조에도 착수해 두 채의 익랑이 신축되고 안뜰 이곳저곳에 새 건물이 생겼다. 이층에는 육십여 개의 호화로운 방이 늘어섰는데 벽과 천장 장식은 최고의 예술가들이 도맡았다. 대공의 팔라초는 전 유럽의 군주와 제후들의 부러움을 샀다.

말하자면 피렌체의 쇠락을 앞당기고 과거의 번영을 퇴색시킨 것에는 변덕스럽고 편협하며 사제들의 말만 듣는 대공비 비토리아의 책임이 컸다. 나란히 있으면서도 대화를 나누지 않던 대공 부부가 그나마 다시 가까워진 것은 프란체스코 마리아가 태어난 뒤부터였다. 장남 코시모가 태어나고 무려 십팔 년 후의 일이었다.

"내 아들…… 소중한 내 아들."

비토리아는 제정신이 아닌 것 같았다. 한 신부가 침대 발치에 무릎을 꿇고 손을 모았다. 대공비도 다른 신부들과 더불어 무릎을 꿇고 열렬히 기도하기 시작했다. 방안은 기도 소리로 떠나갈 듯했다. 고열에 사로잡힌 코시모의 몸은 덜덜 떨렸다. 그는 볼이 통통하고 눈빛이 대담하며 코가 크고 입술이 두툼한 청년이었다. 언제나 살짝 눈살을 찌푸리고 있는 이 청년은 인생의 즐거움도 모르고 음악도 시도 싫어하며, 과학과 철학은 사람들에게 불경스러운 생각을 불어넣는다고 믿는, 한마디로 꽉 막힌 성격이었다. 그는 수도사나 사제들에게 둘러싸여 있을 때에만 마음이 편했다.

대공은 아들의 우중충한 기질과 따분한 성격을 염려했다. 애초 아내의 뜻에 굴복해 아들의 교육을 성직자들에게 맡긴 것이 실책이라면 실책이었다. 하지만 결혼이라도 하면 아들이 좀 달라지겠거니 그는 내심 기대했다.

갑자기 긴 신음이 일어 기도가 중단됐다. 비토리아가 아들의 이마에 입을 맞췄다.

"아가, 넌 주님의 손안에 있다. 널 너무 빨리 데려가지 마시라고 기도를 올렸어……"

"기운이 하나도 없어요. 죽음이 절 데리러 올 거예요." 코시모가 앓는 소리를 했다.

"아니다, 얘야…… 분명 우리 기도를 들어주실 거야. 피렌체의 모든 예배당과 성당에서 미사를 드리라고 지시하겠다…… 커다란 목소리가 하나가 되어 주님께 올라갈 게야."

청년은 고개를 끄덕였다. 그러고는 격렬한 기침을 터뜨리며 몸을 뒤틀었다. 그의 존재 전체가 찢어지는 것만 같았다. 땀을 비오듯 흘리면서 그는 긴 베개 위로 쓰러졌다.

* *
*

마르세유 도착을 늦추기 위해 왕녀는 오만 가지 구실을 만들었다. 숙박지에 닿을 때마다 그녀는 여독을 풀고 싶다며 예정보다 하루만 더 쉬어가자고 졸라댔다. 그리고 덤으로 얻은 시간에는 숲에서 말을 달리거나 사냥을 즐겼다. 한번은 들판으로 산책을 간 왕녀가 새벽 두시가 되도록 돌아오지 않았다. 봉시 대주교는 발을 동동거렸다. 애초부터 시큰둥하던 그녀가 혹 도망이라도 쳤다면 대주교도 끝장이었다. 얼마나 공을 들여 성사시킨 혼담이던가? 마르그리트루이즈보다 참한 신붓감은 없으며 그녀가 어서 피렌체로 가 남편과 상면하고 싶어한다고 대공에게 큰소리를 쳐두었는데 어떻게 뒷수습을 한단 말인가?

마침내 왕녀가 싱그럽고 발그레한 얼굴로 돌아왔다. 대주교는 한숨을 뱉으며 가슴을 쓸어내렸다. 새가 둥지로 돌아왔으니 비로소 그도 눈을 붙일 수 있으리라. 그러나 마르그리트루이즈는 그를 붙들어 앉히고 수행원 둘과 자신의 모험담을 시시콜콜 늘어놓았다. 왕녀는 동이 틀 무렵에야 그를 놓아주었다. 말괄량이 왕녀는 결과적으로 한나절을 더 번 셈이었는데, 그날 정오가 넘어서야 일어났기 때문이다.

수행원이 전갈을 갖고 들어왔을 때 마드무아젤(사람들은 여전히 그녀를 이렇게 불렀다)은 몸단장을 하던 중이었다.

"그분이 오셨어요."

그녀는 바로 알아들었다. 샤를! 정말 왔을까? 가슴이 거세게 고동쳤다. 그녀가 하녀들을 닦달했다.

"빨리! 얼른 끝내!⋯⋯ 뭘 그리 꾸물거려?"

한 하녀는 머리를 땋아 정수리에 얹었고, 빗과 헤어 아이론을 쥔 다른 하녀가 관자놀이로 떨어지는 머리를 곱슬곱슬하게 말았다. 또다른 하녀는 석 장의 속옷치마를 내밀었는데, 은밀한 곳을 감추는 속옷, 그 위에 겹쳐 입는 또다른 속옷, 그 모든 것을 다 덮는 마지막 속옷순으로 겹겹이 입어야 했다.

마르그리트루이즈는 콧바람을 내뿜으며 마지막으로 거울을 들여다보고 빨갛게 달아오른 뺨에 분을 살짝 발랐다. 그런 다음 달려 나갔다.

"내 사랑, 내 소중한 사랑⋯⋯"

여행용 복장에 장화를 신고 옆구리에 칼을 찬 샤를 드 로렌은 고개를 숙이고는 그녀의 손을 잡아 입을 맞추었다. 어린 아가씨는 그의 품으로 뛰어들고 싶어 몸이 떨렸다.

"이리 와!" 그녀가 말했다.

그들은 5월의 따스한 햇살에 잠긴 성의 안뜰로 나갔다.

"꿈은 아니지?"

"도저히 참을 수가 없었어⋯⋯ 말을 두 마리나 바꿔가며 단숨에 달려왔지."

그가 조금 목소리를 낮추고 내처 속삭였다.

"널 꽉 껴안고 귀여운 젖가슴에 입을 맞추고 앙증맞은 귓불을 깨물고 새하얀 목덜미에 입술을 묻고 싶어서……"

"그만해, 부탁이야. 나 실신할 것 같아."

그가 그녀의 손을 잡았다.

"다른 데로 가자."

그들은 정원 한구석으로 갔다.

"사람들이 어떻게 생각하겠어? 난 결혼한 여자야, 비록 남편이 아직 손도 안 댔지만."

샤를이 웃음을 터뜨렸다.

"내가 단둘이 얼굴을 맞대자는데 거절할 거야?"

"그냥 얼굴만 맞대는 거라면……"

"…… 입술을 맞대는 건?"

그는 말을 채 마치지도 않고 그녀를 끌어당겨 입술을 포갰다.

* *
*

마차 한구석에 처박혀 그녀는 울었다. 하늘도 같이 울어주었다. 아침부터 세찬 비가 퍼붓고 있었다. 짐을 미어지게 실은 수레와 마차 행렬은 진흙탕 속에서 느릿느릿 전진했다. 말들은 계속 미끄러져 제자리걸음을 했다.

남은 날은 하루뿐이었다. 애원도 하고 으름장도 놓아봤지만 봉시 대주교는 못 들은 체했다. 페르디난도 대공의 아우 마티아스 왕자의 갤리선들이 곧 도착할 마르세유에 예정대로 닿으려면 한시가 급했다. 대주교는 샤를 드 로렌이란 미남 청년이 위험 인물인 것을 직감하고는 더욱 서둘렀다.

마르그리트루이즈는 훌쩍거리면서 그와 함께 보냈던 애틋한 순간을 곱씹었다. 그들은 정원으로 빠져나가 뜨겁고 다정한 입맞춤을 나누었다. 그리고 애무…… 담장 가까이에서 키 작은 덤불숲을 발견하고 그들은 보는 눈을 피해 그 속으로 숨었다. 샤를이 한 손으로 코르셋을 풀어 젖가슴을 드러내고 다른 손으로 세 겹의 속옷을 더듬었다. 그 순간 그들을 부르는 소리가 들리지 않았더라면 그녀는 틀림없이 그의 것이 되었으리라. 사람들이 그들을 찾고 있었다.

샤를이 그녀를 안으며 속삭였다.

"언젠가 꼭 널 내 여자로 만들 거야!"

그녀는 서둘러 옷매무새를 가다듬었지만 얼굴의 홍조까지는 감출 수 없었다.

저녁 식탁에서 두 사람의 눈길이 부딪칠 때마다 그녀는 어김없이 얼굴을 붉혔다. 왕의 이름으로 동반한 앙굴렘 공작 부인은 사태를 눈치채고 한순간도 곁을 떠나지 않았다. 샤를이 떠날 때까지 그들은 다시는 단둘이 있을 기회를 얻지 못했다.

그녀의 몸은 아직도 달아올라 있었다. 그러나 연인이 일으킨 불꽃을 남편이 꺼줄 수 있을지는 의문이었다.

* *
*

일행이 마르세유로 들어서자 거짓말처럼 구름이 걷혔다. 때를 같이 해 수평선에 피렌체의 갤리선들이 나타나는 것을 보고 사람들은 행복한 결합을 알리는 길조라며 환호성을 올렸다. 마르그리트루이즈만 빼고.

배들이 정박 작업을 시작할 때 이프성에서 축포가 울렸다. 마르그리트루이즈는 갤리선들을 바라보면서 정말로 떠난다는 걸 실감했다. 그녀는 눈물은 그쳤지만 줄곧 초상이라도 난 것 같은 얼굴을 해 그녀의 평소 활발한 기질을 아는 주변 사람들을 불편하게 했다. 제일 큰 갤리선에서 작은 배 한 척이 떨어져나왔다. 번쩍이는 갑옷을 입은 사내가 햇빛이 쏟아지는 뱃전에 서 있었다. 남편을 대신해 그녀를 맞으러 온, 시숙부가 될 마티아스 왕자였다. 그 순간 마르그리트루이즈는 남편 코스모와의 첫 밤에 오로지 샤를 생각만 하리라 맹세했다.

이튿날 아홉 척의 피렌체 갤리선은 어린 신부에게 경의를 표하고 피렌체로 모셔가기 위해 파견된 대규모 수행단으로 북적거렸다. 토스카나의 군주는 장남과 프랑스 왕녀의 결혼이 얼마나 큰 명예인지 증명하고 싶었으리라. 마르그리트루이즈 한 사람의 시중을 들기 위해 고해신부 한 명, 시종장 둘과 시종 넷, 말 담당 시종 여섯, 하인 열둘, 거기다 또다른 시종들 한 무리가 배치됐다. 난쟁이도 셋 있었는데, 그네들의 익살맞은 공연을 즐기는 마티아스 왕자의 선물이었다.

마르그리트루이즈는 자신에게 쏟아지는 그 모든 호의와 찬사를 담담하게 받아들였다. 프랑스 왕녀로서 합당한 대우를 받는 것이 내심 싫지는 않았다. 그것은 그녀에게 닥친 큰 불행의 작은 위안이었다. 그래도 그녀는 아무런 내색을 하지 않았다.

* *
*

며칠 후 마르그리트루이즈는 리보르노에 내렸다. 그녀가 토스카나에 첫발을 딛는 그 자리에 코시모는 모습을 보이지 않았다. 그는 아직 홍역의 후유증에 시달리고 있었다. 마르그리트루이즈는 불쾌하기는커녕 남편과 대면할 순간이 조금이라도 미뤄진 것에 안도했다.

그곳에서도 그녀는 더없는 환대를 받았다. 길에는 양탄자가 깔렸고 집집마다 창문에 벽걸이 천이 장식됐으며 수많은 병사가 대공의 궁전 현관까지 그녀를 호위했다.

이튿날 일행은 피렌체로 가기 위해 길을 나섰다. 아름다운 풍경에도, 달아오른 자연이 내뿜는 향기에도 마르그리트루이즈는 냉담했다. 그녀는 이미 이탈리아의 것이라면 그 무엇에도 감동하지 않기로 작정한 터였다. 어디서나 찬사와 갈채가 쏟아졌지만 그녀의 표정은 무뚝뚝하기만 했다. 마침 몹시 무더웠으므로 그녀는 거의 부채 뒤에 숨어 있었다.

엠폴리 근처까지 왔을 때 남편이 암브로지아노의 저택에서 휴양하면서 그녀를 기다린다는 소식이 전해졌다. 그녀는 절망했다. 불과 몇 시간 후면 제물로 바쳐지는 것이다. 드디어 죽는구나, 라고 중얼거리며 그녀는 착한 새끼 양이 제단으로 끌려가고, 그곳에 칼을 들고 서 있던 남편이 양의 목을 베는 광경을 떠올렸다.

그는 현관 앞에서 그녀를 기다리고 있었다. 남편! 어정쩡하게 서 있는 오동통하고 요령 없게 생긴 그 청년이 '코스므', 남편이었다. 그의 안색은 창백하고 눈빛은 총기가 없으며 턱선은 흐물흐물했다. 그나마 봐줄만한 것은 곱슬곱슬하고 긴 밤색 머리칼뿐이었다. 정말로 천해 보여, 라고 그를 절대 사랑하지 않기로 일찌감치 다짐한 마르그리트루이즈는 생각했다.

앙굴렘 공작 부인이 손을 잡고 이끄는 대로 그녀는 천천히 계단을 올라갔다. 남편 앞에 다다르자 그녀가 고개를 숙였다. 그도 칼집 머리에 손을 올린 채 고개를 숙였다. 그렇다, 고개만 까딱 숙였을 뿐 인사 한마디 입맞춤 한번 없었다. 오로지 딱딱하게 예절을 갖추는 것 말고는 아무것도.

마르그리트루이즈는 그날의 남은 시간을 불안 속에서 보냈다. 코시모가 첫날부터 잠자리를 요구하지는 않을까? 공주의 주치의도 포함된 의사단이 모여 협의를 거듭했다. 청년은 나았다고는 해도 아직 허약한 상태였다. 너무 성급한 잠자리는 재차 건강을 해칠지 몰랐고 혹 감염의 원인균이 남아 있기라도 하면 아내까지 전염시킬 위험도 있었다. 간단히 말해 부부는 따로 자야 한다는 결정이 내려졌다. 그 사실을 전해들은 코시모는 조금도 낙담하는 기색이 없었고 마르그리트루이즈로 말하자면 깊은 안도의 한숨을 내쉬었다.

* *
*

날은 무덥고 만세 소리와 음악은 소란스러웠다…… 그녀는 피곤했다. 피렌체에 도착한 이래 연일 축제와 의식이 끊이지 않았다. 일 마니피코와 코시모 1세 시대 이후 백합의 도시가 이렇게 흥청거린 적은 없었으니, 그건 다 페르디난도 2세가 프랑스 국왕의 사촌을 며느리로 얻은 것을 열심히 자축하는 덕분이었다. 대공은 며느리에게 세심하고 상냥한 배려를 아끼지 않았다. 그 상냥함은 유행 지난 주름 장식깃 속에 파묻힌 침울한 얼굴이 풍기는 인상과는 사뭇 대조적이었다. 넓적한 이마, 우중충한 눈빛, 너무 긴 콧날, 두꺼운 입술, 거기에 길쭉한 얼굴형. 대공의 인품 또한 그 얼굴처럼 칙칙하리라 짐작해도 크게 틀리지는 않을 성싶었다.

6월 22일 새벽, 마르그리트루이즈를 데리러 온 마차가 피티 팔라초 앞에 멈췄다. 도무지 내키지 않는 결혼이었지만 그녀는 장차 자신의 처소가 될 팔라초만은 어느 정도 마음에 들었다. 팔라초 안을 메운 예술품은 하나같이 훌륭했고 보볼리 정원은 매혹적이었다. 그런데도 그녀의 얼굴은 좀처럼 펴지지 않아(그렇다고 눈부신 미모가 축난 것은 아니었다) 주변을 유감스럽게 만들었다.

그녀는 도시를 벗어나 결혼식을 주관할 잔 빈첸초 살비아티의 저택으로 안내되어 옷이 입혀지고 머리 손질을 받고 향수가 뿌려지고 보석으로 단장됐다. 양재사와 시녀들이 그녀를 에워싸고 재잘거리며 금실 은실로 수를 놓은, 다이아몬드와 눈물 모양의 진주가 박힌 무거운 드레스를 입혔다. 탐스러운 갈색 머리칼에는 레이스 망을 씌웠고 뺨에는 분을 칠했다. 다시 한번 그녀는 결혼식이 아니라 제물로 바쳐질 준비를 하는 느낌이었다.

늦은 오후가 되어서야 그녀는 다시 마차에 올랐다. 이탈리아와 프랑스의 귀부인들이 수행하는 가운데 그녀는 피렌체로 돌아왔다. 피아차 산갈로에는 극장식 간이 건물이 설치되어 있었다. 그 아래에 제단이 놓여 있고 제단 옆쪽으로 진홍색 벨벳이 깔린 로지아가 있었다. 길목에는 회랑과 개선문, 프랑스의 위대한 국왕들의 초상화도 늘어서 있었다. 발 디딜 틈도 없이 들어찬 착한 피렌체 시민들이 떠나갈 듯이 갈채를 보내며 미래의 대공비를 환영했다. 숨막히게 더웠는데도 마르그리트루이즈는 식은땀이 흘렀다. 저들은 대체 뭐가 좋다고 소리를 질러댈까? 그녀가 창녀처럼 몸을 파는 것을 축하하려고?

마차가 극장 근처에서 멈췄다. 검은 옷을 입고 값진 보석으로 치장한 코시모가 마차 문 앞에 나타났다. 그가 내민 손을 잡고 그녀는 마차에서 내렸다. 그녀는 두 사람의 손끝이나마 맞닿은 것이 처음이란 걸 깨달았다.

그는 그녀의 손을 놓지 않은 채 제단까지 이끌었다. 그녀는 그의 옆에서 몽유병 환자처럼 걸어가 쿠션 위에 무릎을 꿇었다. 피렌체의 성당들이 일제히 종을 울릴 때 사제가 입을 맞출 십자가를 그녀에게 내밀었다. 그녀는 그저 시키는 대로 움직일 따름이었다. 페르디난도 2세가 그녀의 머리에 왕관을 씌웠다. 종들은 여전히 시끄럽게 울어댔다. 사람들이 그녀를 일으켜 옆에 딸린 로지아로 데려가 금은 장식이 박힌 닫집 아래 놓인 커다란 안락의자에 남편과 나란히 앉혔다. 그녀는 구경이라도 온 사람처럼 자신의 결혼식에 앉아 있었다.

마르그리트루이즈는 조금씩 체념했다. 더위 탓이었을까 아니면 요란하게 귀를 때리는 소음 탓이었을까? 그녀는 남편이 자신을 가질 때 눈을 꾹 감은 채 연인만 생각하리라 재차 다짐했다. 앞에서는 가장자리 장식이 잔뜩 붙은 화려한 옷을 입은 신부들이 끝도 없이 강론을 늘어놓았다. 마침내 식이 끝났다. 그녀는 사람들이 예의 바르게 이끄는 대로 일어섰다. 연단 발치에 흰색 가마가 준비되어 있었다. 가마에는 은제 마구를 입힌 노새가 두 마리 묶여 있고, 노새 위에 꽃을 수놓은 옷을 입은 예쁜 아이 둘이 앉아 있었다. 서른 명의 장정이 진주 술이 달린 황금색의 묵직한 닫집을 가마 위에 펼쳤다. 그녀가 자리를 잡자 행렬은 대성당을 향해 움직이기 시작했다. 코시모는 메디치가를 상징하는 붉은색 제복 차림의 하인 백여 명에게 둘러싸여, 당당한 군마에 올라 일행을 선도했다.

산타마리아델피오레 성당은 햇빛 아래 보석처럼 반짝이고 있었다. 마르그리트루이즈가 술렁거리는 중앙홀 안으로 들어갔다. 코시모가 손을 잡아 제단으로 이끌었다. 십여 곡의 합창으로 이뤄진 테데움*이 끝나자 부부는 무릎을 꿇고 축복을 받았다. 대주교의 강론이 시작됐다. 왕녀의 귀에는 한마디도 들어오지 않았지만 강론이 끝나자 청중이 눈물을 닦는 모습은 그녀의 눈에 놀라웠다. 그녀는 아무런 감동도 느끼지 못했다.

행렬은 대성당을 떠나 축포 속에서 대공의 팔라초로 들어섰다. 화려한 피로연이 신혼부부를 기다리고 있었다. 기나긴 하루는 끝날 조짐이 보이지 않았다. 그녀는 전날 밤 거닐었던 보볼리 정원으로 달려가 숨고 싶은 생각이 간절했다. 분수는 신선하고 꽃과 초목은 향기로우며 밤공기는 달큼하고 조각상들은 새하얀 빛을 내뿜던 정원, 토스카나에 온 이래 처음으로 마음의 위안을 얻었던 그 정원으로.

* *
*

침대! 참으로 육중한 침대였다. 화려한 비단 닫집이 덮여 있고 보석을 박아 칠보 세공을 한 은빛 기둥이 그 닫집을 지탱하고 있었다. 마르그리트루이즈는 하품을 참으며 시어머니에게서 잠옷을 건네받았다.

---

* 라틴어로 된 감사와 찬송의 노래.

하녀들이 옷을 벗기는 사이 그녀는 초조해서 발을 굴렀다. 빨리, 최대한 빨리 끝내고 싶다는 생각뿐이었다. 치를 일을 치르고, 어서 자고 싶었다.

그가 나타났을 때 그녀는 이미 이불 속에 있었다. 그는 그녀가 볼 새도 없이 재빠르게 헐렁한 잠옷을 걸친 통통한 몸뚱이를 가볍게 움직여 촛불을 껐다. 그가 다가왔다. 그는 한마디도 없이 그녀의 옷자락을 걷어올렸다. 그녀의 온몸이 떨리거나 말거나, 그는 덤덤히 그녀의 그곳을 찾아내어 다리를 벌렸다. 그가 대뜸 들어와 몇 번 움직였다. 그녀는 아무것도 느끼지 못했다. 사람들이 호들갑을 떨며 장담했던 고통조차 없었다. 지친 남편이 일을 마치고 옆에 드러누웠다. 그러니까 겨우 그것이었다. 짧은 진동. 모기가 물고 간 정도의. 그녀의 입술 사이로 한숨이 새어나왔다. 별 볼 일 없는 이 남편 말고 샤를이 곁에 있었더라면 얼마나 좋았을까……

그녀는 연인을 생각하면서 잠들었다.

* *
*

망신스러운 그 사건은 즉각 온 궁정에 알려졌다. 그녀는 숙덕거리고 힐끔거리는 그 모든 피렌체인들이 미워 죽을 지경이었다. 그녀가 그들을 얼마나 업신여기는지 알기나 할까? 피렌체를 어떻게 생각하느냐는 한 궁신의 물음에 그녀는 "이게 프랑스에 있었더라면 조금은 더 마음에 들었겠죠"라고 쌀쌀맞게 대답했다.

발단은 완전한 실패였던 첫날밤으로부터 일주일 후, 두번째 잠자리를 같이한 그날이었다(코시모 3세가 여전히 몸이 좋지 않았으므로 의사들은 잠자리를 일주일에 한 번밖에 허락하지 않았다). 남편이 첫 밤과 똑같이 서툴게 일을 마치자 조금도 감흥이 없던 그녀가 아양을 떨며 말했다.

"내 신분에 비춰볼 때 아버님이 주신 선물은 좀 초라한 것 같아요……"

코시모의 눈이 휘둥그레졌다. 축제와 공연을 베풀고 결혼식을 치르는 데 5만 에큐 이상을 지출한 것 말고도 페르디난도 2세는 아름다운 보석들을 한아름이나 마련해주었다. 펜던트, 목걸이, 진주와 다이아몬드를 세련되게 세팅한 반지들. 한마디로 엄청난 보물들이었다.

코시모가 잠시 머뭇거리다가 대답했다.

"그 말은 수긍할 수 없소. 아버지가 인색했다고 생각하진 않아요."

"아뇨, 그걸로는 충분치 않아요."

그녀가 그의 눈을 똑바로 마주보았다. 젖가슴을 훤히 드러낸 채, 엄지와 집게손가락으로 한쪽 젖꼭지를 만지작거리면서 그녀는 생긋 웃었다. 유감스럽게도 남편은 그 매력적인 광경에 조금도 동요하는 기색이 없었다. 그녀는 김이 좀 빠졌지만 꿋꿋이 말을 이었다.

"내가 날마다 쓰는 왕관, 그 왕관의 보석을 내게 주면 어때요?"

코시모의 얼굴이 창백해졌다.

"그 보석은 내 맘대로 할 수 있는 게 아니오. 대대로 물려줘야 할 보석이오."

마르그리트루이즈가 가슴을 가리며 남편을 쏘아보았다.

"내 대접을 그 정도밖에 못한다 그거군요? 내가 프랑스 국왕의 사촌이란 걸 잊었어요?"

"그걸 어떻게 잊겠소? 하지만 그 보석으로 말하자면……" 코시모가 우물거렸다.

그녀가 남편의 말을 가로막았다.

"듣기 싫어요! 못난이 같으니. 토스카나 궁정은 정말 참아줄 수가 없어. 비참하고 쩨쩨한 당신네 도시에서 사느니 프랑스의 볼품없는 초가집에서 사는 게 천 배쯤 행복했을 거예요."

코시모는 아무 대꾸도 못하고 도망쳐버렸다. 자신이 터무니없는 요구를 했다는 것쯤은 마르그리트루이즈도 알았다. 그러나 메디치가에 팔려온 이상(그녀는 정말 그렇게 생각했다) 그들이 탐냈던 프랑스 왕가와의 결합이 얼마나 비싼지 톡톡히 가르쳐줄 작정이었다.

어느 저녁, 분한 마음 절반에 복수심 절반으로, 마르그리트루이즈는 귀한 보석들을 있던 자리에 돌려놓지 않았다. 그녀는 프랑스 수행원들에게 보석을 내주며 즉각 파리로 가 자신의 모친에게 맡기라고 지시했다. 입이 가벼운 이탈리아 하녀 하나가 이 일을 떠들었고, 메디치가의 병사들이 그네들을 쫓아가 잡아들였다. 며느리를 떠받들던 대공도 이 일에는 몹시 역정을 내며 앞으로 며느리를 철저히 감시하라고 지시했다. 사건은 궁정의 웃음거리가 되었다. 마르그리트루이즈는 얼마간 입조심을 하며 몸을 사렸지만 머릿속으로는 이미 또다른 복수를 궁리하고 있었다.

그 사건 이후 부부는 서로 말도 하지 않았다. 일주일에 한 번씩 찾아오는 밤의 만남은 냉랭하기 짝이 없었다. 코시모는 손자를 기다리는 부친을 위해 습관처럼 의무를 이행했고 일을 마치면 재빨리 자기 방으로 물러갔다. 그러면 의사들이 달려들어 부부의 잠자리가 그의 건강을 해치지는 않았는지 진찰했다.

어차피 사랑에는 흥미도 소질도 없었으므로 그는 아내에게 외면당하는 것이 조금도 괴롭지 않았다. 우중충한 그의 얼굴은 갈수록 우중충해졌다.

2
1661~1675

낭비. 걷잡을 수 없는 낭비, 낭비! 옷감, 레이스, 머리쓰개…… 최고로 우아한, 다시 말해 최고로 비싼 식기. 우중충한 시집 식구들의 낯빛을 더 우중충하게 만드는 데 그보다 간단한 방법은 없었다. 특히 사제들과 수군덕거리느라 늘 향내를 피우는 시어머니 비토리아의 얼굴은 우그러질 대로 우그러졌다.

며느리와 시어머니는 대뜸 상극이 되었다. 마르그리트루이즈는 하나부터 열까지 참견하는 시어머니가 질색이었다. 게다가 못생기기까지! 저 나이들어 쪼그라든 멍청하고 고약한 노파가 남편과 아들을 쑤석거려 '프랑스 며느리'와 틀어지게 만들 속셈이라고, 며느리는 속으로 욕했다. 시어머니는 시어머니대로 분별없고 변덕스럽고 정숙치 못한(아무 때나 서슴없이 하인들을 방에 들이다니!) 며느리라고 흉을 보았다. 그러나 무엇보다 대공비의 적의를 산 것은 낭비벽이었다. 드레스 한 벌 맞추는 데도 보통 사람 갑절의 옷감을 쓰다니 유별난 며느리가 아닌가.

마르그리트루이즈도 앉아서 당하지는 않았다. 수시로 시어머니를 깎아내리고, 그녀가 긴 세월 과부 아닌 과부 신세로 사느라 맺힌 한을 주위에 널려 있는 사제나 수도사와 푸는 게 아니겠냐고 넌지시 비꼬았다.

조용하지만 냉혹한 전쟁이었다. 시어머니가 며느리의 낭비벽을 부추기는 수행원 몇을 쫓아내자 며느리는 남편을 잠자리에 들이지 않는 걸로 응수했다. 하루라도 빨리 손자를 안아보고 싶은 페르디난도 2세는 안절부절못했다. 대공의 대사가 마르그리트루이즈를 찾아가 마음을 바꿔달라고 간곡히 부탁하기에 이르렀다.

그녀는 실컷 애달게 만든 후에 수락했다. 그러자 이탈리아인 집사들이 부지런히 그녀의 배가 도도록한지 납작한지 엿보고, 달거리가 찾아올 때마다 냉큼 대공비에게 보고했다. 그녀는 암탉 취급을 받는 것에 분통을 터뜨렸다.

메디치가에서 그녀가 괜찮게 생각하는 인물은 대공의 아우 조반니 카를로 추기경뿐이었다. 분방하고 놀기 좋아하며 입바른 소리를 잘하는 그는 가족 모두의 미움을 받았다. 그 점 또한 마르그리트루이즈의 마음에 들었다. 그녀는 숙부와 함께 보내는 시간이 즐거웠다. 대공의 수집품이 늘어선 방들을 나란히 거닐 때면 미학가요 달변가인 추기경은 작품을 하나하나 해설하고 그 내력을 들려주었다. 메디치가 사람들의 초상화가 걸린 바사리의 회랑을 걸을 때 둘은 특히 많이 웃었다. 추기경은 선조들의 얼굴을 흉잡고 그들의 악덕과 비밀을 시시콜콜 늘어놓았다. 마르그리트루이즈는 이야기에 사로잡혀 귀를 기울였다. 시댁 식구들의 파렴치한 면면은 들을수록 유쾌했다. 그 정도 방탕함은 프랑스 궁정에서는 다반사라는 걸 그녀는 말끔히 잊은 것 같았다.

얼굴이 새빨갛고 북통 같은 배를 가누느라 늘 숨이 가쁜 추기경은 당돌하고 예쁜 조카며느리를 아주 좋아했다. 그렇지만 조카며느리를 보는 눈길이 항상 순수한 것은 아니었는데, 그녀가 시어머니를 골탕 먹이려고 일부러 가슴이 훤히 드러나는 옷을 입고 나타날 때면 더욱 그랬다. 마르그리트루이즈는 모르는 체하고 추기경의 손을 잡고 보볼리 정원을 산책하며 조각상들과 정원 주변의 상쾌한 정경을 감상했다.

돌연 봄이, 싱싱하고 푸른 봄이 눈앞에 와 있었다. 추기경이 숨을 몰아쉬면서 벤치에 몸을 내려놓았다.

"친애하는 조카며느님, 내가 의사들한테 꾸지람을 들은 걸 아시나? 색色을 밝힌데다 폭음과 폭식을 계속한 바람에 빨리 죽을 거랍디다."

"의사들은 되는 대로 떠들어댈 뿐이에요, 숙부님."

"오, 아니라네! 그들의 말이 옳을 게야."

"그래서요, 생활양식을 바꾸기로 하셨나요?"

"무슨 말씀. 난 멋대로 다 하면서 예닐곱 달만 사는 걸 택할 테야, 지루한 목숨 몇 년 더 보존하겠다고 먹지도 마시지도 못하고 또……"

추기경이 말끝을 흐리며 조카며느리의 얼굴을 힐끔거렸다.

"하녀들의 치맛자락도 들추지 못하고! 그 말씀이시죠?" 그녀가 자연스레 말을 이어받았다.

"흠. 조카며느님의 정숙함을 모욕하려던 건 아니라오."

"전 결혼한 여자인걸요, 숙부님. 비록 남편이 남편답게 만족을 주지는 못하지만……"

"저런! 원인은 필경 우리 형님의 성벽이 유전된 탓이겠지."

"아니면 짐작하건대 잠자리에선 무조건 눈을 감고 치를 떨 어머니의 돈독한 신앙심이 유전된 탓이거나요."

추기경이 웃음을 터뜨렸다.

"불쌍한 비토리아! 형수는 성무일과서가 최고로 재미있는 책인 줄 알지. 실은 알맹이가 하나도 없는 책인데 말이야."

이번에는 마르그리트루이즈가 웃음을 터뜨렸다. 참으로 오랜만에 그녀는 행복을 느꼈다. 실은 그녀의 혈관에도 봄이 흐르고 있었다. 그날 아침 받은 샤를의 편지를 그녀는 가슴속에 품고 있었다. 그가 곧 피렌체에 온다…… 아름답고 도도한 샤를, 그리고 그의 입술에 묻어올 파리의 바람! 그가 갑자기 프랑스를 떠나야 한 데는 곡절이 있었다. 그에게 재산을 물려줘야 할 숙부가 그것을 국왕에게 팔았고, 샤를이 유산 강탈이라고 항의하자 기분이 상한 루이 14세가 왕국을 떠나라고 명령했던 것이다. 마르그리트루이즈는 유산 소동 덕분에 사랑하는 사촌과 재회하게 된 것을 속으로 기뻐했다.

* *
*

그녀는 초조해서 몸이 떨렸다. 그가 거기, 그녀가 사는 팔라초에 와 있었다. 관례에 따라 그는 우선 대공 부부에게 인사부터 하러 갔다. 그와 마르그리트루이즈의 관계를 아는 사람은 아무도 없었으므로 그는 환대를 받았다. 샤를 드 로렌 왕자는 프랑스 궁정에서는 총애를 잃었을지언정 숱한 훌륭한 계획, 특히 터키인들을 유럽 밖으로 몰아내겠다는 꿈을 품고 있었다. 페르디난도 2세는 너그러운 얼굴로 그의 이야기를 들었고 비토리아는 깊은 신앙심을 증명하는 그 계획들에 찬사와 격려를 아끼지 않았다. 그다음엔 대공의 장남 코시모도 방문해야 했다. 애가 달은 마르그리트루이즈는 결국 말 담당 시종을 사촌에게 보내 자신의 처소를 찾아준다면 큰 영광일 것이라 전했다.

마침내 그가 왔다. 시종이 물러나기 무섭게 그녀가 그의 근육질의 품안으로 뛰어들었다. 그녀는 사향 냄새가 살짝 섞인 연인의 체취를 들이마시고, 끝에 밀랍을 먹인 긴 턱수염에 뺨을 비벼댔다. 행복했다.

"샤를!"

그녀가 흐느낌과 웃음을 번갈아 터뜨렸다. 그는 그녀의 입술과 목덜미와 가슴에 입맞춤을 퍼부었다.

"너무나 지루했어!…… 헤어지고 백 년은 흐른 것 같아."

그가 그녀를 힘차게 끌어안았다. 그의 손이 젖가슴을 더듬었다. 그러자 그녀가 그를 밀어내고 똑바로 건너다보았다. 그 눈빛에는 흥분 이상의 것이, 너무 오래 억눌렸던 분노가 담겨 있었다.

"당신을 갖고 싶어! 날 가져요! 나한테 진짜 사랑을 가르쳐줘!"

샤를은 자신도 모르게 한 발짝 물러섰다. 그가 일으킨 소용돌이가 그를 삼키려 하고 있었다. 아무리 그녀를 사랑한다 해도 그건 너무 위험한 짓이었다.

그녀가 다시 그의 품으로 파고들었다.

"왜 망설이는 거야? 날 원하지 않아? 내가 당신 손길만 기다리는 게 안 보여?"

"안 돼, 마르그리트, 여기선 안 돼."

"당신 날 사랑하지 않는구나! 제발 부탁이야……"

그가 떼어내려 하자 그녀는 더욱 그에게 파고들었다. 결국 그녀가 울음을 터뜨렸다.

소란이 일자 사람들이 방문을 두드렸다. 샤를은 재빨리 옷매무새를 고쳤고 마르그리트루이즈는 흐느끼면서 드레스룸으로 달려갔다.

* *
*

샤를 드 로렌은 피렌체 궁정을 단번에 사로잡았다. 그는 숱한 식사와 모임과 게임에 초대되었다. 마르그리트루이즈는 토라져서 그와 눈길도 마주치지 않았다. 그러나 왕자가 조만간 잘못을 뉘우치고 찾아오리란 걸 그녀는 알았다. 그녀는 질투심을 일으키려고 남편을 전에 없이 상냥하게 대했는데, 누구나 놀랐지만 제일 놀란 것은 코시모였다.

그녀의 예상은 적중했다. 어느 날 복도에서 마주친 샤를이 짐짓 점잖게 말을 건넸다.

"듣자 하니 피렌체 근교에 신기한 분수들을 감상할 수 있는 저택이 있다지요? 부군께서 허락하시거든 좀 안내해주시겠소?"

이튿날 아침 그들은 길을 나섰다. 의심 많은 비토리아는 며느리의 시종장 말베치 후작을 딸려보냈다. 가는 길 내내 마르그리트루이즈는 자신들의 마차에 감히 따라붙은 염탐꾼을 저주했다. 다행히 그녀가 애인을 열렬한 눈빛으로 바라보는 데는 별 지장이 없었다. 마차가 구불구불 커브를 돌며 요동칠 때마다 후작은 얼굴이 노래지고 눈앞이 하얘지고 속이 울렁거려 다른 데 신경을 쓸 겨를이 없었기 때문이다. 왕녀의 가느다란 다리가 왕자의 장화 사이로 미끄러져들어가는 것도 그는 알아차리지 못했다.

기마병들이 이끄는 마차 행렬은 사자 조각상 두 개가 버티고 선 프라톨리노의 저택 정문을 통과해 햇빛도 거의 들지 않게 거목들이 빽빽하게 늘어선 오솔길로 접어들었다. 잠시 후 신록 한복판에 솟구친 거대한 흰 조각상이 보였다.

"지암볼로냐*의 작품이죠. 저 거대한 것은 아펜니노산맥을 상징해요. 속은 텅 비었고 그 안에 동굴들과 분수들이 있어요." 마르그리트루이즈가 설명했다.

더 위쪽으로 주변의 언덕과 포도밭이 한눈에 내려다보이는 테라스를 갖춘 저택이 서 있었다.

"샤를, 가볍게 식사를 하겠어요? 아니면 옷부터 갈아입고 잠깐 휴식을……"

샤를이 그녀의 눈을 빤히 들여다보았다.

"그보다는 당신이 아주 훌륭하다고 장담했던 것부터 먼저 구경하고 싶은데요."

마르그리트루이즈가 얼굴을 붉혔다. 하인들이 식기와 식료품을 내리는 사이 그녀는 샤를의 손을 잡고 마차에서 내렸다. 우선 식사부터 하고 싶었던 시종장은 불만스러운 얼굴로 그들을 따라나섰다.

"저 훼방꾼을 떼어낼 방법이 있어." 젊은 여인이 속삭였다.

제일 먼저 귀에 들어온 것은 피리 소리였다. 그들은 노래가 흘러나오는 숲속으로 들어갔다. 판**이 양떼 한복판에서 갈대 피리를 불고 있었다. 평화로운 그 노랫가락을 만들어내는 것은 피리 속을 흘러가는 물이었다. 주변에는 불카누스***와 대장장이들 그리고 사냥꾼들도 있었는데 그것 또한 물의 흐름으로 움직였다.

"듣던 대로 매력적이군!"

---

* 플랑드르의 조각가 장 드 볼로뉴의 이탈리아식 이름.

** 그리스신화에 나오는 목동들의 신.

*** 로마신화에 나오는 불과 대장간의 신.

샤를이 마르그리트루이즈의 손을 더 힘차게 쥐었다.

그들은 계속 걸었다. 쉼터가 될 만한 돌 벤치가 있는 동굴 하나가 나타났다. 여인이 시종장을 돌아다보았다.

"후작님, 피곤해 보이시네요…… 잠깐 앉으시겠어요?"

가까스로 멀미기는 가셨지만 아직 얼굴이 창백한 후작은 흔쾌히 수락했다. 그가 몸을 내려놓자 벤치가 땅으로 꺼지면서 물줄기가 기세 좋게 솟구쳐 일대는 물바다가 되었다. 두 젊은이는 동시에 웃음을 터뜨렸고 기분이 상한 후작은 비뚤어진 가발에서 물을 뚝뚝 떨어뜨리며 간신히 몸을 일으켰다.

"방문객을 위한 이 깜짝한 환영 행사를 모르셨던가봐요?…… 손님들을 좀 시원하게 해주려는 것뿐인데. 저런, 옷이 엉망이 됐네요. 갈아입으시는 게 좋겠어요."

쫄딱 젖은 시종장은 화가 나 당황해하며 저택 쪽으로 사라졌다. 마침내 연인들은 단둘이 되었다.

* *
*

벽면이 이끼로 뒤덮인 작은 동굴에 몸을 숨길 때까지도 그들은 웃음을 멈출 수 없었다. 그녀는 이내 그의 품으로 뛰어들었다.

억눌려 있던 정열이 수런거리며 깨어나기 시작했다. 열정적으로 자신을 내어준 그녀는 비로소 삶에 눈을 뜬 기분이었다.

그녀가 소리를 너무 지르는 바람에 샤를은 그녀의 입을 틀어막아야 했다. 그녀의 몸은 구석구석까지 환희에 잠겼다. 그녀는 연인의 몸을 부둥켜안은 채 거대한 파도 속으로 떠내려갔다.

그녀가 황홀한 눈길로 그를 바라보았다.

"녹초가 됐어. 하지만 정말 행복해! 그럴 줄 알았어. 그럴 줄 알았다니까……"

"뭐가?"

"사랑! 남편이 시시하게 해치우는 그런 게 사랑이 아닐 줄 알았어……"

샤를이 빙그레 웃었다.

"당신이 남편을 더 후끈하게 만들어주지 못했던 건 아니고?"

그녀가 벌떡 일어났다. 가슴을 훤히 드러내고 치마는 허리까지 걷어올린 채 그녀가 도발했다.

"내가 그렇게 매력이 없다 그거야?"

그가 웃음을 터뜨리며 그녀를 다시 바닥에 뉘었다.

"아니, 당신 아직 대답하지 않았어……"

"지금부터 내 방식대로 대답해주지."

저무는 태양이 나무 꼭대기를 황금빛으로 물들였다. 그들은 손을 잡고 천천히 저택을 향해 올라갔다.

"여기선 난 시들어가고 있어…… 지루해서 죽을 것 같아. 날 데려가. 도망치자! 세상 끝에 가서 숨어 살자. 아담과 하와처럼……"

"당신 시중을 들어줄 하녀나 하인도 없이?" 샤를이 비꼬았다.

"아무래도 좋아! 나 당신이랑 살고 싶다니까. 밤낮으로 사랑을 나누면서."

"그게 공상이란 건 당신도 잘 알 거야…… 피렌체에서 도망쳐도 루이 14세가 바로 찾아낼 거야. 돌아가길 거부하면 수녀원에 보내질 테고."

"그건 부당해! 그렇다면 당신이 여기, 내 곁에 있어줘. 그럼 큰 위안이 될 거야, 비록……"

그녀가 미간을 찌푸리며 말을 이었다.

"남편 코스므의 빈약한 돌격을 이따금 감내해야 할 테지만."

"그럴 수는 없어. 레오폴드 황제에게 가야 해, 그가 군의 지휘권을 주겠다고 했거든."

"나쁜 사람! 불쌍한 공주의 사랑보다는 군대의 영광을 택하겠다는 거군."

"난 유산 없는 상속자야, 재물을 찾아야 하지."

"파렴치해! 당신에게 나를 주었는데 날 갖자마자 내버리려 하다니."

"최대한 빨리 다시 올게."

"거짓말. 빈에 가서 지참금과 순결을 둘 다 바칠 부유한 아가씨를 물색할 거면서."

그녀는 흐느낌을 터뜨리며 그의 손을 뿌리치고 저택을 향해 달려갔다.

* *
*

그는 떠났다. 눈물도 뿌리고 애원도 했지만 그를 붙들지는 못했다. 그녀의 머릿속에는 그를 피렌체에 눌러앉히겠다는 생각밖에 없었으므로 부주의한 일을 숱하게 저질렀다. 그 결과 대공의 지시로 은밀한 감시가 딸렸다. 편지들은 그녀의 손에 들어가기 전에 남김없이 개봉되어 코시모와 대공에게 보고됐다. 그 가운데에는 두 연인을 잇는 정열적인 속마음이 적나라하게 드러난 샤를 드 로렌의 편지도 한 통 있었다.

코시모는 격분했다. 하지만 페르디난도 2세는 섣불리 내색하지 말라고 아들을 타일렀다. 마르그리트루이즈는 루이 13세의 조카이며 루이 14세의 사촌이었다. 그녀의 잘못이 심각하다 해도 세상의 흔하디흔한 바람둥이 아내처럼 다룰 수는 없었다. 더욱이 통치자 가문에 추문의 흙탕물을 튀기기는 싫었다. 벌써 마르그리트루이즈와 샤를이 아무리 사촌이라 해도 너무 다정한 게 아니냐는 숙덕거림이 궁정 여기저기서 일지 않던가. 코시모는 속으로만 화를 삼켰다. 대신 아내의 프랑스인 수행원들을 내보내고 모친과의 편지 연락도 금지했다. 어차피 샤를 드 로렌의 편지는 피렌체에 닿자마자 모조리 파기되었지만 그가 아내의 모친을 중간에 끼워 연락을 취할지도 모르기 때문이었다.

마르그리트루이즈는 즉각 절절한 불만을 토로하는 장문의 편지를 루이 14세에게 보냈다. 사촌의 불같은 기질을 아는 프랑스 국왕은 몇 마디 위로와 더불어 유감스럽지만 결혼한 이상 남편의 뜻을 따라야 한다는 답을 보내왔다.

그녀는 노발대발했다. 샤를의 소식이 끊긴 것도 분했지만(그렇게 간단히 잊을 사이였단 말인가?) 더 큰 걱정거리가 있었다. 1662년 연말, 몇 주일이나 아니라고 발뺌하던 그녀는 결국 임신을 인정했다. 그녀의 계산에 의하면 아이가 들어선 것은 샤를이 머물던 시기였고, 그것만이 빈약한 위안이었다. 로렌이건 메디치건, 뱃속의 그 거추장스러운 아기가 그녀의 은밀한 희망을 무너뜨렸다. 그녀가 계속 불임이라면 결혼을 무효화시킬 수 있었기 때문이다. 메디치가와 궁정은 속도 모르고 떠들썩하게 축하를 퍼부었다. 우중충한 얼굴을 한 것은 코시모뿐이었다. 뭔가 짚이는 것이 있었을까?

한 달 후, 또다른 소식이 그녀를 침울하게 만들었다. 조반니 카를로 추기경이 급작스레 세상을 떠난 것이다. 의사들의 말대로 술과 도락의 값을 치렀는지도 몰랐다. 그는 상속자로 지명한 형에게 빚만 잔뜩 남기고 떠나 최후까지 모욕을 안겼다. 대공은 관례도 무시하고 상속을 거부했다. 좀스럽고 불명예스러운 그 결정은 피렌체 시민들의 손가락질을 받았다.

* *
*

마르그리트루이즈는 보이지 않는 철창 속에 갇혀 있었다. 친절은 하나같이 위선이었고, 입에 발린 찬사는 차라리 소름이 끼쳤으며, 한 걸음 뗄 때마다 등뒤에서는 귓속말이 일어났다. 거기다 그녀의 배를 바라보는 시어머니의 눈초리란! 뱃속의 아이가 마치 제 것이라고 말하는 것 같았다. 그녀의 말 한마디 몸짓 하나하나는 빠짐없이 감시받고 보고됐다.

무더위가 시작되자 부부는 시골로 떠났다. 아이를 가진 것도 아랑곳없이 그녀는 끝없이 사냥을 하러 다녔다. 유산이라도 하려고 작정한 사람처럼! 보다 못한 코시모가 의사들을 앞세워 사냥을 중지시켰다. 그러자 마르그리트루이즈는 지쳐떨어질 때까지 걷고 또 걸었다. 유감스럽게도 그녀가 내심 바라는 일은 일어나지 않았다. 여름 한복판에 사내아이가 태어났고, 조부를 기리는 뜻으로 페르디난도라는 이름을 붙였다. 손자가 태어나자 안심한 대공은 대대적인 축하를 베풀었다. 피렌체의 종들은 사흘이나 쉬지 않고 울려댔고 축포가 터졌으며 광장마다 사람들이 몰려나와 춤을 추고 분수에서는 물 대신 포도주가 흘렀다.

몸이 가벼워졌다는 기쁨도 잠깐, 그녀는 유두에 생긴 고약한 종기에 시달렸다. 의사들은 위험을 각오하고 종기를 절개했다. 고통은 가라앉았지만 그녀의 몸은 몹시 쇠약해졌다. 누군가 독약이라도 쓴 것이 아닐까? 보기 싫은 사람을 조용히 저세상으로 보내는 독약이라면 피렌체의 것이 온 유럽에서 제일 이름높지 않던가. 그녀는 곁에 남은 유일한 프랑스인인 아들의 유모가 준비한 음식 외에는 입에 대지 않겠다고 선언했다. 메디치가 사람들은 그 결정에 매우 불쾌해했다. 이제 마르그리트루이즈는 궁정의 연회에 일체 모습을 드러내지 않았다. 그뿐만 아니라 부부의 처소는 버려두고 유모의 방에서 지내며 남편과의 잠자리를 완강히 거부했다.

이 공개적 반란은 곧 궁정의 유일한 화젯거리가 되었다. 거기에 코시모가 과연 아이의 아버지가 틀림없느냐는 숙덕거림도 일어났다. 잠잠하게 살고 싶은 페르디난도 2세는 급기야 루이 14세에게 편지를 써 고집쟁이 사촌을 항복시켜달라고 요청했다. 자존심이 상한 프랑스 국왕은 마르그리트루이즈를 훈계할 대사를 파견했다. 대사는 훈계다운 훈계도 못해보고 미녀에게 넘어가 대공 앞에서 외려 그녀의 역성을 들었다.

이 첫번째 실패 이후, 대공은 다른 작전도 써봤지만 번번이 실패했다. 아내의 조언에 따라 대공이 며느리에 대한 보복 조치를 철회한 후에도 사태는 개선되지 않았다. 도망칠 연습이라도 하는 것처럼 행적이 묘연해지는 일이 몇 번 일어나자 보볼리 정원으로 통하는 문만 남겨두고 그녀 처소의 문을 전부 잠갔다. 그녀는 무례한 짓을 몇 갑절 늘리고 남편을 보기만 하면 망신을 주는 것으로 맞섰다. 게다가 코시모의 생일 축하연 출석을 거부한 것은 물론이고 그 가운데 일부는 멋대로 취소했다. 참다못한 페르디난도 2세가 수녀원으로 보내버리겠다고 위협하자 그녀는 거기서도 화려한 말썽을 일으켜 더욱 뼈저리게 후회하게 해주마고 응수했다.

프랑스 국왕에게 보낸 숱한 탄원서가 효과가 없자(루이 14세는 프랑스 왕녀가 조국으로 돌아오는 것은 바스티유에 갇힐 때뿐이란 걸 상기시켰다) 그녀는 다른 전략을 취했다. 그녀의 의지에 반해 코시모와 맺어진 이상 그들의 결혼은 불법이라고 선언한 것이다. 결과적으로 그녀는 첩의 상태로 사는 죄를 저질렀다는 이론이었다.

농담처럼 들리는 선언이었지만 신앙심 깊은 남편은 깊은 고뇌에 빠졌다. 아내의 말이 옳다면 그 자신도 육욕의 죄를 범한 셈이었다. 코시모는 신학자들에게 자문을 구했고 신학자들은 열심히 그를 안심시켰다. 로마의 고명한 신부까지 피렌체로 불려왔는데, 그는 코시모는 제쳐두고 고집쟁이 여자를 상대로 파문까지 들먹이며 훈계하는 데 더 많은 시간을 쏟았다. 코시모의 마음은 불안과 고통으로 들끓었고, 어린 페르디난도가 자신의 아들이 아닐지도 모른다는 의심은 확신으로 변했다.

끝이 안 나는 싸움에 결국 메디치가가 백기를 들었다. 프랑스로 돌아갈 수 없다면 혼자서라도 살게 해달라고 요구한 마르그리트루이즈는 소원을 이루게 되었다. 어차피 젖을 떼자마자 품을 떠난 아이와 헤어지기는 그리 어렵지 않았다. 그녀는 로렌초 일 마니피코가 좋아했던 포조 아 카이아노의 저택에서 살기로 했다. 팔라초를 떠나기 전 그녀는 코시모를 노려보며 내뱉었다.

"만에 하나 내 은신처까지 찾아와 방해하면 그 얼굴에 미사 경본을 날려버릴 줄 알아요!"

그녀는 사냥과 낚시를 즐기고, 시골 마을의 축제에 참가하고, 들판을 오랫동안 산책했다. 고약한 냄새를 피우는 궁정과 뚝 떨어진 그곳에는 소박한 즐거움이 얼마든지 있었다. 그녀는 어느덧 이탈리아로 오기 전의 활발한 처녀로 돌아간 것 같았다. 그런데도 샤를이 그리운 마음은 여전했다. 그가 곁에 있었으면 새로 얻은 기쁨이 몇 갑절 컸으리라고 그녀는 아쉬워했다.

* *
*

시골 생활도 지겨워진 걸까? 아니면 샤를과의 순정이 영영 끝난 것을 마침내 깨달은 걸까? 그녀는 돌연 피렌체로 돌아가고 싶어졌다. 몇 달이나 떨어져 있던 아들이 보고 싶다며 그녀가 불쑥 대공의 팔라초에 나타났다.

대공은 며느리를 환영했고 며느리는 지난날의 과오를 인정하고 새 출발을 선언했다. 보기 좋게 그을려 돌아온 그녀는 떠나기 전보다 몇 배나 아름다웠다. 그녀는 들판을 뛰어다니는 매혹적인 집시 여인을 닮아 있었다. 여성들과는 인연을 맺을 일이 없는 시아버지마저 가슴이 설렐 정도로.

아내가 떠난 후 철저히 금욕했던 코시모의 나약한 욕망도 술렁이기 시작했다. 그날 밤으로 그녀는 남편을 잠자리에 받아들였다. 남편은 평소보다 더도 덜도 아니게 서툴렀지만 평화를 유지하기로 결심한 아내는 관대하게 참아주었다.

메디치가와 궁정은 이 화해에 갈채를 보냈다. 대사에게서 소식을 들은 루이 14세도 친히 사촌에게 칭찬의 글을 보냈다.

마르그리트루이즈에게 딸린 감시는 여전했지만 옛날보다는 덜 공공연했다. 비록 자유롭지는 않았지만 그녀는 마치 자유를 누리는 듯한 착각이 들었다. 대공은 며느리가 마음껏 낭비할 수 있도록 지갑을 활짝 열었고, 그 덕에 궁정도 제법 신선하고 유쾌해졌다.

평화는 일 년 이상 지속됐다. 그러나 마르그리트루이즈에게 아이가 들어서면서 만사가 수포로 돌아갔다. 그녀는 또 몸매가 망가지고 젖가슴이 붓고 얼굴색을 망치게 됐다며 남편에게 화풀이를 해댔다.

그녀는 오랜 시간 거칠게 말을 달려 의사들을 걱정시켰다. 승마가 금지되자 밥을 굶겠다고 위협했다. 그러나 임신 8개월째에 병마가 덮쳐 그녀도 더는 멋대로 할 수 없게 되었다. 병명은 8백 명이 넘는 피렌체인의 목숨을 앗아간 폐렴이었다. 고열이 며칠이나 계속되자 사람들은 가망이 없다고 고개를 내저었다. 의사들은 어쩔 수 없이 사혈 처치를 했고, 그 사혈이 환자의 마지막 힘까지 빼버린 꼴이 되었다. 돌팔이 의사들의 미덥지 못한 치료에도 불구하고 마르그리트루이즈는 병마를 물리쳤다. 한 달 후 딸이 태어났고, 아이의 이름은 안나 마리아 루도비카라 했다.

출산 후 그녀는 또다른 고통에 시달려야 했다. 유방에 농양이 새로 생겼고 천연두를 앓았다. 머리를 뒤덮은 농포를 치료하기 위해 탐스럽던 갈색 머리칼도 잘려나갔다.

천성이 화를 잘 내고 앙갚음을 하는 그녀는 모든 불행의 책임을 코시모에게로 돌렸다. 전쟁이 복발했다. 아들의 우는 소리와 며느리의 불평에 지친 페르디난도 2세는 코시모를 바깥세상에 내보내기로 했다. 유럽의 주요 수도와 군주들을 방문하여 보고 듣는 게 있으면 군주의 일도 배우겠지 싶어서였다.

대공의 아들은 이 년이나 여행을 계속했다. 마지막에 머문 곳은 프랑스였다. 루이 14세는 그를 환대하고 몇 번이나 베르사유로 불렀다(사촌이 가한 고통을 위로하려는 배려였으리라). 코시모는 베르사유의 웅장함에 탄복했다. 국왕은 그를 위해 많은 공연을 베풀었는데, 왕이 몸소 출연한 발레 공연도 있었다. 코시모는 종교적 위선을 고발한 〈타르튀프〉 공연은 썩 마음 편히 즐기지 못했지만 내색하지는 않았다. 대신 몸이 불편하다는 핑계로 그뒤에 이어진 연회에는 불참했다.

화려하고 자부심 넘치는 프랑스 궁정에 강한 인상을 받은 코시모는 비로소 아내를 조금 이해할 것 같았다. 아내는 말 많고 탈 많고 무절제한 그 사교계의 소산물이었고 따라서 관대하게 봐줄 필요가 있었다.

* *
*

마르그리트루이즈는 여행에서 돌아온 남편을 좋은 낯으로 맞았다. 고부간도 일견 잠잠해 보이자 코시모는 흡족했다. 프랑스 궁정의 환대를 받았던 것에 우쭐한 그는 앞으로 토스카나 궁정을 베르사유처럼 꾸리겠다고 선언했다. 그 첫 조치로 발레 한 편을 주문하고 여주인공을 마르그리트루이즈에게 맡겼다. 주목받기 좋아하는 그녀는 몹시 흐뭇해했다.

1669년 봄은 놀이와 공연 속에서 유쾌하게 흘러갔다. 놀기 좋아하는 사람으로 탈바꿈한 것은 아니었지만 코시모도 제법 명랑한 분위기를 풍겼다. 불행히도 여름으로 접어들면서 대공의 건강이 갑자기 악화됐다. 고질적인 수종水腫으로 고생하던 대공이 아예 몸져누운 것은 순전히 돌팔이 의사들 탓이었다. 무슨 근거인지 알 길은 없으나 의사들은 체질적으로 수종이 잘 생기는 사람들은 과식을 되풀이해 분비액을 자주 토해내는 것이 좋다고 주장한 것이다.

결과는 참담했다. 사혈을 해도 차도가 없자 흡각을 붙여 피부를 빨아올렸다. 그다음엔 방광에 고인 피를 뽑아냈다. 회복의 조짐은 보이지 않고 악화일로에 놓였다. 그러자 의사들은 콧속에 가루약을 집어넣었는데 그것은 흔히 기적적인 효과를 낸다고 알려진 처치였다. 병세는 더 악화됐다. 병든 피부조직을 지져도 보고, 신선한 비둘기 살덩어리를 이마에 놓아보기도 했지만 아무런 효과가 없었다. 결국 교황 대사가 불려왔다. 그가 교황의 축복을 읊는 사이 한 사제가 대공의 머리맡에 몇 가지 성유물을 내려놓았다. 새벽 무렵 대공은 마침내 의사들에게서 해방되어 평화로이 숨을 거두었다.

코시모 3세는 성대한 장례식을 치르도록 명했다. 그것은 재속 성직자와 수도회 소속 성직자가 저마다의 세력을 과시할 절호의 기회였다. 도시는 사제와 수도사로 뒤덮였다. 피렌체인들은 불길한 예감에 사로잡혔다. 코시모를 쥐락펴락하는 것은 비토리아, 비토리아를 좌지우지하는 것은 성직자들이었다. 고인이 다스릴 때엔 그럭저럭 저들의 위세를 제한하려 애를 썼다. 코시모 3세가 권좌에 오르면 모친의 입김은 더욱 거세질 테고 성직자들은 막강한 권력을 쥘 것이 분명했다. 프랑스 며느리라도 시어머니를 좀 견제해주면 좋으련만, 토스카나의 미래가 어둡거나 말거나 그녀는 눈앞의 즐거움만 찾고 있었다.

* *
*

페르디난도 2세가 안장되자마자 두 대공비의 경쟁이 시작됐다. 두 여자는 제각기 자기 몫의 권력과 명예를 원했다. 시어머니가 우세란 것이 금세 판명됐다. 시어머니가 대공의 사설 자문관 자리를 차지한 반면 며느리는 장외로 밀려났다. 페르디난도에 의해 국정에는 절대 참여하지 못해왔던 비토리아는 바야흐로 본격적인 치맛바람을 일으킬 태세였다.

마르그리트루이즈는 불쾌했다. 어떻게 오를레앙의 왕녀를 제치고 델라 로베레가 상석에 앉는단 말인가? 그녀는 일단 남편의 처사를 따르는 시늉을 했다. 일곱 살이 된 아들 페르디난도의 교육을 감독하는 일이 더 중요했기 때문이다. 그러나 남편과 단둘이 되면 그녀는 번번이 투덜거렸다.

"어린애도 아니고 대체 뭐예요? 어머니가 눈짓 한번, 손짓 한번만 하면 굽실거리면서 아내의 조언은 무시하다니. 나중에 크게 후회할 날이 올 테니 두고 보세요."

코시모는 모친에게 맞서기도 불가능했지만 아내의 말에도 무심할 수는 없었다. 사실 토스카나 공국은 매우 불안정했다. 페르디난도 2세가 과했던 무거운 세금에도 불구하고 국고는 거의 비어 있었고 사업은 위기에 처했다. 이탈리아반도와 유럽에서 토스카나의 위엄과 영향력은 추락했다. 그 쇠락은 모친이 임명한 새 행정부, 그러니까 통치가 뭔지도 모르는 신학자들의 힘으로는 막아낼 수 없을 터였다.

"신앙심이라면 당신의 공국이 분명 이탈리아에서 으뜸이겠죠. 하지만 불행한 걸로도 으뜸일걸요!" 아내가 내뱉었다.

다행히 또 한번의 임신이 마르그리트루이즈를 잠잠하게 만들었다. 그녀는 옛날과는 달리 체념한 채 해방될 순간을 기다렸다. 잔가스토네('가스토네'는 아이의 외조부 가스통 도를레앙을 기리기 위해 붙인 이름이었다)는 1671년 5월에 태어났다. 그녀는 이제 세 아이의 어머니였고, 단 하나도 더 낳지 않으리라 맹세했다.

그녀는 즉각 사설 자문관 자리를 요란스럽게 요구하며 권력 탈환에 나섰다. 코시모 3세는 모르는 체했다. 비토리아가 며느리의 됨됨이를 수시로 헐뜯은 탓이었다. 더욱이 궁정에서는 그녀가 발레 선생과 그렇고 그런 사이라는 소문이 무성했다. 훈계하고 질책해도 마르그리트루이즈의 태도는 바뀌지 않았다. 급기야 시어머니는 아들의 허락을 얻어 발레 선생을 쫓아냈다.

새벽부터 밤까지 팔라초는 두 여인과 그 추종자들이 편을 갈라

흉보고 책잡고 헐뜯는 소리로 들썩거렸다. 끝없는 소동 속에서 코시모 3세는 늙었다. 그는 살이 쪘고, 머리가 빠졌고, 지나치게 포도주를 들이켰다. 비토리아는 그 틈을 이용해 권력을 더욱 공고히 했다. 젊은 군주가 자신의 궁정이 태양왕의 궁정처럼 빛나기를 원했던 시절은 아득한 옛날이야기였다. 아직 허락되는 유일한 여흥은 매일 저녁 대공비의 방에서 열리는 이탈리아 음악 연주회였다. 문제는 대공비가 그 연주회를 더없이 따분해하며 지루함을 잊을 수만 가지 장난을 궁리한다는 것이다. 어느 날 그녀는 엉뚱하게도 자신의 전속 요리사(그녀의 주변에 남은 몇 안 되는 프랑스인 가운데 하나였다)를 연주회에 데려다 앉혔다. 그가 간지럼에 약하다는 것을 알고 그녀는 사정없이 간지럼을 태웠다. 요리사는 괴성을 지르며 도망다녔고 그녀는 깔깔거리며 쫓아다녔다. 연주자들은 음악을 멈추고 대공비가 자리로 돌아오기를 기다려야 했다. 더 기발한 기분풀이를 찾던 그녀는 어느 저녁 느닷없이 요리사의 얼굴을 베개로 때려대기 시작했다. 요리사는 꽥꽥 고함을 쳐댔고 그 바람에 자신의 처소에서 쉬고 있던 코시모 3세가 소란이 인 것을 알았다. 그가 방에 들어섰을 때 흰 앞치마와 흰 모자 차림의 요리사는 여주인의 침대에 뻗어 깔깔대는 마르그리트에게 얻어맞는 중이었다. 매우 분노한 대공은 요리사를 당장 해고하고 감옥에 처넣겠다고 호통친 다음 신분에 벗어난 행동을 한 아내를 준엄하게 꾸짖었다.

대공비는 남편의 말을 듣는지 마는지 빰이 새빨개진 채 숨을 헐떡거리며 거만을 떨었다. 그녀는 음악 연주자들 앞에서 비난받은 일이 수모스러울 뿐이었다.

* *
*

"나 유방암이 틀림없어!"

마르그리트루이즈가 출산 때마다 고약한 농양에 시달린 것은 사실이었다. 그녀는 드디어 프랑스로 돌아갈 수 있다는 희망을 품었다. 국왕도 그녀가 위독한 것을 알면 마지막 나날을 조국에서 보내도록 은혜를 베풀지 않을 수 없으리라.

그녀는 프랑스 국왕에게 편지를 써 이탈리아의 돌팔이 의사들은 믿을 수 없으니 최소한 프랑스 의사라도 보내달라고 애원했다. "제가 죽기를 원치 않으신다면 청을 들어주세요, 부탁이에요……" 마르그리트루이즈의 변덕이 프랑스와 피렌체의 우정을 해칠 것을 우려한 루이 14세는 결국 그 방면의 명의 알리오를 보냈다.

코시모 3세는 프랑스 의사를 불신하지만 짐짓 환대하며 자신의 팔라초에 묵게 했다.

알리오는 즉각 대공비를 진찰하겠다고 요청했다. 대공비는 선뜻 응하지 않고 늙은 의사를 살펴보며 호의를 베풀었다. 가벼운 병이리라 짐작은 했지만 의사의 진단은 달라야 했다. 그녀는 통증을 과장하고 요리조리 부끄러움과 다른 핑계를 대며 이틀 동안 의사를 기다리게 한 후 의사가 꽤 존경과 칭송을 받을 만하다고 생각하여 환부를 보여주었다.

의사는 살펴보고 더듬어보고 청진한 다음 빙그레 웃었다.

"폐하의 유방에는 잣 반쪽보다 작은 종양이 있군요. 하지만 무색인데다 표피를 변형시키지도 않았으니 유해한 것이 아닙니다."

대공비는 내심 안심했지만 그대로 물러서지 않았다.

"그렇다면 겨드랑이까지 올라오는 격렬한 고통은 대체 무엇이죠?"

"아마 산후의 연이은 종기를 제때 적절히 처치하지 못했기 때문일 겁니다. 말하자면 고통의 기억이 남아 있는 것이죠."

마르그리트루이즈가 어깨를 으쓱댔다. 꼬장꼬장한 의사는 쉽사리 넘어갈 것 같지 않았다. 그녀가 새침한 얼굴로 옷을 여몄다.

"내 말을 믿지 않는군요!"

"그럴 리가 있습니까. 그보다 이건 폐하의 근심을 덜어드릴 희소식입니다만……"

"어떤 희소식을 들어도 내 근심은 걷히지 않을걸요." 그녀가 중얼거렸다.

알리오는 모르는 체하면서 말을 이었다.

"대신 폐하의 비장 동맥의 기능이 필요 이상으로 활발하다는 걸 발견했습니다."

젊은 여인이 눈을 반짝였다.

"무슨 뜻이죠?"

"가벼운 체질적 비정상이라 할 수 있어요. 폐하의 경우 혈액순환이 워낙 왕성해 각 장기에 충분한 혈액이 도달하고, 그 덕에 장기들이 아주 기운차게 움직입니다."

"그럼 난 아픈 게 아니잖아!" 그녀가 실망했다.

"아무렴요, 축하를 받으셔야 할 일입니다. 듣자 하니 다른 귀부인들과는 달리 폐하께선 많이 걸으시고 말도 오래 타신다지요? 몸은 적당히 움직여줄수록 건강해진답니다. 평소에 하신 운동이 폐하를 건강하게 만든 게 틀림없어요."

마르그리트루이즈가 갑자기 흐느끼기 시작했다. 당황한 알리오가 물러나려 할 때 왕녀가 옷소매를 붙들었다.

"내가 얼마나 불행한지 알면…… 부탁이에요, 날 버리지 말아요! 몸은 건강할지 몰라도 마음은 더없이 슬프단 말이에요!"

* *
*

알리오는 정직한 의사였다. 코시모 3세 앞에서 거짓 소견을 내놓을 수는 없었다. 아닙니다, 대공비께선 병이 나신 게 아닙니다. 그렇지만…… 하고, 의사는 헛기침을 했다.

"그렇지만? 뭐요?"

"장기는 건강합니다만 과도한 흥분 상태시더군요."

"언제나 그랬소." 군주가 냉랭하게 대답했다.

"의사로서의 소견을 물으신다면, 요양을 권장하겠습니다."

"요양!" 코시모 3세가 큰소리로 되받았다. "그녀의 요동치는 정신을 다스려줄 요양도 있답디까?"

알리오는 머뭇거리다가 결심한 듯이 입을 열었다.

"온천요법이지요. 하지만 그 물이 너무 뜨거워서도 효능이 강해서도 안 됩니다."

"그 기적의 온천이 그녀를 얌전한 여자로 바꿔준다 그거요?"

"분명 그럴 겁니다."

대공은 한 손으로 턱을 쓰다듬으며 머리를 갸우뚱한 채 부루퉁한 표정을 지었다. 아내를 활활 태우는 불길을 꺼줄 온천이나 물 몇 모금이 있다는 사실을 그는 믿지 않았다. 그런데도 그는 물었다.

"그래, 어디 가서 그 온천요법을 해야 한단 말이오?"

"아주 귀한 성분을 포함한 훌륭한 온천을 한 군데 알고 있습니다만……"

"어디냐니까?" 군주가 퉁명스럽게 물었다.

"부르고뉴 지방에 있습니다."

"이탈리아엔 없단 말이오?"

"생트렌의 온천은 특별합니다, 폐하."

"아내는 아무데도 안 보낼 거요." 코시모 3세가 신경질적으로 말을 끊었다.

대공은 아내가 행여 온천요법을 구실로 프랑스에 눌러앉을까봐 역정을 내는 것이 분명했다. 알리오는 섣불리 발언한 것을 후회하며 실패를 만회할 셈으로 재차 제안했다.

"그렇다면 온천수를 몇 통 피렌체에 보내는 것도 가능할 겁니다.

대공비께서 직접 써보실 수 있도록 말입니다."

"필요 없소. 만일 효과를 거두면 직접 가서 치료를 계속하겠다고 나설 테지. 효과가 없으면 먼길을 거치는 사이 물이 변질됐으니 현지로 가야 한다고 주장할 것이고."

알리오는 그쯤에서 입을 다물고 깊숙이 절을 했다. 차분함을 되찾은 대공이 말했다.

"내 재정 담당관에게 가보시게. 수고비로 3백5십 루이 금화를 치러줄 것이오."

* *
*

궁정은 꼬리에 꼬리를 무는 소문으로 들썩거렸다. 대공 부부의 싸움은 악의적 비방과 중상까지 덧붙여져 최고의 화젯거리가 됐다. 대공의 어머니 비토리아가 새로 들여온 예쁘장한 하녀를 대공이 유난히 눈여겨봤는데 그 하녀는 실은 여자로 변장한 씩씩한 청년, 그러니까 신심 깊은 대공이 얼마 전 가톨릭으로 개종시킨 터키 청년이라는 말이 나돌았다. 그러자 부친은 비록 남색을 밝혔을망정 코시모는 한 번도 그쪽으로 흘러간 적이 없었다는 반론이 일어났다. 마르그리트루이즈도 그녀의 변덕에 진절머리를 치는 궁정의 입방아를 면치 못했는데, 주로 하인들과 너무 허물없이 지낸다는 뒷소리가 많았다.

대공 부부는 그런 험담을 알고 있었고 노발대발하며 서로를 향해 그 악소문을 내뱉었고 애꿎은 측근들은 얼어붙을 뿐이었다. 아이들 문제도 부부싸움에 건수를 보탰다. 완벽한 무관심부터 왕성한 애정 표현까지 수시로 아이들에 대한 태도가 바뀌는 마르그리트루이즈는 시어머니가 아이들을 신앙심에 절이고 있다며 남편에게 성화를 부렸다. 겨우 아홉 살인 페르디난도는 하루종일 종교적 의무에 짓눌렸다. 다섯 살짜리 안나 마리아 루도비카도 갖가지 이유로 팔라초의 예배당으로 끌려가거나 부친이 시내의 성당을 방문할 때마다 따라나서야 했다. 부역을 면한 것은 젖먹이 잔가스토네뿐이었다. 마르그리트루이즈는 기분이 울적할 때면 유모에게서 이 통통하고 사랑스러운 아이를 빼앗았다. 그녀는 아이를 꼭 품고 달큼한 젖내를 맡으며 프랑스 노래를 들려줬지만 불현듯 남편의 화를 돋울 기발한 생각이라도 떠오르면 아이를 하녀에게 내팽개치고 달려나갔다.

1672년 12월이 끝나갈 무렵 대공비는 마침내 결심을 굳혔다. 숨통을 조르는 피티 팔라초에서는 하루도 더 살 수 없었다. 그녀는 동정녀의 허리띠 축일을 기념해 프라토에서 묵상을 하러 가야겠다는 핑계를 댔다. 신앙심에서 우러난 그 여행을 코시모 3세는 허락할 수밖에 없었다.

일행은 세찬 빗속에서 출발했다. 수행원들과 하인들, 시종장이자 감시역인 말베치 후작도 따라나섰다. 길은 험하고 질척거렸지만 그녀는 개의치 않았다. 그녀가 어찌나 속도를 내라고 재촉했던지 마차 몇 대는 거의 뒤집힐 뻔했다.

프라토에 닿자 그녀는 후닥닥 미사를 드리고 곧바로 길을 나서 포조 아 카이아노 저택으로 향했다. 일단 저택에 도착하자 대공비는 갑자기 그곳에서 저녁을 먹고 하룻밤을 보내고 싶다는 말을 꺼냈다. 썰렁한 저택은 군주의 아내를 맞을 준비가 되어 있지 않았지만 그녀의 얼굴은 밝기만 했다. 널찍한 살롱의 난롯불 앞에서 그들은 격식을 차리지 않고 저녁을 먹었다. 오직 말베치만 부루퉁한 얼굴을 하고 있었다.

이튿날 수행원들이 돌아갈 채비를 할 때 대공비가 포조 아 카이아노에 남겠다고 선언했다. 그것은 남편의 명을 어기는 것이라고 시종장이 지적했지만 그녀는 못 들은 체했다. 결심을 되돌릴 생각은 없었다. 잠시 후 펜을 들어 편지를 한 장 썼다.

드디어 결심했어요. 12년 동안 날 어떻게 대접했나 돌이켜보면 당신도 내 결정에 놀라지 않을 거예요. 당신과 더 살 수 없어요. 나는 당신의 불행, 당신은 나의 불행이죠. 그래서 두 사람의 마음의 평화를 위해 헤어질 것을 요구합니다. 내 고해신부를 보낼 테니 그와 이 문제를 논의하도록 하세요. 난 이곳에서 국왕의 명령을 기다릴 거예요, 이미 프랑스의 수녀원에 들어가게 해달라고 청원했으니까요. 내 제안이 우리 두 사람이 죽을 때까지 평화로이 지내게 해줄 가장 확실한 방법이라고 믿어요. 아이들을 잘 부탁해요.

말베치 후작이 달려가 편지를 전하자 대공은 격노했다. 좋다, 지긋지긋한 이 결혼에 종지부를 찍자면 찍어주지! 그러나 아내가 먼저 주도권을 쥐는 바람에 그의 자존심은 구겨지고 권위는 추락했다. 그런데도 그는 복수는 일단 미루고, 한껏 정중한 답장을 썼다.

> 전하와 나, 어느 쪽의 불행이 더 큰지 모르겠구려. 나로서는 지난 십이 년간 전하에게 한결같은 존경과 호의와 애정을 표시해왔소. 그 대가로 전하가 돌려준 것은 무관심뿐이었지요. 그 사실은 하늘도 알고 땅도 알 테지만, 누구도 아닌 전하 본인이 알아주기를 바라는 것이 내 진심이라오. 나머지는 전하의 뜻대로 해드리지요. 고해신부가 도착하거든 그의 편에 내 의견을 표시하리다. 전하가 그 저택에서 편안히 지낼 수 있도록, 마땅히 받아야 할 존경에 부족함이 없도록 필요한 모든 조치를 취하리다.

답장을 갖고 출발하기 전 말베치 후작에게는 별도의 명령이 떨어졌다. 앞으로 마르그리트루이즈는 저택을 벗어날 수 없었다. 그녀의 말들은 없애고, 정원을 산책할 때도 네 명의 병사를 동반해야 했다. 시종장은 대공비의 행동을 매일 대공에게 보고할 것이며, 신분을 불문하고 방문객을 엄중히 사절하고, 밤이면 처소의 모든 출입구가 단단히 잠겼는지 확인해야 했다.

* *
*

이번에는 정말로 갇힌 신세였다. 마음대로 할 수 있는 일은 한 가지, 프랑스 국왕에게 편지를 쓰는 일이었다. 코시모도 차마 그것까지 금지할 수는 없었다. 그 자신도 모든 경우에 프랑스 왕의 마음에 들기 위해 애쓰는 처지였다.

펜, 이제 그것이 그녀의 유일한 무기였다.

> 폐하, 남편과는 정말로 하루도 더 같이 살 수 없어 그를 떠났다는 것을 고백하며 폐하 앞에 무릎을 꿇고 용서를 구합니다. 폐하의 입장을 생각해 추문이 번지지 않도록 최선을 다했습니다……

자신이 받는 부당한 대우에 대한 불평과 우는 소리와 하소연으로 점철된 편지가 줄기차게 국왕에게 전해졌다. 그녀는 절망을 되씹고 연금 상태인 신세를 한탄하고 눈물겹게 호소했다. '제 불행을 걷어내주십사고 폐하께 간청합니다.' 프랑스가 안 되면 소중한 샤를이 있는 바이에른 선거후選擧侯*의 궁정으로라도 보내달라고 그녀는 애원했다.

루이 14세는 당혹스러웠다(그녀도 국왕의 답장을 읽으면서 짐작한 사실이었다). 사촌의 청도 모른 체할 수 없었지만 메디치가 또한 함부로 할 수 없는 중요한 동맹이었다. 급기야 마르세유 대주

---

* 신성로마제국의 제후 중 1356년 카를 4세가 반포한 제국법 황금문서(黃金文書)에 의해 독일 황제에 대한 선거권을 가졌던 일곱 명의 제후.

교 투생 드 포르뱅 장송이 불가능한 임무, 다시 말해 부부를 화해시키라는 임무를 띠고 토스카나에 파견됐다.

마르그리트루이즈는 그 기회를 이용해 그녀를 얽매어놓았던 굴레를 풀었다. 포조 아 카이아노의 마구간에 말들이 돌아오고 음악이 다시 울리게 되었다. 그녀는 상냥하게 대주교를 노래와 춤으로 구워삶았지만 핵심에서는 절대 양보하지 않으며 남편과 잠자리를 나누는 날은 두 번 다시 오지 않으리라 선언했다. 적나라하고 시시콜콜한 고백을 들은 대주교는 이 부부가 영원히 회복될 수 없겠다는 결론을 내렸다. 아이들을 생각해보란 말로도 왕녀의 마음을 돌이킬 수는 없었다. 대주교는 임무에 실패하고 프랑스로 돌아갔다.

* *
*

상상도 못했던 일이 일어났다. 코시모 3세가 마르그리트루이즈의 원대로 해주라는 편지를 루이 14세에게 보낸 것이다. 그도 그럴 것이 대공비의 계략 때문에 대공의 마음고생은 갈수록 심해졌다. 대공비는 결혼 무효화 결정을 얻어내는 데 필사적이었다. 벌써 로마의 결의론자* 몇 명이 무효 선언을 내린 마당이라 사태는 코시모의 구원 문제로 발전했다.

프랑스 국왕은 언짢음을 내비쳤다. 어차피 대공이 아내를 풀어

* 양심 문제를 이성과 기독교 교리에 따라 해결하려는 신학자.

줄 생각이라면 이탈리아에도 수녀원은 얼마든지 있지 않은가? 국왕도 사촌을 어여삐 여기기는 했지만 그 불같은 기질을 생각하면 되도록 멀리 두고 싶었다. 실랑이에 지친 국왕은 결국 그녀가 프랑스로 돌아오는 것을 승낙했다. 대신 수녀원에서 신분에 합당한 생활을 할 수 있도록 코시모 3세가 모든 것을 보장해야 한다는 조건을 내걸었다.

프랑스와 토스카나에서 제각각 긴 협상이 시작됐다. 우선 적당한 수녀원을 찾아야 했는데, 쉬운 일이 아니었다. 대개는 행실 나쁜 귀부인들을 잔뜩 데리고 있거나 해로운 장세니슴에 물들어 있었다. 괜찮을 성싶어 문의를 해보면 말 많고 탈 많기로 유명한 왕녀를 맞아들이는 데 난색을 표했다. 왕은 몽마르트르의 베네딕트회 수녀원을 선택했다(수녀원장은 끝까지 꺼렸지만 왕이 밀어붙였다). 피렌체에서는 대공이 위자료 액수를 놓고 망설이고 있었다. 마르그리트루이즈에게는 해마다 8만 에퀴가 지급되고, 여행과 정착 비용 조로 8천 에퀴가 따로 지불되며 은제 집기, 옷감, 양탄자, 침대 두 대가 주어질 것이었다. 그것은 그녀가 받아 마땅한 대접에 비해 너무 적은 액수였다. 그래서 그녀는 포조 아 카이아노 저택의 값진 물건을 전부 챙겨 떠나기로 했다.

해방의 날이 다가왔다. 대공비는 마지막으로 아이들을 보게 해달라고 요구했다. 조금이라도 오래 석별의 정을 나누라는 배려로 아이들은 아침 일찍 어머니에게 보내졌다.

맏아이는 어머니가 떠난다는 것을 알자 훌쩍거렸지만 밑의 두 아이는 태연했다. 법석을 떨면서 입맞춤을 해대고 춤을 춰보라고 시키는 여인은 아이들한테는 낯선 사람이었다. 마르그리트루이즈는 아이들의 무심함에 성이 나서 갑자기 아이들을 돌려보냈다. 그 애들은 그녀의 눈에는 뼛속까지 메디치였다. 아무리 그녀가 강한 모성애를 지니지 않았다 해도 문턱에서 잔가스토네가 살짝 울먹거렸을 때는 그녀도 가슴이 아팠다.

1675년 6월 10일 월요일, 마르그리트루이즈는 길을 나섰다. 하인 스물여섯 명, 음악가와 가수 한 명씩이 동행했다. 그녀는 다시는 코시모를 보지 못했다. 대공은 피곤하다며 팔라초를 떠나지 않았다. 그는 성프란체스코회 수도사를 한 명 보내 그녀의 영혼을 위해 기도하겠다는 말만 전했다.

3
1675~1689

자기네 공국을 헐뜯기만 한 마르그리트루이스를 곱게 보지 않았던 피렌체인들은 그녀가 떠남으로써 그나마 남아 있던 쾌활함도 완전히 사라졌다는 걸 깨달았다. 그리고 그들의 군주가 더한층 신앙과 고행의 길에 빠질 것이라 생각했다. 예상은 보기 좋게 빗나갔다. 변덕스러운 아내에게서 해방되자 코시모 3세의 금욕 취향은 말끔히 사라졌다. 오히려 아내가 퍼뜨린 수전노란 오명을 씻기 위해 그는 식도락 삼매에 빠졌다. 수시로 연회가 열리고 가지가지 진미가 식탁에 올라왔으며 훌륭한 포도주의 소비량은 유례없이 늘어났다.

대공이 살이 찌면 찔수록 세금에 짓눌린 서민들의 지갑은 얄팍해졌다. 대공의 팔라초가 흥청대는 사이 시민들의 원성은 높아만 갔다. 비토리아는 국사에 일일이 간섭했고, 국사의 근간을 이루는 교회 권력은 사람들의 몸과 영혼을 옴짝달싹도 못하게 만들었다. 사보나롤라 수도사 시절처럼* 사제들과 수도사들이 안방까지 밀고 들어와 악습을 추방하고 신앙심을 부흥시켰다. 청년들이 마음에 둔 처녀의 집 앞에 꽃이 핀 종려나무 가지와 사탕을 놓아두던 5월 축제는 부도덕한 행위를 조장한다는 이유로 폐지됐다. 종교적 광신은 급기야 코시모 3세가 유태인들에게 가혹한 조치를 취하도록 몰아갔다. 유태인과 기독교인의 육체관계는 물론이고 유태인 아닌 사람들이 그네들의 집에서 일하거나 같이 생활하는 것도 금지됐다.

제반 법률의 위반자에 대한 벌금형과 채찍형을 대폭 강화한 새 칙령도 공포했다. 진정한 신앙을 고양하는 지름길은 공포뿐이라고 판단한 대공은 옛날처럼 공개 처형도 부활시켰다.

그사이 대공의 몸은 폭식으로 인해 치명적으로 망가졌다. 그는 너무 비대해진 나머지 두 다리가 몸을 지탱할 수 없게 되었다. 의사들이 부지런히 처방을 내렸지만 회복의 조짐은 보이지 않고 악화될 뿐이었다. 궁정과 도시 구석구석에서 그의 죽음이 멀지 않았다는 수군거림이 일었다.

* *
*

* 『메디치』 2권을 볼 것.(원주)

파리의 수녀원에서 피렌체의 소식을 전해들은 마르그리트루이즈 도를레앙은 노골적으로 기뻐했다. 그녀는 남편의 부음이 날아오기만 하면 곧장 피렌체로 달려가겠다고 공언했다. 권좌에 오르기에는 너무 어린 아들 페르디난도의 섭정이 되어 위선자들, 국정을 망친 사제들을 몰아내고 고약한 시어머니 비토리아 델라 로베레에게 후련하게 복수를 해주리라.

그녀가 개심했다고 믿었던 베네딕트파 수녀들은 아연했다. 사실 처음에는 그녀도 수녀원장의 지시를 군말 없이 따랐다. 그러나 설교나 듣고 따분한 종교 서적이나 들추면서 지내기란 그녀에게는 애초부터 무리였다. 그녀가 슬픔에 빠져 풀죽어 지낸다는 사실은 방문객들의 입을 거쳐 국왕의 귀에도 들어갔다. 루이는 측은한 마음에 사육제 기간을 계기로 그녀를 베르사유로 며칠 불러들였다.

마르그리트루이즈는 기다렸다는 듯이 맵시 있고 상큼하고 경솔한 왕녀로 되돌아갔다. 그녀는 국왕의 아우와 말벗이 되고, 무도회에서 경쾌하게 춤을 추고, 코시모에 대한 험담으로 온 궁정의 폭소를 자아냈다. 청중을 더 웃기기 위해서라면 이야기를 다소 보태거나 빼는 것도 서슴지 않았다. 국왕조차 미소를 숨길 수 없었는데, 토스카나의 곤디 대사를 배려해 너무 크게 웃는 것은 삼갔다.

수녀원장은 그녀가 돌아오자 곧 베르사유에서의 며칠이 어차피 있지도 않았던 그녀의 종교적 소명을 깨끗이 소멸시켰음을 알아차렸다. 첫 신호탄으로 왕녀는 다시 말을 타고 싶다며 남성용 승마복을 주문했다. 두 다리를 한쪽으로 모아 말을 타는 것은 그녀에게 어울리지 않았기 때문이다. 뒤이어 생트멤므 출신의 마술馬術 선생을 고용해 수녀원 내 자신의 처소에 상주시켰다. 내친 김에 발레 선생도 일주일에 네 번 레슨을 하러 오기로 결정했다.

그녀의 일거수일투족은 곤디 대사의 입을 통해 코시모 3세의 귀에 날날이 들어갔다. 얼굴에 붙이는 애교점이며 붉은색 볼연지, 요란한 색깔의 가발까지도 빠짐없이 보고됐다. 하나같이 수녀로서 품위에 어긋나는 것이었지만 정작 제일 창피스러운 추문에 관해서는 곤디 대사도 입을 다물었다. 샤를 드 로렌이 엘레오노라 도트리슈와 결혼했다는 소식을 듣고 마르그리트루이즈가 홧김에 매력적인 루비니 백작과 연애를 시작한 것이다. 새 애인은 옛 애인을 잊게 해주지는 못했지만 오랫동안 잠들어 있던 욕망을 흔들어 깨워주었다. 다음 애인은 마부 출신으로 룩셈부르크 사령관의 경비병 보좌관이 된 사내였다. 동시에 그와 같은 연대에 복무하는 또다른 군인도 그녀의 총애를 얻었다. 이 분방한 연애 사건은 측근들의 질책을 불러일으켰는데 특히 수녀원장이 노발대발했다. 그러자 왕녀는 거침없이 맞섰다.

"원장님, 내 일에 왈가왈부하면 이 수녀원에 불을 질러버릴 테니 그리 아세요."

수녀원장은 그녀가 어떤 행동을 해도 승복했다. 하지만 마르그리트에겐 그것만으로 충분하지 않았다.

"내가 애인들과 시간을 보낼 때는 무슨 일이 있어도 방해하지 말도록 해요."

그렇게 해서 몽마르트르 수녀원에 풍기문란과 사치가 밀려들어왔다. 훌륭한 가문 출신의 수녀들이 오를레앙 왕녀를 뒤따라 훤칠한 미남 청년들을 앞다퉈 처소에 불러들였던 것이다.

왕녀의 분별없는 짓들은 루이 14세의 귀에도 들어갔다. 수녀원장과 곤디 대사가 번갈아 왕을 알현해 하소연을 했다. 현명한 국왕은 섣부른 제재 조치가 더 큰 추문을 일으키리라 판단했다. 대공비의 아이들을 보호하고 남편의 명예도 구하려면 함구하는 것이 좋을 터였다. 문제는 그녀가 앞으로도 미천한 사내들에게 골고루 애정을 나눠준다면 코시모 3세에게 오쟁이 진 남편이란 딱지가 붙으리란 점이었다. 아내로 인해 밤낮없이 두통에 시달릴 토스카나 군주를 위로하는 뜻으로 루이 14세는 프랑스 왕조의 상징인 백합을 메디치가의 문장에 그려넣도록 허락하였다.

* *
*

메디치가의 장남 페르디난도는 아름답고 지적으로 성장했다. 음악과 승마에 뛰어난 그에게 궁정과 시민들의 기대가 쏟아졌다. 다들 코시모 3세의 빡빡한 통치가 어서 끝나기를 은근히 바랐기 때문이다. 문제는 그가 이제 아버지의 사랑을 받지 못한다는 점이었다. 유쾌한 이 청년이 모친을 빼닮은데다 혹 샤를 드 로렌의 사생아일지도 모른다는 코시모의 의심이 걷히지 않은 까닭이었다.

그렇다고 대공이 둘째아들 잔가스토네를 더 예뻐하는 것도 아니었다. 사랑스럽고 섬세하고 호기심 많은 이 아이의 치명적 결점은 볼 때마다 마르그리트루이즈를 떠올리게 하는 것이었다. 안나 마리아 루도비카만은 달라, 부친의 에누리 없는 사랑을 받았다. 대공의 딸은 사제들의 가르침에 순종하고 종교적 의무를 엄수했다.

두 아들이 자신들의 교육과 놀이까지 일일이 간섭하는 조모 비토리아를 질색하는 것도 코시모의 노여움을 샀다. 비토리아는 페르디난도의 가정교사 로렌치니 형제가 손자의 신앙심을 훼손시킨다고 불평했다. 더 괘씸한 것은 이들이 페르디난도가 모친에게 편지를 쓰도록 부추겼다는 사실이다. 모친과의 연락을 금한 대공은 매우 언짢았다. 더욱이 코시모의 건강이 악화됐다는 소식에 아내가 공공연히 기뻐했단 보고를 듣고는 그 소문도 로렌치니 형제가 프랑스에 퍼뜨렸을 것이라 의심했다. 로렌치니 형제는 결국 감옥에 갇히고 알비치 후작이 새 가정교사가 되었다. 믿음 깊은 신임 가정교사는 우선 놀기 좋아하는 페르디난도의 분방한 기질을 준엄하게 꾸짖고 독립적인 성향을 제한하려 했다.

새 가정교사는 제자와 할말이 아주 많았지만 로렌치니 형제와 헤어져 크게 낙담한 제자는 앞으로 잔소리를 듣고만 있지는 않겠다고 결심했다. 그는 지긋지긋한 신앙의 의무를 팽개치고 오페라 작곡에 몰두했다. 〈사랑에 항복한 사랑〉이란 그 오페라는 프라톨리노(그는 모르고 있었지만 그곳이야말로 모친이 샤를 드 로렌과 사랑을 나눈 곳이었는데!)에서 무대에 올릴 예정이었다. 그는 손수 클라브생* 연주를 담당하고 주역은 페트릴로라는 젊은 가수에게 맡겼다. 호리호리한 미남 청년에게 페르디난도는 한눈에 반했고, 둘은 신분의 차이에도 불구하고 이내 단짝이 되었다. 후작은 신경을 곤두세웠다. 늘 붙어다니는 두 청년의 관계가 혹 불순한 쪽으로 발전하지는 않을까? 가정교사는 그들을 철저히 감시했지만 두 청년은 그의 눈을 피해 하고 싶은 일을 얼마든지 했다.

프라톨리노의 오페라 공연은 큰 성공을 거두었다. 쏟아지는 갈채에 감격한 페트릴로가 페르디난도에게 달려갔다. 그들이 부둥켜안고 서로의 뺨과 입술에 열렬히 입을 맞추는 것을 본 알비치 후작은 기겁했다. 후작이 페트릴로를 떠밀고 제자에게 호통을 쳤다.

"이게 무슨 남부끄러운 짓인가?"

페르디난도는 얼떨결에 조그맣게 중얼거렸다.

"내 잘못이 아니에요, 나도 그냥 당한 거라고요."

그는 말을 마치자마자 후회했지만 이미 돌이킬 수 없었다. 그는 후작 뒤에 서 있던 페트릴로의 눈에 눈물이 차오르는 것을 보았다. 페트릴로는 뒤도 안 돌아보고 달려나가 두 번 다시 페르디난도 앞에 나타나지 않았다. 페르디난도는 자신이 내뱉었던 비겁한 한마디를 두고두고 잊을 수 없었다.

* *
*

---

* 피아노의 전신.

마르그리트루이즈의 새 애인은 젠틸리란 사내였다. 처음에는 하인이던 그는 왕녀의 신세타령을 들어주다가 수행원으로, 수행원에서 애인으로 승격했다. 가장 큰 계기는 대공비가 친절한 승마 선생을 포함한 애인들이 모조리 토스카나 대사 곤디의 밀정이 아닐까 의심했기 때문이었다.

미남도 추남도 아닌 이 평범한 사내는 왕녀가 안심할 수 있는 상대였다. 그는 한결같은 태도로 묵묵히 봉사했는데, 구두끈도 묶어주고 머리도 빗겨주고 스타킹 고정용 고무 밴드도 매주었다. 물론 왕녀의 하달이 있으면 잠자리도 나누었다.

"당신처럼 엽렵한 '하녀'는 일찍이 본 적이 없어!" 그녀는 웃음을 터뜨리며 말하곤 했다.

마르그리트루이즈의 욕망이 출구를 찾을 때면 그는 주인이 요구하는 사랑을 충실하고 정성껏 집행했다.

그 대가로 하인들을 들볶기로 이름높던 왕녀는 연인(이자 종복)의 건강을 살뜰하게 챙겼다. 그녀는 연인이 과음을 피하도록 주의시키고, 그가 장출혈로 고생했을 때는 수치를 당할 위험을 무릅쓰고 서슴없이 손수 관장 처치까지 해주었다.

둘이 얼마나 사이가 좋은지는 왕녀가 시골에 머무를 때 백일하에 드러났다. 마르그리트루이즈가 실오라기 하나 걸치지 않고 하인과 함께 강물에서 미역을 감는 광경을 수행원들이 목격했던 것이다. 엉큼한 하인이 그 틈을 이용해 물속에서 여주인을 다정하게 껴안는 장면도 그들은 놓치지 않았다.

그 모든 사실과 그 밖의 사실 모두 코시모 3세의 귀에 고스란히 들어갔다. 그는 담담한 얼굴로 더 소상히, 더 낱낱이 보고하라며 매번 곤디 대사를 닦달했다. 마치 아내의 타락을 알면 알수록 고통스러운 쾌감을 느끼는 사람처럼. 아니면 혹 마음속 깊은 곳에서 아내의 자유가 부러웠던 것은 아닐까?

그는 루이 14세에게 아내의 낯뜨거운 행동으로 체면이 이만저만 깎이는 게 아니라고 불평하는 편지를 보냈다. 그것을 안 대공비는 노발대발하며 즉각 펜을 쥐었다.

> 나야말로 당신 때문에 엄청 골치가 아프고, 당신이 날 대하는 태도를 바꾸지 않으신다면 복수할 생각뿐이랍니다. 맹세컨대 당신을 지금보다 몇 갑절 미워하고 혐오하고 저주해드리죠. 당신을 돌게 만들기 위해서라면 악마하고도 손을 잡을 테니 그리 아세요. 정말이지 지긋지긋해요. 당신을 괴롭히기 위해 앞으로도 괴상한 짓이란 괴상한 짓은 모조리 저지를 생각이니 각오해요! 그걸 막기는 불가능할걸요. 만에 하나 나를 거기로 다시 불러들일 꿍꿍이라면 조심하는 게 좋을 거예요. 당신은 그 누구도 아닌 바로 내 손에 죽을 테니까요.

마르그리트루이즈는 스스로 생각해도 걸작인 그 편지를 왕에게 보여주었다. 루이가 웃음을 터뜨렸다.

"직접 나설 것도 없겠어. 펜으로 가슴에 칼을 꽂은 거나 다름없는걸."

"코시모는 악랄한 구두쇠예요."

"하지만 주님 앞에서 맺어진 남편임에는 변함이 없지."

"남편 같지도 않은 남편인데다 이따금 시늉이나마 할 때도 너무 시시했죠." 그녀가 미간을 찡그리며 대꾸했다.

루이 14세가 빙그레 웃었다. 부부싸움을 중재하는 일은 피곤했지만 눈앞의 활발한 그녀는 그를 늘 유쾌하게 했다.

"헤어졌는데도 절 끈질기게 염탐하는 게 말이나 되나요? 저를 감시하려고 주변 사람들까지 매수했다고요."

"그에게는 그럴 권리가 없다고 일러주지. 그대를 프랑스로 돌려보낸 이상 간섭해서는 안 돼."

"존경하는 폐하께서 혹 편지를 쓰실 거면 그 김에 위자료도 올려달라고 해주시겠어요? 지금 형편으론 체면 유지도 힘들어요…… 아니면 그 수전노에게 제 지참금을 돌려달라고 하든지요."

"그렇게 하지…… 그런데 나도 부탁이 하나 있어. 듣자 하니 하와와 똑같은 차림으로 강에서 미역을 감는다지? 분명 매혹적인 광경이겠지만 그로 인해 말들이 많은 모양이야."

마르그리트루이즈가 깊숙이 허리를 숙인 다음 대답했다.

"폐하께 맹세하지요, 앞으로는 옷을 입고 미역을 감겠노라고."

"그것도 아주 튼튼하게 바느질된 옷을 입어주면 좋겠어."

* *
*

피렌체의 대공이 살이 쪄서 운신도 못한다는 소문에 아내가 기뻐하자 코시모 3세는 분개했다. 그는 별안간 식생활을 개선하겠다고 선언했다. 명의로 이름난 주치의 프란체스코 레디*의 조언에 따라 대공의 식탁에서 고기와 술이 사라졌다. 그는 이제 채소와 허브와 과일만 먹었다. 새로운 생활 습관은 정원과 식물학에 대한 열정으로 발전해 그의 채소밭과 과수원은 온갖 희귀한 채소와 약초와 열매와 과일로 넘쳐났다. 대공은 즐거운 얼굴로 매일 그곳들을 방문했고, 정원사들은 행정관들보다 좋은 대우를 받았다. 또하나, 이것도 주치의의 충고였는데, 그는 몇 해나 계속된 폭식으로 무거워진 몸을 관리하기 시작했다. 대공은 걷기와 사냥과 승마로 몸을 단련해 죽을 날이 멀지 않았다고 수군거리던 사람들의 입을 다물게 했다.

건강을 되찾자 영혼의 평화도 얻고 싶어진 대공은 스페인에서 알칸타리니 수도회의 수도사들을 불러들여 자신의 의도를 말했다. 그는 그들을 위해 자신이 가장 좋아하는 저택 암브로지아노 근처에 수도원도 지었다.

---

* 레디는 당시 의사들 가운데 최초로 병원균을 접종하면 일부 전염병에 면역이 생긴다는 사실을 발견한 것으로 보인다.(원주)

그러나 마음의 안식은 쉽사리 찾아오지 않았다. 헤어진 아내가 일으키는 분란도 분란이거니와 장남 페르디난도도 걱정이었다. 아들은 알비치 후작의 감독을 벗어나 하고많은 날을 방탕한 친구들과 어울렸다. 거기다 추기경 자리가 약속된 코시모의 아우 프란체스코 마리아까지 조카와 한통속이 되었다. 숙부와 조카는 짝을 이뤄 이 저택에서 저 저택으로 옮겨다니며(대공의 팔라초에는 발을 들여놓지 않도록 조심했다) 탈선을 저질렀다. 그들은 신앙심을 비웃고 대공의 정책을 공공연히 비방했으며 예술품 수집이란 명목으로 성당에서 그림을 훔치는 짓도 서슴지 않았다.

보다 못한 대공은 아우가 정식으로 추기경 자리에 앉을 때까지 일단 시에나의 통치를 맡겼다. 장남은 이미 이야기가 오가는 혼담을 하루라도 빨리 성사시키기로 마음먹었다.

코시모 3세는 아들을 팔라초로 불러들여 자신의 의도를 말했다. 페르디난도는 내키지 않는 얼굴로 아버지 앞에 나타났다. 모친과 편지 연락을 금지시킨 이래 그는 궁정에 발걸음을 끊은 터였다.

훤칠한 미남 청년은 아버지가 훈계하는 내내 부루퉁한 얼굴을 하고 있었다.

"너 때문에 내가 아주 골머리를 썩는다. 우리 공국 젊은이들이 네 몹쓸 행실에 대해 어떻게 생각하겠니? 네가 체키노라는, 거세한 소프라노 가수와 죽고 못 산다는 소린 나도 들었어."

대공은 말을 중단하고 이맛살을 찌푸린 채 아들을 뜯어보았다. 이 아이가 내 말을 듣고나 있는 걸까?

"생각만 해도 역겹구나. 사내로서 마땅히 있어야 할 것이 없으니 그들이 죄악과 동성애로 치닫는 건 당연해."

페르디난도의 입가에 엷은 미소가 떠올랐다. 아버지의 총애를 받는다는, 입방아 잘 찧는 사람들이 '코시모네트'라 부르는 예쁘장한 하녀에 관한 풍문이 그의 귀에도 흘러들어왔던 것이다.

코시모 3세가 엄한 낯으로 말을 이었다.

"가문의 명예를 깎아내리는 미친 짓은 당장 그만두거라. 네 의무는 어서 아내를 맞아들여 후사를 보는 일이야."

페르디난도가 시큰둥한 표정을 지었다. 즐길 것이 하도 많아 결혼을 생각할 여유가 없는 메디치가의 장남에게 아내를 얻어주기 위해 코시모와 그의 대사들이 진작부터 동분서주한다는 것은 그도 알고 있었다. 대공이 맨 처음 노린 것은 포루투갈의 공주, 페드로 2세의 외동딸이었다. 그러나 외교문제가 떠오르는 바람에 포기했다. 다음에는 프랑스 공주에 눈독을 들였다. 사촌을 메디치가에 내준 걸 후회하는 루이 14세는 못 들은 체했다. 그러자 코시모 3세는 프랑스 황태자비의 여동생인 비올란테베아트리체 드 바비에르를 점찍었다. 그녀를 며느리로 들이면 독일에서도 부와 명예로 손꼽히는 가문과 사돈이 되는 동시에 프랑스 왕가와도 관계가 강화될 터였다. 양가의 첫 접촉은 퍽 우호적이었다. 코시모는 그 사실을 아들에게 알렸다.

"듣자 하니 온순하고 교양이 높은 처녀라더라. 아직 어린데도 몇 개 국어나 구사하고 라틴어에도 능하며 신앙심도 독실하다지."

페르디난도는 마지막 문구가 특히 부친의 마음에 들었으리라 짐작했다. 어린 독일 공주가 덕이 높거나 말거나 교양이 풍부하거나 말거나 무슨 상관이랴, 어차피 누구랑 결혼해도 마찬가지인 것을.

코시모는 아들의 무관심에 속이 부글부글했지만 참고 말을 계속했다.

"거기다 작곡을 좋아하고 악기도 여러 종류 다룰 줄 안다더구나."

청년의 귀가 약간 뜨였다. 그것만은 확실히 반가운 재주였다. 그러나 그는 뚱한 얼굴로 아무 내색도 하지 않았다. 대신 조금 누그러진 목소리로 물었다.

"아버지, 결혼에 동의하면 그전에 여행을 보내주시겠어요?"

"어딜 가려고?" 코시모가 눈살을 찌푸렸다.

"베네치아요."

"창녀와 놈팡이만 우글거리는 덴 뭘 하러? 너처럼 정신 상태가 불건전한 여행객을 홀릴 해로운 놀거리가 널린 곳이란 게 심히 걱정스럽다만?"

"놀러가겠다는 게 아니라 영혼이 담긴 작품들을 보러 가겠다는 겁니다."

대공이 어깨를 으쓱했다. 아들의 말을 믿는 것은 아니었지만 억지 결혼이 얼마나 불행한 것인지 누구보다 잘 알기에 그 정도는 허락하는 게 좋을 듯했다.

"좋도록 해라. 대신 아내가 될 여자를 사랑하겠단 결심이나 좀 해주면 나도 한시름 놓겠어……"

* *
*

잔가스토네가 사랑하는 것은 고독뿐이었다. 그라고 사교성이 아주 없는 것은 아니었지만 자연히 사람들과 거리를 두게 된 데는 그럴 만한 이유가 있었다. 부친은 신앙의 의무를 실천하기에 바빠 아들을 사랑할 틈이 없었고, 화려하고 주목받기를 좋아하는 형은 아우를 얕보았으며, 자기밖에 모르는 누이는 남동생에게 무관심했다. 자신을 구원해줄 것은 오직 자신뿐이란 걸 그는 일찌감치 깨달았다. 그렇지만 아이들을 버리고 간 어머니만은 마음속에서 지워지지 않았다. 어떤 유모나 가정교사도 그가 원했던 애정을 주지는 못했다. 그는 어머니를 원망하지 않았고 피치 못할 사정이 있었을 거라고 믿었다. 대공의 측근들이 어머니와 신분이 미천한 자들의 연애 사건을 놓고 거침없이 험담을 해댈 때마다 그는 속이 쓰라렸다.

그는 틈만 나면 보볼리 정원에 들어앉은 아담한 정자에 오랫동안 틀어박혔다. 그의 일과는 명상에 빠지고 우울함에 젖는 일이었다. 정자의 소파에서 잠들 때면 가끔 어머니 꿈을 꾸었다. 늘 똑같은 꿈이었다. 어머니가 몸을 숙여 그의 얼굴을 들여다보다가 귓불에 무어라 속삭이며 목덜미에 입을 맞췄다. 그는 소스라쳐 깼고, 부끄럽게도 뜨거워진 몸뚱이를 스스로 달래야 했다.

몽상할 것이 없을 때는 정원을 가꾸었는데 그는 꽤 뛰어난 정원사였다. 그가 물뿌리개와 괭이를 들고 정자 근처에 조성한 네모진 작은 밭을 일구는 광경은 심심찮게 목격됐다. 그는 고대 예술에도 흥미가 깊었지만 인색한 코시모는 아들이 조각상을 수집해 은신처를 꾸미는 것을 허락하지 않았다.

해가 갈수록 아버지에 대한 미움은 깊어졌다. 아버지는 모친을 떠나게 한 장본인이며 토스카나의 쇠락을 재촉한 무능한 군주였다. 비록 국사에는 일절 관여하지 않았지만 피렌체의 재정 파탄이 시민들을 착취하고 성직자만 우대한 부친의 그릇된 통치 탓이란 것쯤은 그도 알고 있었다.

부친의 허영심도 그의 혀를 차게 만들었다. 프랑스 왕조의 백합이 메디치가의 문장에 그려진 것을 기뻐하다니 얼마나 한심한가? 루이 14세가 허락한 그 백합이야말로 그가 오쟁이 진 남편이란 걸 광고하는 꼴인데.

* *
*

결혼 계약서는 1688년 5월 24일 뮌헨에서 서명됐다. 메디치가에 매우 유리한 조건이었다. 비올란테베아트리체 드 바비에르는 80만 탈레르의 지참금을 현금과 보석으로 지불하기로 했다. 관례에 따라 거행된 대리 결혼식에는 토스카나 대사가 페르디난도를 대신해 참석했다.

몇 달 후 궂은 날씨에도 불구하고 어린 신부와 수행원들이 이탈리아로 출발했다. 비올란테는 마차 밖의 풍경에 눈이 휘둥그레졌다. 알프스를 넘는 일은 힘들었지만 끊임없는 탄복의 연속이었다. 이윽고 이탈리아로 접어들었다. 완만한 언덕들과 도중에 들른 도시의 우아한 집들이 햇빛을 받아 반짝이는 광경에 그녀는 감동했다. 마르그리트루이즈와는 반대로 그녀는 단번에 자신의 새 조국을 사랑하리라 예감했다.

비올란테베아트리체는 가냘픈 열여섯 살 처녀였다. 이마는 시원하고 눈동자는 부드러운 보라색이며 얼굴은 갸름했다. 콧날은 약간 뾰족했지만 새침한 입술과 잘 어울렸다. 안색이 맑고 목은 가녀렸으며 어깨는 뽀얗고 매끄러웠다. 페르디난도의 아내가 될 이 아가씨는 흔히 말하는 전형적인 미인은 아니었지만 세파를 맛보지 않게끔 꼭 품어주고 싶게 하는 섬세함이 있었다.

숙박지에 닿을 때마다 그녀는 융숭한 대접을 받았다. 환대와 진수성찬에도 싫증이 날 즈음 일행은 붉은 도시 볼로냐에 닿았다. 마침내 토스카나가 코앞이었다. 그녀를 태운 마차가 장밋빛 벽돌로 지은 아치형 회랑이 늘어선 길들을 가로질렀다. 그녀는 지암볼로냐의 조각상에 감탄했다. 특히 근육질의 넵투누스 나상에 큰 감명을 받았다. 성 도미니크의 유해가 그 도시에 잠들어 있다는 것을 알고 그녀는 무덤을 찾아 묵상했다. 이윽고 웅장한 망루가 갖춰진 행정장관의 팔라초에 도착하자 의원과 귀족 대표단이 기다리고 있었다. 한 청년이 열을 벗어나 그녀에게 다가왔다. 청년은 우아하게 고개를 숙인 다음 어색하게 그녀의 손을 잡았다. 미리 연습해뒀을 빈틈없는 환영의 말이 청년의 입에서 흘러나왔다.

"잘 오셨습니다. 저는 잔가스토네, 장차 공주님의 남편이 될 페르디난도의 아우입니다. 이처럼 매력적인 분을 맞게 되어 기쁩니다."

비올란테가 얼굴을 붉혔다. 청년도 쑥스러운 얼굴이었다. 그녀가 손을 빼고 절을 한 다음 완벽한 이탈리아어로 대답했다.

"섬세한 배려에 감동했어요, 도련님. 우정이 피어나리란 예감이 드는군요."

그들은 연회 때 다시 만나 나란히 자리를 잡았다. 잔가스토네는 불편한 기색으로 소란한 연회의 한가운데에 말없이 앉아 있었다. 비올란테가 어색함을 지워보려 애썼지만 청년은 그녀의 눈길을 피해 오직 먹는 데만 열중했다.

* *
*

정말 잘생겼다! 처녀는 청년을 힐끔거리며 몇 번이고 탄복했다. 이목구비는 단정했고 눈빛은 대담했으며 치아는 가지런했다. 페르디난도 데 메디치, 그녀의 남편.

그녀는 무젤로의 어두운 숲들을 가로질러 토스카나로 들어갔다. 두툼한 안개가 나무 꼭대기에 걸려 있고 비탈에서는 새하얀 물줄기들이 떨어졌다. 고불고불한 협곡을 지나가자 돌연 계곡이 넓어졌다. 멀리, 창백한 겨울 햇빛 아래 황금색으로 반짝이는 보드라운 평원이 누워 있었다.

그녀를 데리러 온 그에게 그녀는 첫눈에 반했다. 뱃속에서 뜨거운 것이 올라왔다. 처음 맛보는 흥분이었다. 사랑이 뭔지는 몰랐지만(그녀가 배운 것이라고는 아무리 싫어도 남편이 요구하면 순순히 몸을 맡겨야 한다는 것 정도였다) 그런 미남자의 품에 안기면 감미로우리란 것쯤은 짐작할 수 있었다. 그러나 그녀는 이내 수치심을 느꼈다. 순진하고 믿음 깊은 처녀가 그런 낯뜨거운 생각을 하다니!

페르디난도가 그녀와 같은 마차에 올라타 맞은편에 앉았다. 그녀는 수줍어 구석에 몸을 파묻었다. 그가 싱글거리며 그녀를 건너다보았다.

"뭐 겁나는 거라도 있으신지요, 부인."

"그건……"

그녀는 바보처럼 말문이 막혔다. 페르디난도는 계속 싱글거리며 그녀를 뜯어보았다. 그녀가 자신도 모르게 숄의 한쪽 자락으로 가슴을 덮었다.

"그런 눈빛으로 보지 마세요. 거북하니까요."

그가 웃음을 터뜨리더니 고개를 돌려 창밖의 경치를 보는 척했다.

이윽고 그가 입을 열었다.

"부인, 우리 가문이 이 산악 지방 출신이란 걸 아시는지 모르겠군요. 우린 어떤 사람들이었을까요? 조상들은 보나마나 별 볼 일 없는 농부들이었겠죠, 경작지를 떠나 피렌체로 상경해 한 재산 모아보려고 장사에 손을 댄…… 그렇게 보잘것없는 집안의 아들과 맺어지는 데 실망하지는 않으셨는지요?"

그가 그녀의 얼굴을 뜯어보더니 또 웃음을 터뜨렸다. 그는 놀리는 건가? 마침내 그녀가 용기를 내어 말했다.

"그런 건 상관없어요. 당신이 좋은 남편이기만 하다면."

그가 어깨를 으쓱했다.

"부인께선 좋은 남편이 뭔지 아시나요? 그렇다면 참 현명하시군요."

"놀리지 마세요…… 전 친구가 되고 싶을 뿐이에요."

침묵이 깔렸다. 페르디난도가 그녀의 얼굴을 물끄러미 쳐다보았다.

"부인도 나도 이 결혼을 하고 싶다고 조른 적은 없어요. 난 의무를 이행할 겁니다. 하지만 평소의 생활 방식을 바꿀 생각은 조금도 없소."

"저야말로 당신을 방해할 생각은 없어요!" 그녀가 항변했다.

"어차피 그러지도 못할 겁니다."

그가 그녀에게 얼굴을 바싹 들이댔다.

"난 결혼이라면 아주 질색입니다. 부모님이 워낙 좋은 본보기를 보여줘서 말이지요…… 아버진 사제들에게 인생을 통째로 갖다 맡기고 우리의 백성들을 다스리는 일도 그들에게 맡겨버렸죠. 어머니로 말하자면 독실한 남편 덕에 머리가 돈 창녀가 됐고요."

"잠깐……"

"불쾌했다면 용서하시오…… 하지만 아무리 감추려 해도 이게 진실이오. 내 인생이 다소 옆길로 새더라도 좀 이해해주시구려."

그가 그녀의 손등에 손을 얹었다. 깜짝 놀란 그녀의 뺨이 새빨개졌다. 페르디난도는 모르는 체 말을 이었다.

"그렇다 해도 부인에겐 충실하겠소. 나 때문에 당신이 고통을 겪지 않도록 최선을 다하겠소."

눈물 한 방울이 그녀의 뺨을 타고 흘러내렸다. 그를 처음 봤을 때처럼 뜨거운 것이 뱃속에서 치밀었다.

끔찍하게도 그녀는 벌써 그를 사랑하고 있었다.

* *
*

피렌체는 살얼음 같은 공기에 덮여 있었다. 공기는 금방이라도 쩍 소리를 내며 갈라질 것 같았다. 살을 에는 삭풍이 도로와 광장에 불고 있었다. 쨍한 1월의 햇빛이 결빙을 부추기는 듯했다.

마차에 갖춰진 발 보온기는 아무 소용도 없었다. 비올란테는 온몸을 덜덜 떨었다. 추위도 아랑곳없이 신혼부부를 보려고 대성당 앞 광장에 몰려든 시민들의 환호에 답례하는 것조차 힘들었다.

페르디난도는 침울한 얼굴로 그녀의 곁에 앉아 있었다. 불과 며칠 동안 그의 기분은 수시로 변했고 그녀는 그것에 익숙해졌다. 무젤로를 빠져나가자 프라토에서 대공과 대공의 모친이 그들을 기다리고 있었다. 그곳의 극장 공사가 진척된 것을 알고 페르디난도는 어린애처럼 기뻐했다. 그는 비올란테에게 자신이 직접 무대장치와 장식을 고안했으며 위대한 작곡가 스카를라티가 몇 주 후 그곳에서 오페라를 상연할 예정이라고 열심히 설명했다.

"당신도 음악을 사랑한다고 들었소…… 이게 내 결혼 선물이오."

그는 그제서야 매우 활동적인 젊은이로 보였다. 그렇지만 오늘, 주님 앞에서 두 사람이 하나가 된 날에 그는 마치 딴사람처럼 슬퍼 보였다…… 그녀의 가슴속은 술렁거렸다. 이날 밤 처음으로 그들은 부부가 된다. 그녀는 그의 마음에 들고 싶었지만 자신이 없었다. 걱정의 원인은 무엇보다 그녀 자신이었다. 남편이 결혼 전에 베네치아에 오래 머물렀다는 걸 그녀는 알고 있었다. 그는 분명 아름다운 유녀들을 숱하게 만났으리라. 상큼하고 요염한 그 여인들을 남편의 기억에서 몰아낼 수 있을까? 그녀의 조그만 젖가슴, 가녀린 허벅지, 사내아이 같은 엉덩이가 티치아노의 그림에서 본 베네치아 여인들의 풍만함과 경쟁할 수 있을까?

그들은 피티 팔라초 앞에 도착했다. 코시모 3세가 마차에서 내려 다가왔다. 프라톨리노에서 처음 대면한 날부터 대공은 온순하고 덕 있는 며느리가 들어와 영광이라고, 흐뭇한 얼굴로 몇 번이나 말했다. 그녀에게 그 말을 전해들은 페르디난도는 콧방귀를 뀌었다.

"왠지 알아요? 당신이 우리 어머니와는 여러 면에서 정반대이기 때문이죠."

그녀는 아무 말도 하지 않았지만 마음이 상했다. 이미 본 적이 있는 초상화 속의 마르그리트루이즈가 요염하고 매력적인 미녀였기 때문이다. 그러니 비올란테 그녀는 그렇게 따분하다는 말인가?

* *
*

비올란테는 피곤했다. 연회 내내 벽난로가 활활 타올랐지만 몸은 녹지 않았다. 수행원들과 더불어 그녀가 마침내 하녀들이 대기 중인 침실에 도착했다. 사제들이 열을 지어 나타나 신혼부부의 첫날밤을 축복하고 돌아가자 하녀들이 그녀의 옷을 벗겼다. 그녀는 맨발에 잠옷 차림으로 신랑의 처분을 기다렸다. 신랑이 좀처럼 나타나지 않자 그녀는 혼자 침대로 들어갔다. 하인들이 침대 둘레의 커튼을 닫고 머리맡의 촛불만 남기고 물러갔다. 잠시 후 뜨거운 눈물이 뺨을 따라 흘러내렸다. 대체 그는 어디서 무얼 한단 말인가? 그녀를 팔 안에 안고 그녀에게는 아직도 커다란 수수께끼인 남편의 의무를 다해야 하지 않는가?

눈물로 젖은 뺨을 한 채 그녀는 뒤치락거리다가 잠들었다. 한밤중에 따뜻한 체온을 느끼고 그녀가 눈을 떴다. 그가 옆에 누워 있었다. 그녀의 잠옷이 가만히 걷어올려졌다. 그가 몸속으로 들어왔을 때 그녀는 비명을 터뜨리며 힘껏 그를 부둥켜안았다. 그녀는 몸속에서 커다란 출렁임이 일어나는 것을 느꼈다. 그러니까 이런 것이었구나. 동물적이고, 기계적이고, 좀 당혹스러운 왕복운동. 그녀는 놀라기는 했을지언정 혐오감을 느끼지는 않았다. 황홀감에 도달하지는 못했지만 비올란테는 남편을 내려주신 주님께 감사했다.

* *
*

결혼 축하 행사는 코시모 3세의 지시로 사순절이 시작될 때까지 연장됐다. 비올란테는 기쁜 마음으로 새 삶을 시작했다. 그녀는 겸손한 태도로 축하와 경의를 받으며 연회는 물론이고 신심 깊은 대공의 명으로 열린 종교의식에도 빠짐없이 참석했다. 섭섭한 것이 있다면 남편의 얼굴을 좀처럼 볼 수 없다는 점이었다. 그는 아내는 팽개친 채 애지중지하는 친구들에게 둘러싸여 프라톨리노의 저택에 눌러앉아 있었다. 비올란테는 애써 아무렇지도 않게 생각했다. 그녀는 남편을 사랑했고, 남편의 행복을 방해하고 싶지 않았다.

산책하거나 미사를 보러 갈 때면 그녀는 스스럼없이 피렌체인들 앞에 나섰다. 본디 빈정대기 좋아하는 피렌체인들이었지만 그녀가 자기네 군주와 결혼하러 오는 거만한 외국 왕녀나 궁정의 지체 높은 부인들과 달리 소박한 성품이란 것쯤은 금세 알아차렸다. 교회의 엄한 감독 아래 갑갑한 나날을 보내던 시민들이 그나마 숨통이 트인 것도 대대적인 결혼 축하연 덕분이었다. 비올란테는 무람없이 호의를 드러내는 시민들이 단번에 좋아졌다.

하늘까지도 그녀를 축복하는 듯했다. 돌연 추위가 물러나고 봄의 전조가 속속 나타났다. 바이에른의 혹독한 겨울에 익숙한 여인은 그저 어리둥절했다.

참회의 화요일에 피렌체인들은 산타크로체 광장으로 몰려들었다. 결혼 축하 행사를 마무리하기 위해 페르디난도는 그곳에서 메디치가의 전통을 재현한 창술 시합을 개최했다. 시합은 아홉 기사로 이뤄진 아시아 편과 유럽 편으로 나뉘어 오후 내내 벌어질 터였다.

금실 은실로 수를 놓은 드레스를 입은 비올란테는 재잘거리는 젊은 여인들에게 둘러싸여 원형경기장 한가운데 세워진 연단으로 안내되었다. 아시아 편을 이끄는 페르디난도가 군중의 환호 속에 입장했다. 비올란테는 가슴이 뛰었다. 진주와 값진 보석이 박힌 초록색 새틴 블라우스를 입고, 알록달록하고 기다란 깃털이 꽂힌 투구를 쓰고, 긴 장화를 신고 백마에 올라타 청룡도를 휘두르는 그는 어느 때보다 멋졌다. 동료들도 똑같은 복장이었지만 블라우스 장식이 왕자와는 달리 은장식이었다. 뿔피리가 요란하게 울리고 유럽 편 선수들이 나타났다. 그들을 이끈 것은 멋지게 차려입은 잔가스토네였다. 얼굴이 썩 밝지 않은 걸로 보아 형과 아버지에게 떠밀려 억지로 나온 것이 분명했다.

경기장 양편에 늘어선 선수들이 투구의 면갑을 내리고 돌진했다. 비올란테는 눈을 감았다. 그러나 눈을 떴을 때는 안도의 한숨이 흘러나왔다. 옛날과는 달리 이 창술 시합은 기사들의 화려한 복장과 훌륭한 마구 장식으로 관중의 눈을 즐겁게 해주는 것이 목적인 듯했다. 그래도 우승자는 뽑는 모양이어서 상은 아시아 편의 한 선수에게 돌아갔다. 우승자가 연단 앞으로 와 공주를 향해 정중히 고개를 숙였다. 정작 페르디난도와 동료들은 이미 멀어지고 있었다. 그는 그녀에게 눈길조차 던지지 않았다. 그녀는 어서 팔라초로 돌아가 실컷 울고 싶다는 생각뿐이었다.

4
1689~1696

남편이 좀처럼 남편 노릇을 해주지 않았으므로 비올란테베아트리체 드 바비에르는 시동생에게서 위안을 얻었다. 둘 다 제대로 사랑받지 못한, 외로운 사람들이 아니던가?

그들은 많은 이야기를 나누지는 않았지만 함께 음악을 듣거나 궁전과 성당을 방문했다. 잔가스토네에게는 피렌체의 예술품을 조사하라는 대공의 지시가 떨어져 있었다. 그는 이 일에 열심이었고, 이따금 동행하는 형수의 탁월한 안목에 몇 번이나 놀랐다. 물론 보볼리 정원의 정자에 혼자 틀어박히는 습관은 변함이 없어 그곳에는 아무도 발을 들여놓을 수 없었다.

비올란테는 호기심에 이끌려 시동생의 은신처를 찾아갔다. 그녀는 너그러운 시동생이 형수까지 내치지는 못하리라 여겼다. 문을 지키던 하인은 그녀를 감히 제지하지 못했다. 커다란 방안은 눅눅

하고 쾨쾨했다. 창문은 전부 닫히고 커튼은 내려져 있었다. 어두컴컴한 방 한복판에 장막이 내려진 침대가 놓여 있었다. 어디서 나왔는지 그림자 하나가 불쑥 튀어나왔다. 간단한 블라우스와 반바지만 입은 잔가스토네였다. 그는 여자의 실루엣을 보고 멈칫하더니 형수를 알아보고 미간을 찌푸렸다.

"여기서 뭘 하시죠?"

"도련님을 찾아왔어요……" 비올란테가 중얼거렸다.

그가 거칠게 커튼을 젖혔다. 비올란테는 놀란 눈길로 어지러운 주변을 바라보았다. 작업대 위에 실험 도구, 표본병, 확대경, 심지어 대야까지, 온갖 것들이 너절하게 널려 있었다. 제일 놀라운 것은 그 맞은편에 빽빽하게 쌓인 수많은 새장이었다. 빛이 들어오자 새들이 깨어 지저귀기 시작했다. 비올란테가 다가갔다. 하나같이 처음 보는 생생하고 화려한 빛깔의 새들이었다.

"이국의 새들이에요…… 진귀한 종들이죠. 따뜻하게 해줘야 해서 죄다 꽁꽁 닫아둔 것이고요."

"하지만 이것들에겐 빛도 필요한 게 아닌가요?"

잔가스토네는 대꾸가 없었다.

"새를 이렇게 좋아하는 줄은 몰랐어요……"

"자연에서 얻는 아름다움이라면 뭐든지 사랑하죠."

그 순간 침대의 장막 사이로 근육질의 맨다리가 빠져나왔다. 밤색 곱슬머리에 금갈색 얼굴빛의, 앳된 반라의 청년이 나타났다. 잔가스토네가 가로막았지만 청년은 활짝 웃으며 그를 밀어내고 공주

앞에서 정중하게 허리를 숙였다. 그러고는 몸을 일으키며 고약한 웃음을 터뜨렸다. 비올란테는 기겁한 채 몸을 돌려 달려나갔다.

* *
*

눈물을 뚝뚝 떨어뜨리는 더러운 어린애를 병사들이 시장 광장의 기둥에 묶고 있었다. 비올란테는 마차를 멈추라고 지시했다.

"저 불쌍한 아이가 왜 저런 꼴을 당하고 있지?" 공주가 수행원에게 물었다.

수행원 비르지니아는 어깨를 으쓱했다.

"뭘 슬쩍하다가 붙들렸겠지요."

아이의 배를 돌기둥에 맞대어 묶은 병사가 칼집에서 칼을 꺼냈다. 비올란테가 비명을 질렀다.

"저 아이를 죽이려는 거야?"

민첩한 몸짓에 아이의 등을 덮고 있던 누더기가 찢겨나가고 채찍이 내리떨어졌다. 앙상한 등에 핏자국이 남았다. 두번째 채찍질에는 살점이 찢어졌다. 비올란테가 마차에서 뛰어내렸다.

"멈춰라! 당장 멈춰!"

그녀는 소리를 지르며 병사들을 향해 뛰어갔고 수행원 둘도 그 뒤를 따라 달렸다. 병사가 채찍질을 멈췄다. 상대가 군주의 며느리란 것을 알아봤는지, 화려한 차림의 여인이 셋이나 몰려온 것에 놀랐는지, 어쨌든 병사의 손은 허공에 떠 있었다.

"아이를 풀어주어라."

병사들이 멀뚱한 눈길로 서로를 마주보았다. 채찍질을 하던 병사가 제정신을 차리고 말했다.

"사법부와 전하의 정의를 집행하는 중인데요."

"난 페르디난도 공작의 아내다. 지시를 따르라."

단호한 그 어조에 누구보다 놀란 것은 비올란테 자신이었다. 그녀의 엄한 눈빛에 병사들은 두말없이 아이를 풀어주었다. 아이는 은인과는 눈길도 마주치지 않고 줄행랑을 놓았다. 세 여인은 말없이 마차로 돌아왔다.

"철도 안 든 어린아이를 때리는 게 정의라니, 너무 끔찍해!"

"훨씬 지독한 일도 많이 있어요. 대공의 명으로 거세당한 다섯 살짜리 어린애도 있다던데요. 죄송해요, 험한 말을 입에 담아서……" 수행원 비르지니아가 말했다.

"무슨 말이야?"

"다섯 살짜리 사내애가 세 살짜리 계집애의 목걸이를 빼앗으려 했죠. 계집애가 칭얼거리며 울자 사내아이가 머리를 돌로 내리쳤고 여자애는 죽었어요."

"하지만 둘 다 어린애잖아!"

"왜 아니겠어요. 그런데 현명하신 대공은 싹이 노란 그 사내애가 커서 자기 닮은 자식을 세상에 내놓는 걸 용납할 수 없었던 거죠."

비올란테는 말없이 생각에 잠겼다. 아름다움과 잔혹함이 어깨를 나란히 하는 피렌체의 풍속에 그녀는 종종 당혹감을 느꼈다. 호화로운 팔라초들과 그 안을 그득 채운 예술품들. 메디치가가 수집한, 그리하여 피렌체를 유럽의 어떤 도시에도 뒤지지 않게 만든 귀한 예술품들은 분명 이곳의 일상적 폭력(시민들의 불행이 깊어질수록 그 폭력도 고조됐다)과는 격이 맞지 않았다. 밤이 되면 사람들은 서로 죽이고 훔쳤다. 굶주린 도적떼가 시골을 휩쓸었고 바르젤로의 육중한 담장 뒤에서는 하루가 멀게 죄인들이 처형당했다.

그녀를 태운 마차가 피렌체의 성벽에 다다르자 대기하고 있던 호위대가 마차를 이끌었다. 일행은 프라톨리노로 향했다. 며칠째 남편에게서 소식이 없자 그녀는 남편이 사랑해 마지않는 그곳을 몸소 찾아나선 것이다.

공기는 향기롭고 언덕들은 빛에 잠겨 있었다. 찬란한 은빛 올리브나무 잎사귀들이 바람에 우줄거려 가지에 걸려 있는 은메달처럼 보였다. 그녀는 토스카나의 첫봄을 만끽했다. 그 봄기운처럼, 남편이 자신의 방문을 기뻐해주면 좋으련만. 그녀는 어서 아이를 갖고 싶었고, 아이와 남편을 공평하게 사랑하리라 마음먹었다.

* *
*

왁자한 웃음소리가 들렸다. 극장 입구로 다가가자 페르디난도가 청년들에게 둘러싸여 있는 것이 보였다. 그는 단짝 중의 단짝인 베네치아 가수의 어깨에 팔을 두른 채 다른 손에 든 편지를 읽고 있었다. 가발도 쓰지 않아 헝클어진 머리칼이 드러났고 옷깃과 소매에 레이스가 달린 블라우스를 풀어헤쳐 딱 맞는 반바지 위로 옷자락이 나풀거렸다.

그가 한 구절씩 읽을 때마다 일대는 웃음바다가 됐다. 페르디난도도 자지러지게 웃으면서 그것을 계속 읽어나갔다. 그녀가 온 것을 알아차린 사람은 아무도 없었다.

“사랑하는 아들아, 날 어떻게든 깎아내릴 생각만 하는 신임 수녀원장이 한솥밥을 먹는 동료 수녀들 앞에서 대놓고 내 흉을 보지 않았겠니. 그래서 나도 한마디도 지지 않고 따진 다음 강력한 물리적 수단을 취해 원장을 호되게 골탕먹였지……”

웃음이 또 터졌다. 체키노가 특히 높은 소리로 웃어댔다. 그가 페르디난도의 어깨에 스스럼없이 머리를 얹는 것을 보고 비올란테는 질투심이 일었다. 왜 남편 곁에 있는 것이 그녀가 아니라 저 통통한 청년이란 말인가?

페르디난도가 편지를 계속 읽었다.

“그런데도 별 반성의 기색이 안 보이기에 난 손도끼와 권총을 양손에 쥐고 그녀의 뒤를 쫓아 수녀원을 구석구석 헤집어놨지. 당장 죽여주겠다고 위협하면서 말이야.”

청년들이 떠나가도록 웃었다. 왕녀가 도끼와 총으로 중무장하고 자신이 몸담은 수녀원의 원장을 쫓아가는 광경에 어느 누가 웃음이 터지지 않겠는가.

“원장 수녀는 너무 놀라 그만 오줌을 지렸다는 것도(망신살이 뻗친 게지!) 덧붙여두는 바이다. 나로 말하자면 적의 참패를 확인한 후 무기를 버리고 처소로 돌아와 즉각 국왕에게 편지를 썼어. 교만한 새침데기 원장 수녀가 내게 준 모욕을 낱낱이 보고하기 위해서. 물론 내 자존심을 건드린 그 경박한 여자가 실은 어느 부유한 신사와 그렇고 그런 사이란 말도 빼놓지 않았지."

엄청난 폭소가 마지막 구절을 삼켰다.

"그러는 그녀도, 듣자 하니 환속한 어느 수도사와 그렇고 그런 사이라던데?" 페르디난도가 음탕한 눈빛으로 말했다.

돌연 침묵이 깔렸다. 페르디난도가 극장 문턱에 서 있던 비올란테를 발견한 것이다. 체키노가 눈에 보이게 그에게서 떨어져졌다. 페르디난도가 친구들을 가르며 그녀에게 다가갔다.

"이게 누구신가, 갑자기 와주다니 정말 기쁘구려."

그가 그녀의 손을 잡고 입을 맞추었다.

"그래, 부인도 좀 웃으셨소? 모친은 정말 재미있는 사람이지."

비올란테는 몸이 굳어 대답을 할 수 없었다.

"손도끼와 권총! 상상이 되오? 좀더 일찍 우중충한 남편한테도 그걸 사용하지 않은 게 유감이야."

"아버님 이야기를 그렇게 하시다니요."

"상관없소."

그는 일부러 큰소리로 말했다.

"아버지는 독실한 위선자, 어머니는 창녀. 그러니 내 몸속을 흐르는 피가 차분할 리가 없지."

그가 신경질적으로 키들거리자 여기저기서 웃음이 터졌다. 비올란테는 창백한 얼굴로 침묵을 지켰다. 페르디난도가 짐짓 정중하게 고개를 숙인 다음 말했다.

"부인, 이 명랑한 낙오자들이 당신의 높은 덕을 훼손할까 두렵구려. 당장 피렌체로 돌아가시는 게 좋겠소."

"쫓아내시는 건가요?" 그녀가 중얼거렸다.

"천만에, 부인의 참하고 순결한 귀에 험한 말이 들어가지 않게 해주려는 것뿐이오."

비올란테는 한마디도 하지 않고 눈물을 참으며 마차에 올랐다.

* *
*

겨울은 느닷없이 찾아왔다. 눈이 내렸다. 도시는 웅크린 채 꼼짝도 하지 않았다. 길에는 눈싸움을 하는 아이들뿐이었다.

서리가 내리는 차고 짙은 시골 안개를 피해 페르디난도는 몇 주 전부터 피렌체에 돌아와 있었다. 그는 자신의 처소에 틀어박혀 침울하게 지냈고 아내와의 잠자리에는 언제나 불쑥 나타났다. 그리고 무표정한 얼굴로 임무만 신속히 마치고 사라졌다.

코시모 3세는 애가 타서 수시로 며느리를 찾아 그녀의 건강에 대해 물었다. "아직 좋은 소식은 없니, 아가?" 유감스럽게도 비올란테는 시아버지가 기다리는 대답을 해줄 수 없었다. 그녀의 배는 줄곧 납작했다.

벌써 이 년째였다…… 그녀 탓일까? 그녀가 무슨 잘못을 저질러서 아이가 들어서지 않을까? 남편과 잠자리가 아예 없는 것도 아니니 주님께 매달려야 할 문제일까? 신기하게도 그녀는 결코 남편 탓을 하지 않았다. 남편에게 더욱 열렬한 욕망을 일으켰더라면 자신의 뱃속에 생명이 잉태됐을지도 모르니 불임은 그녀 탓, 전적으로 그녀 탓이었다.

대공의 명으로 의사와 약제사와 마법사가 소집됐다. 누군가가 신중하게 진단을 내리기를, 공주의 자궁이 선천적으로 기형인 탓에 아기를 가질 수 없다고 했다. 또 누구는 부부의 궁합이 맞지 않는 탓이라고 했다. 몇몇은 공주의 장기와 내장이 워낙 건조해 남편과 몸을 섞는 데 방해가 된다고 주장했다. 그들은 저마다 연고나 훈증 요법이나 온천 치료를 권했고 그 진단과 처방 하나하나가 비올란테에게는 고통이고 시련이었으며 수치심과 상처를 주었다.

엇갈리는 의견들을 보고받은 코시모 3세는 결국 평소의 성향대로 사제들의 힘을 빌리기로 했다. 토스카나의 전 사제에게 아이를 내려달라고 기도하는 의식을 베풀라는 명이 떨어졌다. 비올란테는 속죄자의 옷을 입고 의식에 참가해야 했고 그로 인해 상처는 더욱 커졌다.

며느리를 호의로 맞아들였던 대공은 노골적으로 불편한 심기를 드러냈다. 비올란테와는 반대로 피렌체인들이 불임의 원인으로 페르디난도를 꼽았기에 더한층 그러했다. 사실 대공의 장남은 아내는 제쳐두고 체키노를 귀여워하느라 바빴다. 한 사제의 조언에 따라 산안토니노의 조각상을 올린 기둥이 건립되자 누군가 기둥 밑

에 잽싸게 낙서를 하고 도망갔다. '여인을 임신시키려면 기둥이 아니라 거시기가 필요함.'

비올란테는 점점 고독해졌고 그럴수록 시동생과 가까워졌다. 그는 형수가 불쑥 자신의 은신처를 찾아왔던 것은 잊어버린 듯했다. 똑같이 사랑에 굶주린 그들은 슬픔과 우정(이제 애정이라 부르는 것이 옳을) 속에 하나로 이어졌다. 대신 잔가스토네는 자신의 침대에서 튀어나와 형수를 기겁하게 만들었던, 보볼리 정원의 은신처에 아예 눌러앉은 다미아노란 청년과 형수가 또 마주치는 일이 없도록 조심했다.

* *
*

그토록 기대한 아들 내외의 불임으로 낙담한 대공은 하나뿐인 딸 안나 마리아 루도비카의 결혼을 서둘렀다. 혼처 후보는 둘이었는데 하나는 프랑스 황태자, 또하나는 독일의 팔라티나의 선거후였다. 혼담이란 무엇보다 정치적 선택이었고, 따라서 신중을 기해야 했다.

계산 빠른 코시모 3세는 루이 14세의 아들을 탐냈다. 자신이 프랑스를 방문했을 때 환대를 받기도 했거니와 이미 독일의 공주를 큰며느리로 맞았기 때문이었다. 그러나 아내 마르그리트루이즈가 이 계획에 반대한 것이 드러났다. 아무리 친딸일지언정 메디치가의 황태자비가 탄생하면 어렵게 얻은 자유가 위협받을 것이라 우려한 탓이었다.

대공은 팔라티나의 선거후 요한 빌헬름 왕자가 섬기는 레오폴드 1세와 교섭에 착수했다. 코시모 1세의 시대가 끝나면서 토스카나의 번영과 권위가 많이 퇴색했다고는 해도 메디치가와의 결혼은 여전히 매력적인 계약이었다. 사실 메디치가의 누군가는 항상 추기경회의 일원이었고, 그 말은 곧 그들이 교황좌에 누구를 앉힐 것인지 영향력을 발휘한다는 의미였다. 레오폴드 1세는 대공의 제안에 호의적이었다. 코시모 3세는 내친 김에 얼마 전 사보이아 대공에게도 주어졌던, 왕과 똑같은 대우를 받을 특권을 내려줄 것을 요청했다. 황제는 기꺼이 그렇게 해주었다.

스무 살을 넘긴 안나 마리아 루도비카는 늘씬하고 도도한 갈색 머리 처녀였다. 이마가 매끈했고 새까만 눈동자는 커다랗고 아름다웠다. 코시모 3세가 애지중지하는 딸은(물론 딸도 부친을 사랑했다) 예술 애호가이며 춤 솜씨가 우아하고 맵시가 있었다. 굳이 흠을 잡자면 종종 때를 잘못 맞춰, 그것도 사내처럼 호탕하게 웃음을 터뜨리는 것 정도였다.

자신이 메디치란 것을 한시도 잊은 적이 없는 그녀는 이미 여러 번, 썩 신통치 않은 이탈리아인 구혼자들을 물리쳤다. 그러나 나이가 나이인지라 결혼을 마냥 미룰 수 없게 되었다. 코시모는 이 혼담이 얼마나 영광인지 누누이 강조했다. 팔라티나 선거후는 자식 없는 홀아비로 오스트리아의 여제, 스페인과 포르투갈 왕비들을 누이로 두고 있었다.

그런데도 관례에 따라 남편감의 초상화가 새겨진 메달을 받았을 때 그녀는 울상이 되었다. 왕자의 아랫입술은 사정없이 두껍고 뺨은 투덕투덕했다. 튀어나온 커다란 눈을 속눈썹이 내리덮었고 이중턱은 넓적한 비단 넥타이로도 완전히 감춰지지 않았다. 요한 빌헬름 드 작세는 서른세 살이었지만 훨씬 늙어 보였다. 안나 마리아 루도비카는 결국 눈물을 흘렸다. 코시모 3세는 열심히 딸을 달랬지만, 사랑하는 딸과 헤어질 생각을 하면 자신이야말로 울고 싶은 심정이었다.

"신랑감이 인품 좋고 교양도 높다더라. 그의 궁정은 어느 곳보다 눈부시다는 평판이 자자해. 몸매는 좀 펑퍼짐하지만 춤도 잘 추고 마술馬術도 아주 뛰어나다던데."

"그럼 뭐해요, 이렇게 못생겼잖아요!"

대공이 한숨을 내뱉었다.

"네 마음은 금세 그와 조화를 이룰 테니 걱정 말거라. 마음이 도저히 불가능하면 최소한 몸이라도."

딸은 그 말에 더 큰 눈물을 쏟았다. 그러나 안나 마리아 루도비카는 여자이기 이전에 공주였다. 그녀는 곧 차분하게 말했다.

"어떤 남자건 아버지가 결혼하라면 하겠어요."

* *
*

피티 팔라초의 문 앞에서 소요가 일고 있었다. 빵과 일자리를 요구하며 팔라초로 쳐들어가겠다는 불쌍한 사람들을 병사들이 거칠게 밀어냈다.

비올란테는 이층 창문에서 가슴을 졸이면서 그 광경을 내려다보았다. 전 대공부인 비토리아의 지휘 아래 시아버지의 통치가 토스카나와 피렌체를 망친 것쯤은 국정에 전혀 개입하지 않는 그녀도 알았다. 궁정이 사치에 젖고, 비토리아가 치맛바람을 일으키고, 성직자들이 숱한 특혜를 누리는 사이 오만 가지 명목의 세금(얼마 전부터는 가발에도 세금이 붙었다)에 짓눌린 시민들은 갈수록 가난해졌다. 도시 주변의 경작지는 일구는 사람이 없어 버려졌고 도적떼가 더한층 기승을 부렸다.

식솔들의 낭비로 바닥이 드러난 금고를 다시 채우기 위해 대공은 소금, 기름, 밀가루 등 일부 품목의 상거래 독점권을 부유한 중개인들에게 내주어 쏠쏠한 사용료를 챙겼다. 토스카나 사람들은 그것들을 지정된 가게에서, 낙찰인들이 멋대로 결정한 가격에 살 수밖에 없었다. 이웃을 위해 몰래 밀을 빻아주는 용감한 제분업자에게는 감옥이 기다렸다.

안 그래도 사제들에게 들볶이는 시민들의 생활을 제약하는 좀스러운 규정도 속속 신설됐다. 신앙심에 절은 대공은 시민들에게 남녀를 불문하고 검은 옷을 입도록 명령했다. 조잡한 장신구, 리본, 깃털도 금지됐고 당연히 그것을 생업으로 삼던 장인들도 망했다.

창밖에서 들려오는 고함 소리가 한결 커졌다. 코시모 3세가 모친과 함께 비올란테가 있는 방에 나타났다. 대공의 얼굴은 벌겋고 비토리아의 얼굴은 창백했다. 겁이 나서가 아니라 화가 나서라고 비올란테는 짐작했다. 그들은 그녀는 거들떠보지도 않고 이야기를 계속했다.

"괘씸한 반란이에요. 무력으로 진압해야 합니다." 비토리아가 말했다.

"그럴 수는 없어요……"

코시모가 이마에서 떨어지는 땀을 닦아냈다.

"진압한다 해도 다른 데서 다른 폭도들이 또 일어날 겁니다……"

"무서워서 그렇게는 못할 겁니다. 엄히 다스리지 않으면 폭동을 고무하는 꼴이 될 거예요."

"알지만……"

그는 누더기를 걸친 군중이 고함을 지르는 창밖을 힐끔거렸다.

"피를 흘리고 싶지는 않아요. 제 영혼의 구원이 걸린 문제잖아요."

"주님은 대공께서 성스러운 교회의 이름으로 토스카나를 다스리도록 선택하셨어요…… 별것도 아닌 목숨을 희생시켜 질서를 되잡는 일쯤은 용서하실 겁니다."

비올란테가 대공 모자에게 다가갔다. 그러고는 코시모 3세의 불안한 얼굴을 바라보며 입을 열었다.

"무례하게 이런 말씀을 드리는 걸 용서하세요…… 아버님이 저 불쌍한 사람들과 직접 말씀을 나누시면 소란도 진정될 거라고 생각합니다."

비토리아가 못마땅한 눈길로 그녀를 쏘아보았다. 비올란테는 아랑곳없이 말을 계속했다.

"아버님은 저들이 사랑하는 군주이십니다…… 저들은 필경 아버님을 비난하는 게 아닐 거예요. 그 주변인들이지요. 아버님이 팔라초의 발코니에 모습을 드러내시면 감격하여 아버님 말씀에 귀를 기울일 겁니다."

대공이 고개를 끄덕였다. 그는 그제야 정신이 든 사람처럼 며느리를 바라보았다. 그리고 자신 없는 발걸음으로 걸어가 창문을 열었다. 밖은 곧 잠잠해졌다. 대공비가 비올란테의 귀에 속삭였다.

"한낱 바이에른의 공주 주제에 토스카나 대공국의 군주에게 이래라 저래라 하는 게 아니다."

그녀는 찬바람을 일으키며 등을 돌려 사라졌다.

* *
*

"아버진 사람도 아니에요."

온화한 잔가스토네가 그렇게 화를 내는 것은 드문 일이었다. 터키인들에 맞서 용감하게 싸운 로베르토 아치아이울리라는 젊은 귀족의 죽음 때문이었다.

"아버지가 죽인 거나 마찬가지라고요!"

비올란테가 시동생의 팔에 손을 얹었다. 분노로 몸을 떠는 그는 눈물이 가득한 눈으로 그녀를 돌아보았다. 형수와 보볼리 정원의 언덕으로 식물채집을 갔던 잔가스토네가 누르고 눌렀던 분노를 끝내 폭발시킨 참이었다.

"냉혹한 사람! 남이야 고통을 겪건 말건 아무 상관도 없는 사람! 로베르토는 감옥에서 죽었어요, 슬퍼서 죽었다고요."

"사랑 때문에 죽었겠죠." 비올란테가 한숨을 내쉬며 말했다.

잔가스토네가 새삼스럽게 형수를 바라보았다. 마치 그녀가 세상에서 제일 허무하고 고독한 사람이라도 되는 것처럼.

"왜요? 난 열정을 모르는 사람인 줄 알았나요?" 그녀가 새침하게 말했다.

"천만에요. 형수님이 얼마나 다정한 분인지, 또 얼마나 수시로 마음이 아픈지 잘 알아요. 하지만 내 마음 또한 형수님 못지않게 괴롭지요. 내 사랑의 속성 때문에 더할 수 없이 고통스러워요. 자연을 거스르는 충동에 굴복하는 내 자신이 밉지만, 동시에 그런 악덕에 빠지고 연인의 모욕을 받는 것에서 커다란 기쁨을 느껴요."

"왜 그렇게 스스로를 함부로 대하죠? 어떤 사랑이건 신께서 내려주시는 것인데."

"이렇게 관대한 분인 줄 몰랐는데요."

"돌아올 게 없는데 주기만 하는 사랑이 얼마나 잔인한지 나도 이제는 알아요."

침묵이 흘렀다. 잔가스토네가 무척 감동한 눈으로 바라보자 그녀가 물었다.

"도련님은 여성에게 애정을 품은 적이 한 번도 없나요?"

"그런 일이 생긴다면 상대는 아마 형수님이 될 거예요."

비올란테는 얼굴이 달아올라 고개를 돌렸다. 그리고 조그만 목소리로 말했다.

"로베르토 이야기를 자세히 들려주세요."

위험스러운 화제에서 벗어난 것에 안도하며 잔가스토네가 이야기를 시작했다.

"아시다시피 로베르토 아치아이울리는 산스테파노 기사단의 기사로, 대공의 깃발 아래 충성스럽게 싸웠지요. 그와 함께 싸우던 줄리오 베라르디란 장교가 큰 부상을 입고 피렌체로 후송됐는데 끝내 숨을 거뒀어요. 이 장교에겐 엘리사베타라는 아내와 아직 어린 두 아이가 있었죠. 로베르토는 수시로 그들을 찾아가 돌보다가 과부를 사랑하게 됐죠. 재산도 없는 미천한 신분의 그 과부에게 그는 청혼했어요."

"용기 있는 결단이군요."

"그래요. 하지만 그것이 그의 숙부, 유력한 추기경 니콜로 아치아이울리의 계획을 망쳤죠. 차기 교황 후보인 그는 조카가 로마의 내로라하는 가문의 처녀와 결혼하기를 바랐거든요."

"추기경단에서 영향력을 강화하기 위해서였겠죠."

"맞아요. 추기경은 로베르토의 결혼 계획을 깨기 위해 우리 아버지의 힘을 빌리기로 했죠. 아버지도 추기경만큼이나 피렌체 출신의 교황이 탄생하기를 바랐으니 마다할 이유가 없었죠. 아버지는 즉각 베라르디의 과부를 아이들로부터 떼어놓으며 수도원에 가뒀어요."

"그런 심한 짓을!"

"그뒤에 벌어진 일은 더 심하죠. 로베르토는 수도원의 한 수도사를 매수해 그를 대리인으로 내세워 엘리사베타와 결혼식을 치르고 그 사실을 얼른 공표했어요."

"그녀는 주님 앞에서 그의 아내가 됐군요."

"그렇거나 말거나 아버지는 그녀를 잡아다 벨베데르의 우리 요새에 가뒀어요. 로베르토는 대공의 분노를 피해 외국에 몸을 숨겼고요. 그 사이 교황 알렉산데르 8세가 선종했어요. 로베르토는 숙부가 사주한 부당한 일들을 전부 고발하는 문서를 작성해 추기경 전원에게 보냈어요. 그 추문으로 니콜로 추기경은 차기 교황 후보 자격을 박탈당했죠."

"로베르토의 복수로군요……"

"하지만 아버지의 분노는 수그러들지 않았어요. 그는 두 사람을 용서한 체하면서 여인을 석방했죠. 안심한 로베르토는 피렌체로 돌아왔다가 곧바로 체포됐어요. 엘리사베타도 재차 갇혀 결혼을 무효라고 선언하지 않는 한 아이들도 못 만나고 영원히 갇히는 신세가 될 거란 협박을 받았어요. 고독한 감옥에서 홀로 절망과 싸우던 로베르토는 얼마 후 숨을 거두고 말았죠. 조금 전 그의 부음을 받았어요."

충격을 받은 비올란테는 아무 말도 하지 않았다.

그들은 언덕을 내려와 팔라초로 향했다. 헤어지기 전에 비올란테가 잔가스토네의 손을 잡았다.

"도련님은 날 사랑할 수는 없지요, 다른 사랑을 찾도록 타고났으니까요…… 대신 부탁이에요, 언제까지나 제일 좋은 친구가 되어주세요."

* *
*

우는 사람은 코시모 3세뿐이었다.

생전에는 작고 통통했던 비토리아 델라 로베레의 쪼그라든 유해는 흰 레이스가 장식된 검은 새틴 드레스를 입고 피티 팔라초의 널찍한 살롱에 누워 있었다. 이제는 정말로 치맛바람을 일으킬 수 없는 세상으로 건너갔는데도 사람들은 그녀가 당장이라도 영구대를 내려와 평소대로 잔소리와 욕설을 퍼부을 듯한 느낌을 지울 수 없었다.

대공의 가족과 그 몇 갑절의 사제와 수도사가 지키는 시신 앞에 내로라하는 조문객들이 열을 지었다. 그들의 눈길은 하나같이 차가웠다. 장구한 세월 아들의 영혼을 틀어쥐었던, 편협한 신앙심으로 뭉친 까다로운 노부인의 죽음을 애통해하기란 불가능해 보였다.

피렌체에 새바람이 불까? 시민들은 기대를 품었지만 과연 그럴지는 알 수 없었다. 성직자들이 비토리아가 안겨준 특권을 쉽게 토해낼 리 없었다. 토스카나 사람들을 옴짝달싹 못하게 찍어누르면서도 자신들의 비리는 유야무야되는 생활을 어느 사제와 수도사가 마다할까. 그해에도 불미스러운 사건은 어김없이 터졌다. 산마르코 수도원의 한 수도사가 스위스로 줄행랑쳐야 했던 사연은 이러했다. 여자 고아원의 지도신부였던 그는 우선 원장 수녀에게 손을 뻗쳤다. 그다음엔 성스러운 도유식을 베푼다는 명목으로 고아 처녀들을 유인해 차례차례 차지했다. 자신의 인자한 행동이 탐스러운 열매를 맺자 수도사는 잠적했고, 원장과 다섯 처녀는 그 열매를 은밀히 세상에 떨어뜨리기 위해 먼 수녀원으로 떠났다. 고위 성직자들이 나서서 재빨리 불을 껐는데도 소문은 밖으로 흘러나가 시민들을 격분시켰다.

믿음 깊은 비올란테조차 저세상으로 간 대공비가 구축한 성직자들의 독재를 비판했다. 그녀에게 신앙은 허영도 과시도 배제한 마음속의 믿음이었다.

밤이 찾아왔다. 번들거리는 촛불빛이 조문객들의 광대뼈 위를 훑고 지나가 여인들의 보석과 고인의 창백한 살갗까지 차례로 물들였다. 두 아들을 양쪽에 끼고 꿋꿋이 선 코시모 3세는 침통한 얼굴로 조문객들의 애도를 받았다. 약간 떨어진 자리에 붉은 옷을 입은 대공의 아우 프란체스코 마리아 추기경은 북통 같은 배를 내민 채 흰옷 차림의 사제들 한복판에 서 있었다. 작은 눈이 파묻힌 살진 추기경의 얼굴에는 불손한 만족감이 어려 있었다.

잔가스토네는 천장을 바라보며 공상에 잠겨 있었고 페르디난도는 지겨운 듯한 얼굴로 발등만 내려다보았다. 여전히 미남이었지만 그의 입가에는 깊은 주름살이 패어 있었다. 일찌감치 세상살이에 환멸을 느껴서일까? 아니면 부친의 줄기찬 냉담함 때문일까?

비올란테는 꿈쩍도 않고 눌러앉아 있던 프라톨리노에서 모처럼 돌아온 남편과 겨우 몇 마디를 나눴을 뿐이었다. 남편! 한 번도 남편 노릇을 한 적이 없는 그를 그녀는 어쩌자고 사랑하는 것일까.

마지막 조문객이 떠나자 비올란테가 그에게 다가갔다.

"당신을 기다렸어요. 만날 기회를 좀처럼 주지 않는군요."

페르디난도는 어깨를 으쓱했다.

"만나서 뭘 하겠소? 어차피 우린 열매도 얻지 못하는걸."

비올란테의 눈자위가 시큰해졌다. 그녀는 눈물을 보이기 싫어 고개를 돌렸다.

"하지만 당신을 원망하는 마음은 전혀 없소. 자식이니 후계자니, 그 따위가 다 뭐란 말이오. 위대한 로렌초 이후 이 집안이 배출한 거라곤 암살자, 독재자, 거들먹거리는 놈들, 너절한 탕아들뿐이잖소. 이런 가문의 대가 끊기는 건 인류에게 큰 은총이지."

그가 너무 큰소리로 웃음을 터뜨렸다. 그는 성큼성큼 나가다 말고 불쑥 내뱉었다.

"우리 끔찍한 할머니가 가족 묘지에 매장되는 대로 베네치아로 떠날 거요. 그곳이 피렌체보다 공기도 한결 낫고 창녀들도 훨씬 애교가 있거든."

* *
*

메디치가의 암운은 걷히지 않았다. 안나 마리아 루도비카에게서도 자식이 태어나지 않은 것이다. 그녀는 두 번 임신했지만 두 번 다 유산했다. 엎친 데 덮친 격으로 남편이 북부 유럽을 휩쓴 성병에 걸렸고, 병은 그녀에게도 옮았다. 그녀는 불임이 될까봐 걱정했다. 치료도 하고 약도 먹었지만 아이는 두 번 다시 들어서지 않았다. 자존심에 상처를 입은 그녀는 그 불명예스러운 병력이 밖으로 새어나가지 않도록 하인들의 입단속에 만전을 기했다. 그래도 안심이 되지 않자 유언장을 미리 작성해 자신의 사후에 유해를 열어 방부 처리를 하지 말라고 못박아두었다.

그녀는 아버지에게 수시로 편지를 보냈지만 슬픔과 낙담은 내비치지 않고 화려하고 유쾌한 궁정 생활만 강조했다. 사람들의 대화는 재치 있고 음악은 훌륭하다고, 남편은 못생겼고 몹쓸 병에 걸리기는 했지만 언제나 그녀를 챙기고 배려한다고.

후손을 봐야겠다는 생각뿐인 코시모 3세는 딸의 예견된 불임 통보를 매우 애통해했다. 그렇다면 하루라도 빨리 잔가스토네를 결혼시키는 수밖에 없었다. 피렌체에서 멀리 살면서도 예전의 비토리아에 버금가는 영향력을 아버지에게 발휘하는 딸이 마침 혼처 하나를 제안했다. 신붓감의 이름은 안느마리프랑수아즈 드 작세로엔베르그. 딸을 하나 둔 과부였으니 이 독일 공주에게서 후사를 못

볼까봐 걱정할 필요는 없었다. 대공은 매우 기뻐했다. 결혼이 성사만 된다면 메디치가는 독일에서의 영향력을 강화하고 고귀한 황제 가문에 편입되는 것이다. 신붓감이 작세로엔베르그 공국의 후계자이니 잘만 풀리면 신성로마제국의 권좌도 노릴 수 있지 않겠는가!

대공은 딸에게 어서 과부를 설득해 혼담을 추진하라고 일렀다. 그 자신도 황제에게 따로 부탁할 생각이었다. 늘 그랬듯이 지갑을 활짝 열어야 할 테지만 손자를 안아볼 수만 있다면 아무래도 좋았다.

문제는 메디치가의 차남이 형수인 비올란테와 비밀스러운 사이이기는 해도 여자에게 흥미가 없다는 점이었다. 결혼 이야기를 꺼내면 아들은 어떤 얼굴을 할까? 유감스럽게도 대공은 아들에 대해 아는 것이 거의 없었다. 아들은 궁정 근처에는 발걸음도 하지 않고 대부분 정자에 틀어박혀 지냈는데, 들리는 말로는 거기 눌러앉은 다미아노란 탕아가 아들을 멋대로 휘두른다지 않는가. 그 괘씸한 놈을 감옥에 처박는 게 먼저가 아닐까? 아니면 자객을 사서 없애? 그러나 섣불리 손을 댔다간 아들의 원망만 사고 결혼 계획도 틀어지기 십상이었다. 아이들에게 길들일 수 없는 마르그리트루이즈의 피가 흐른다는 것을 대공은 잊은 적이 없었다.

대공은 우선 며느리의 이야기를 들어보기로 했다. 수행인의 안내를 받아 그가 살롱으로 들어섰을 때 며느리는 클라브생을 연주하고 있었다.

며느리가 손을 멈추었지만 음악을 방해한 것이 무안한 대공은 연주를 계속하라고 손짓했다. 그는 자리를 잡고 앉아 며느리의 길고 가녀린 손가락과 새하얀 이마를 바라보았다. 곡도 슬픈 곡이었거니와 연주를 하는 며느리도 몹시 쓸쓸해 보였다.

그녀가 연주를 마치고 클라브생의 뚜껑을 닫더니 대공을 향해 돌아앉았다.

"불쑥 찾아와 놀랐니?"

"여긴 아버님 집인걸요."

그는 불편한 기색으로 일어섰고 비올란테는 여전히 클라브생 앞에 앉은 채였다.

"부탁이 있어서 왔다."

비올란테가 살짝 웃음을 지었다. 환한 그녀의 미소는 그녀 얼굴 안쪽에서 빛이 나는 것만 같았다.

"변변찮은 제가 무슨 일로 전하를 도와드릴 수 있을까요?"

"겸손은 됐다, 부탁할 만하니까 하겠다는 거지."

그가 잠시 뜸을 두었다가 입을 열었다.

"가문을 이어갈 후계자가 없는 것이 한스럽구나. 네 탓을 하는 건 아니다, 아이가 안 생기는 건 네 남편한테도 책임이 있으니까. 그래서 잔가스토네를 결혼시키기로 했다. 문제는……"

그는 또 입을 다물고 길고 풍성한 카이제르 수염을 쓰다듬었다.

"문제는 그애의 생활이 몹시 문란하고 여자는 쳐다보지도 않는다는 것이지. 그래서 그애가 사내 구실을 할 수 있을지 먼저 알아봐야겠는데……"

비올란테의 눈이 휘둥그레졌다.

"그런데 제가 무슨 일을 할 수 있단 말씀이시죠?"

"넌 그 아이와 친하지 않니. 속을 좀 떠봐라. 비록 사내를 좋아할지언정 몇 번쯤 꾹 참고 아내와 잠자리를 가져 자식을 만들 수 있겠는지……"

비올란테가 얼굴을 붉혔다.

"제가 어떻게 그런 낯뜨거운 질문을 할 수 있겠어요? 지금 그 말씀은 들어드리기 힘들 것 같은데요."

"안다. 오죽하면 이런 부탁을 하겠니."

당황한 비올란테는 입을 다물었다. 침묵이 길어지자 대공이 이맛살을 찌푸렸지만 그녀는 대답할 말을 찾을 수 없었다.

"내 부탁을 들어줄 테냐, 말 테냐?" 코시모가 언성을 높였다.

"아버님의 뜻을 거역할 수는 없겠지요."

그는 한마디도 더 하지 않고 몸을 돌려 방을 나갔다. 마루판을 울리는 발소리를 들으며 비올란테는 한숨을 흘렸다.

서재로 돌아온 대공은 말베치 후작을 불러들였다. 후작은 마르그리트루이즈 도를레앙을 감시하는 곤혹스러운 임무를 맡았던, 대공의 신임이 두터운 자문관이었다. 두 사내는 혼담에 대해 검토했는데 코시모 3세는 차남이 사내 구실을 할 수 있을지 아무래도 걱정이었다.

"두 제단에 번갈아 몸을 바치는 사내들도 더러 있지요. 잔가스토네 왕자님도 그럴지 또 압니까?" 후작이 말했다.

"그럴 것 같지 않으니 이 걱정이지. 다미아노란 망할 놈한테 보통 빠진 게 아닌 것 같단 말일세."

"그렇다면 전하, 이런 계략을 써보시는 건 어떨지요? 남자를 홀리는 게 특기인 예쁜 계집애를 사내아이로 변장시켜 보내시는 겁니다. 잘만 하면 왕자님을 속여 무사히 일을 치르도록 유도할 겁니다. 그러면 왕자님이 여성과도 잠자리를 가질 수 있을지 미리 확인이 되지 않을까요."

"그러려면 우선 다미아노란 놈부터 어떻게 해야지."

"아무 이유나 붙여서 잡아들이면 됩니다. 감옥에 며칠 처박아두면 수양이 좀 될 테지요."

대공은 잠시 고민하더니 대답했다.

"성스러운 교회의 가르침에 위배되는 조잡한 작전인 것 같네만 일단 그 방법밖에 없겠어."

* *
*

사제는 핏대를 올리며 거절했다. 그는 잔가스토네가 제의실의 어둠침침한 한구석에서 용케 찾아낸 조그만 그림을 내줄 생각이 전혀 없었다. 강렬한 색깔과 생생한 빛, 붉은색의 특별한 질감으로 보건대 안드레아 델 사르토 화파의 작품이 분명했다. 잔가스토네가 가장 좋아하는 화가였다. 부친의 소장품 가운데 하나인 이 화가의 〈산조반니바티스타〉를 그가 몇 시간이고 물리지 않고 들여다볼 수 있다는 것은 비올란테도 알고 있었다. 화폭 건너편의 관람객에게 애원이라도 하는 듯한 멍한 눈의, 거의 여성적인 그 얼굴은 볼 때마다 그를 매료시켰다. 눈꺼풀이 살짝 부은 걸로 보아 아마 눈물을 쏟은 것이리라. 아직 앳된 알몸의 상반신은 그를 깊은 몽상에 빠뜨렸다. 도유식을 기다리는 어린 청년의 몸. 화가는 이 섬세한 얼굴을 그리면서 누구를 생각했을까? 어떤 모델이 화가에서 영감을 주었을까?

사제는 여전히 떠들어대고 있었다. 그리스도를 십자가에서 내리는 장면을 묘사한 그 그림은 먼 옛날부터 이곳 성당의 보물이라고, 쉽사리 남의 손에 넘길 물건이 아니라고 그는 계속 도리질을 했다.

"그런 보물을 왜 신도들의 눈길이 안 닿는 곳에 처박아뒀죠?"

"그리스도의 과도한 노출이 그들의 머릿속을 어지럽힐지도 모르기 때문이죠."

잔가스토네가 웃음을 터뜨렸다.

"그 벗은 몸이야말로 이 작품의 매력인데요?"

"미천한 양떼들의 안목과 각하의 안목은 다릅니다."

"얼마를 드리면 되겠어요?" 비올란테가 느닷없이 물었다.

사제가 일순 당황했다. 잔가스토네가 싱글거리며 형수를 돌아봤다.

"정말 사실 생각이세요?"

"도련님이 원하신다면요."

잠시후 그들은 사제와 합의를 본 다음 팔라초로 돌아가기 전에 아르노 강가를 산책했다. 하늘은 구름 한 점 없고 맑은 강물은 반짝거리며 천천히 흘러갔다. 옷을 벗어부친 아이들이 풀이 무성한 강가에서 고기를 잡고 있었다.

"할말이 있어요. 대공께서 도련님을 위해 계획하시는 게 있더군요." 비올란테가 말을 시작했다.

"내 생각을 해주다니 실로 처음 있는 일인데요."

"아버님은 도련님이 결혼을 하셨으면 하세요."

잔가스토네가 걸음을 멈췄다. 비올란테는 자신 없는 목소리로 말을 계속했다.

"도련님이 손자를 낳아주길 원하시죠."

청년이 잠시 얼빠진 표정을 짓더니 웃음을 터뜨렸다.

"거 참 멋진 생각인데요! 내가 누구랑 잠자리를 가져 애를 만들지 말지까지 간섭하고 싶답디까?"

그는 한참이나 키들거리더니 차분하게 말했다.

"차마 얼굴을 맞대고 이야기할 용기는 없어 형수님한테 떠넘겼다 그거로군요."

"나도 어쩔 수 없었어요."

"형수님을 비난하는 게 아니에요."

그가 또 웃으며 물었다.

"제가 임신을 시켜야 할 여자가 누구랍니까?"

"독일의 공주, 안느마리프랑수아즈 드 작세로엔베르그라고 들었어요."

"저런! 게다가 독일 여자!"

"나도 독일인이란 걸 잊었나보죠."

"하지만 형수님은 전혀 독일인 같지가 않아요."

그들은 다시 걷기 시작했다. 한 아이가 기쁨의 환성을 질렀다. 아이의 낚싯줄에서 통통한 물고기 한 마리가 비늘을 반짝이며 푸드덕거렸다.

"대공께 뭐라 말씀을 드리면 되겠어요?" 비올란테가 물었다.

"결혼해드려야죠, 아버지의 소원이라니. 대신 뒷일은 장담 못합니다."

그는 묵묵히 도시의 전경을 바라보았다. 떨어지는 해가 둥근 지붕들과 기와들을 황금빛으로 물들였다. 종탑들과 테라스들은 차분한 장밋빛 석양에 잠겼다.

"이보다 아름다운 광경이 있을까요?" 그가 혼잣말처럼 중얼거리고는 비올란테를 바라보며 덧붙였다.

"후손을 생산하는 게 피치 못할 내 운명이라면 피렌체인들의 행복을 위해 그렇게 하겠어요. 아버질 위해선 아닙니다."

* *
*

"그 여자를 풀어줘라!" 코시모 3세가 명령했다.

말베치가 제안한 작전은 실패했다. 예쁘장한 청년으로 변장한 여자는 잔가스토네의 은신처에 발도 들여보지 못했다. 다미아노가 돌연 어디론가 끌려간 데 화가 난 잔가스토네는 자신을 찾아온 불청객을 쫓아버리라고 하인에게 호령했다. '예쁘장한 청년'은 하인과 몸싸움을 벌이다 상의가 찢어졌고 그 바람에 봉긋한 젖가슴을 노출하고 말았다. 놀란 여자는 즉시 도망쳐버렸다.

대공의 화를 돋운 것은 그것만이 아니었다. 그는 막 안느마리프랑수아즈 드 작세로엔베르그의 초상화가 그려진 메달을 받은 참이었다. 으레 미화해서 그렸으리란 걸 감안해도 어지간히 못생긴 여자였다. 볼은 미어지게 탱탱했고, 코는 어찌나 크고 길쭉한지 인중이 온데간데 없었으며, 수박만한 젖가슴은 옷 밖으로 삐져나와 출렁거렸다. 옴팡한 눈은 교활하게 빛났고 살결은 불그죽죽했다.

그렇지 않아도 여자 보기를 돌처럼 하는 아들에게 이 얼굴을 어떻게 보여준단 말인가?

대공은 마침내 잔가스토네를 불러들였다. 어차피 물러서기에는 늦었다. 애초 썩 적극적이지 않던 왕녀도 이 혼담을 수락했고, 황제도 이미 인정한 터였다.

"신붓감 이야긴가요?" 잔가스토네가 빙글거리며 물었다.

코시모가 메달을 밀었다. 아들은 건성으로 그것을 집어 물끄러미 내려다보았다.

"대체 이 식인귀는 뭔가요? 설마 이것이 안느마리프랑수아즈 드 작세로엔베르그란 말씀은 아니겠죠?"

대공은 유감스러운 낯빛으로 고개를 끄덕이고는 중얼거렸다.

"썩 미인은 아니구나. 대신 무척 건강해 보이지 않냐? 분명 아이를 낳아줄 거다."

잔가스토네는 메달에서 눈을 떼지 않으며 코시모 3세가 놀랄 말을 무심하게 내뱉었다.

"이런 추녀를 골라주셔서 감사해야겠군요…… 예쁜 여자였더라면 남편 노릇을 해주지 못하는 게 미안했을 테니까요."

5
1697~1698

그가 돌아왔다. 누리끼리한 얼굴에 앙상한 늑대 같은 몰골로. 그는 아내를 보자 대뜸 선언했다.

"잠자리는 나눌 수 없소. 병에 걸렸어."

"병 같은 건 조금도 두렵지 않아요."

"당신까지 감염시키고 싶지 않소."

"열과 성을 다해 간호하겠어요."

"친절한 말이구려. 하지만 이제 와서 염치없이 그런 호의를 받을 수는 없어. 불쌍한 내 곁을 지켜달랄 생각은 없소. 난 시골에 은거할 거요"

"나도 함께 가겠어요."

"금세 날 버리고 싶어질걸."

"무슨 일이 있어도 당신은 내 남편이에요."

비올란테는 결국 프라톨리노로 동행해도 좋다는 승낙을 얻었다. 남편의 뻔뻔한 입을 통해 알게 된 사태의 전말은 이러했다. 베네치아에서 그는 체키노를 제쳐두고 돌연 여성들에게 사랑을 느끼기 시작했다. 대신 예쁜 창녀들을 탐한 후에는 반드시 가냘프고 앳된 미청년들이 그리워졌다. 만토바의 공작도 점을 찍어둔 어느 귀부인에게 한눈에 반한 그날까지는 말이다. 여인은 누구의 구애도 받아주지 않았다. 여인이 갖다붙이는 가지가지 핑계가 애가 달을 대로 달은 페르디난도의 귀에 들어올 리 만무했다. 마침내 연적을 물리치고 여인을 차지한 그는 자신이 매우 비싼 값을 치렀다는 것을 알게 됐다. 미녀는 육체만 내어준 것이 아니라 알프스 이쪽에서 이르는 '프랑스 병'까지 줬던 것이다. 페르디난도는 너무 늦게서야 왜 그 젊은 여인이 그토록 오랫동안 거절했는지 이해했다.

유창목을 달인 탕약도 마셔보고, 수은 연고로 마사지도 해보고, 진사辰沙를 이용한 훈증 요법도 받아보고, 신빙성이 있는지는 모르겠지만 성병을 퇴치한다는 속옷도 입어봤는데 효과가 없었다. 병세는 악화되기만 했다. 페르디난도는 급기야 꼼짝없이 죽을 일만 남았다는 걸 깨달았다.

매독균을 물리친다던 수은의 끔찍한 뒷맛만 입속 가득 머금은 채 그는 돌팔이 의사들과 결별하고 베네치아를 떠났다. 프라톨리노로 돌아가 조용히 숨어 지내기 위해.

페르디난도가 잠시나마 병마를 잊는 것은 자신의 소극장에서 상연하는 즐거운 공연을 감상할 때뿐이었다. 그는 자동인형에도 정열을 품기 시작해 정원과 숲 구석구석을 그것들로 채웠다. 태엽이나 수력으로 조종하는 그 나무인형들은 원래 있던 분수들과 멋지게 어우러졌다. 이따금 찾아오는 손님들을 그 인형들로 놀래주는 것이 그의 낙이었다. 숨겨둔 장치로 조종하는 요정이 불쑥 갈대피리를 움켜쥐는가 하면 지옥을 상징하는 동굴에서는 에우리디케가 오르페우스의 뒤를 따라갔다. 분수 앞 여기저기서는 물의 요정들이 몸을 털었다.

페르디난도는 속속 고안된 새 기계장치를 자랑하면서 어린애처럼 좋아했다. 그러나 손님들이 돌아가면 곧 침울해졌다. 비올란테는 책을 읽어주거나 클라브생을 연주하여 그의 기분을 돌이키려 애썼지만 대개는 헛일이었다.

그녀는 싹싹하고 사려 깊게 그를 돌보았다. 불필요한 친절은 삼가되 필요한 순간이면 반드시 손을 내밀었다. 남편은 이제 그녀의 어린아이였다. 그녀의 보살핌을 받아들이는 가녀리고 성마른 존재. 어쩌다 그가 신뢰라 해도 좋고 그녀가 내심 원하는 것처럼 애정이라 해도 좋을 감정을 드러내면 그녀는 감동했다.

그날 아침 공기에는 유쾌한 기운이 떠다녔다. 봄이 되어 바람은 따뜻하고 달큼했으며 싱싱하고 알록달록한 들꽃들이 들판을 수놓았다. 풀 향기 그윽한 풀밭을 걸으면 발밑에서 작은 벌레들이 꼬물꼬물 기어나왔다. 비올란테는 너그러운 그 자연이 좋았다. 결혼한 이래 처음으로 마음이 평화로웠다. 어머니가 되기는 틀렸지만 이런 고요한 삶도 나쁘지는 않으리라. 그 순간 그녀는 분명 행복했고, 그 행복에는 병마에 붙들린 페르디난도가 비로소 그녀의 것이라는 이유도 있었다.

그녀가 꽃다발을 들고 느린 걸음으로 저택으로 돌아올 때 마차 한 대가 현관 앞에 멈췄다. 하인들이 달려가 문을 열었다. 잔가스토네가 내렸다. 그가 형수를 보고 다가와 고개를 숙였다.

"친애하는 형수님, 다시 뵙게 되서 기쁩니다." 그가 형수의 손에 입을 맞추며 말했다.

"이곳에서 뵈니 나도 도련님 못지않게 기뻐요."

"무시무시한 아내와 상면하기 위해 독일로 떠나기 전에 인사를 드리려고요."

비올란테는 참지 못하고 웃음을 터뜨렸다.

"소문대로 정말 그렇게 못생겼나요?"

"그렇다마다요. 얼굴만 못난 게 아니라 몸도 엄청난 거구라던데요. 만에 하나 내가 살짝 이상해져서 욕정을 느낀다 해도 그 여자를 제 팔 안에 끌어안는 데는 상당한 곤란이 따를 겁니다."

비올란테가 또 웃음을 터뜨렸다.

"허풍을 떠시는군요."

"천만에요…… 그러니까 형수님께 조카를 안겨드릴 일은 없을 겁니다. 기대하지 마세요."

* *
*

페르디난도는 서재에, 자동인형들의 밑그림이 어수선하게 흩어진 책상 앞에 앉아 있었다. 베네치아에서 돌아와 피티 팔라초에 잠시 머물 때 얼굴을 본 이래 처음으로 형과 마주한 잔가스토네는 놀라움을 감출 수 없었다. 그의 건강은 훨씬 악화된 것 같았다. 손은 떨렸고 비스듬히 얹힌 가발은 머리털이 숭숭 빠진 두상을 완전히 가려주지 못했다.

"뭐야? 그래, 나 매독에 걸려 몸뚱이가 썩는 중이다." 페르디난도가 쏘아붙였다.

그리고는 조금 차분하게 덧붙였다.

"그 몹쓸 여잔 여태껏 차지했던 여자들 중에 최고로 예뻤지…… 그 여잘 숱하게 품었던 게 죄냐?"

"악덕과 아름다움은 붙어다닌다는 걸 잊었어?"

"이봐, 남색가 양반, 네가 뭔데 내 앞에서 도덕 강의를 하니?" 페르디난도가 이기죽거렸다.

"형도 사내들의 사랑을 쫓아다닌 몸이 아니시던가?"

"그렇지. 그리고 한 점의 후회도 없어. 체키노는 다정하고 싹싹한 녀석이었지. 하지만 내가 아는 한 여자들과 사내들을 양쪽 다 사랑하는 것, 더 정확히 말해 사내들을 품던 팔로 여자들도 품으러 가는 게 불가능한 일은 아니야."

형제가 서로 건너다보았다. 그들의 관계는 늘 껄끄러웠다. 형이 명석하고 달변가이며 으스대기를 좋아한 반면 아우는 겸손하고 비밀스럽고 사교계를 멀리했다. 형은 아우와 얼굴을 맞댈 때마다 노골적으로 그를 무시했다.

"형의 사교계에 막 이별을 고하고 온 참이야…… 아내가 될 여자가 기다리는 뒤셀도르프로 가란 명령이 떨어졌거든."

페르디난도가 한숨을 뱉었다.

"아우야, 너도 참 안됐구나. 독일인들은 메디치가에 후손을 만들어줄 수 없을걸. 네가 여자 보기를 돌처럼 하는데도 불구하고 기적이 일어나 아내와 하룻밤쯤 자는 데 성공한다 해도 너희들한테선 아무것도 태어나지 않을 거라 장담하지."

잔가스토네가 고개를 끄덕였다.

아주 잠깐이었지만 형과 아우 사이에는 우애와 비슷한 것이 감돌았다.

* *
*

다미아노가 여인숙에서 슬쩍한 술을 병째 입에 갖다대고 꿀꺽꿀꺽 삼켰다. 그가 술병을 건네자 잔가스토네도 저고리와 목깃에 포도주를 뚝뚝 흘려가며 들이켰다.

미소년이던 다미아노는 어느덧 탄탄한 청년이 되어 있었다. 금갈색 얼굴 한복판에서 검은 눈동자는 석류석처럼 번쩍였고 소리 없이 웃을 때면 그 미소는 칼자국 같았다. 그를 아끼는 동시에 두려워하는 잔가스토네의 눈에는 단검처럼 보였다.

다미아노는 비록 신분은 미천했지만(부친이 빵 만드는 장인이었다) 잔가스토네가 대공을 졸라댄 덕분에 수행원 자격으로 동행하고 있었다. 하루라도 빨리 손자를 안아볼 생각뿐인 대공은 둘째 아들의 기분을 들뜨게 할 줄 아는 애인을 딸려보내서라도 이 혼담을 성사시키고 싶었으리라.

잔가스토네는 보좌관을 다른 마차로 쫓아버리고 애인을 옆에 태웠다. 결혼을 주선한 누이 안나 마리아 루도비카가 사는 뒤셀도르프의 팔라티나 선거후의 궁전으로 가는 긴 여행길 내내 연인들은 먹고 마시고 흥청거렸다. 맨정신으로는 도저히 감당할 수 없는 이 결혼을 잊기 위해 그는 마시고 또 마셨다.

누이의 궁전 안뜰에 내릴 때 메디치가의 차남은 갈지자로 비틀거렸다. 누이가 따가운 눈초리로 노려보거나 말거나 그는 만취 상태로 자신을 위해 베풀어진 저녁식사에 참석했다. 그는 작달막하고 살집 좋은 매부를 보고 피식피식 웃음을 흘리다가 이내 곯아떨어졌다. 사람들이 그를 떠메어 그를 위해 준비된 방으로 옮겼다.

이튿날 새벽같이 안나 마리아 루도비카가 동생의 방으로 달려왔다.

"너 때문에 다들 보통 곤란한 게 아니야. 이런 일이 장차 네 아내 귀에 들어가면 어쩌려고 그러니?"

"그 건장하신 공주님께선 마시지도 먹지도 않는답디까?" 잔가스토네는 웃었다.

루도비카가 눈을 하늘로 쳐들었다.

"얘, 동생아, 네 꼴을 보니 앞으로의 일이 심히 걱정이구나……"

"그러니까 누님, 부탁이니 이 혼담을 좀 깨줘요. 식이 거행되어 오도 가도 못하기 전에."

누이가 눈살을 찌푸렸다.

"넌 메디치다. 가문의 이름에 합당하게 처신해라."

그녀가 동생의 방을 나가기 전에 덧붙였다.

"씻어라! 방에서 돼지우리 냄새가 나는구나. 안느마리프랑수아즈 드 작세로엔베르그 공주가 오늘 오후에 널 만나러 온다는 걸 명심해."

* *
*

참으로 떡 벌어진 여자였다. 뺨은 미어지게 탱탱하고 코 밑에는 잔털이 듬뿍 나 있었다. 살팍진 그 거구를 그녀는 매우 가뿐하게 움직였다. 마치 남편감의 야위고 섬세한 골격이 더없는 흠이라도 되는 양 그녀가 잔가스토네를 마땅찮은 눈길로 뜯어보았다.

그들은 점심식사를 하기 위해 둘러앉았다. 안느마리프랑수아즈는 화제가 말과 개에 관한 것일 때만 달변을 토했다.

"사냥은 하세요?" 그녀가 잔가스토네에게 물었다.

"부인, 난 내 동족들을 워낙 존중해서 말입니다."

그녀가 어깨를 으쓱했다.

"숲에 사는 사냥감을 말하는 거예요."

"물론 그러시겠죠. 유감스럽게도 난 멧돼지와는 형제지간, 노루와는 사촌지간이거든요."

왕녀의 눈이 휘둥그레지자 안나 마리아 루도비카가 얼른 나섰다.

"이애는 농담을 너무 좋아해서 탈이지요…… 왕녀께서 상냥하게 이끌어주시기만 한다면 이애도 숲에서 즐겁게 짐승들을 쫓아다닐 게 틀림없어요."

거구의 왕녀는 안심한 것 같았지만 안나 마리아 루도비카는 거푸 술잔을 비우는 동생을 노려보았다.

"어서 집으로 돌아가고 싶어요. 세상에서 제일 편한 게 내 집이죠. 도시는 불편하고 지겨워요." 왕녀가 말했다.

잔가스토네가 낯을 찡그렸다. 식인귀 같은 그 여자가 피렌체를 거들떠보지도 않고 라이히슈타트인지 뭔지, 자신이 쭉 살아온 보헤미아 지방의 산속 마을에 신혼살림을 꾸려야 한다는 조항을 계약서에 넣은 것이 떠올랐다.

잔가스토네가 무거운 목소리로 말했다.

"우선 토스카나에서 살아보시면 어떨지요? 내가 친절히 안내해드리리다. 내 고향도 제법 살 만한 곳이어서……"

"그럴 필요 없어요. 내가 살고 싶은 데는 라이히슈타트니까." 왕녀가 그의 말을 자르며 쏘아보았다. 자신의 결심에 반론을 용납하지 않는 눈빛이었다.

* *
*

인동덩굴로 뒤덮인 작은 정자에 앉아 페르디난도는 울었다. 비올란테가 다가오자 얼굴을 돌렸지만 흐느낌은 쉬 멈추지 않았다.

"여보……"

그녀가 어깨에 손을 얹자 그는 그 손을 내쳤다.

"내버려둬. 당신한테 우는 소리를 하고 싶지 않소. 나는 당신의 애정을 받을 자격도 없소. 내가 봐도 내 꼴은 너무 끔찍해."

그녀는 그의 곁에 앉았다.

"내 몸에서 풍기는 죽음의 악취가 역겹지 않소? 온몸의 땀구멍에서 매독이 스며나오는데."

그가 떨리는 손으로 가발을 벗었다. 추한 자줏빛 얼룩이 번진 맨머리가 드러났다.

"이 몰골을 감상하니 만족스럽소?" 그가 소리쳤다.

"그런 건 상관없어요. 당신은 여전히 내가 첫눈에 사랑에 빠졌던 남자예요."

"당신은 제정신이 아니야. 난 사랑 따윈 한 적 없소, 오직 욕망만 품었을 뿐이지."

"난 그 말을 믿지 않아요. 당신이 내게 애착을 가진 적이 없었던 건 좀 서운하지만."

"날더러 어쩌란 말이오? 정신 나간 모친과 냉담한 부친의 피를 물려받았으니 애초부터 탕아에 파렴치한이 될 운명이었다고." 페르디난도가 이기죽거렸다.

"당신은 불필요하게 스스로를 괴롭히고 있어요."

"아니, 난 당신이 생각하는 것보다 훨씬 내 자신을 잘 알아……
한마디로 아주 형편없는 놈이지."

비올란테는 대꾸하지 않았다. 페르디난도가 가발을 다시 쓰고 힘겹게 몸을 일으켰다.

"내 자동인형들이나 보러 갑시다. 팔을 좀 내주시오."

그들은 쨍쨍한 햇볕 속을 빠른 걸음으로 걸어 그늘로 찾아들었다. 바위에 만든 수반 옆에 기묘한 난쟁이 인형이 잠자는 것처럼 누워 있었다. 페르디난도가 수도꼭지를 조종하자 인형이 구부정한 다리를 펴고 일어나 춤을 추기 시작했다. 난쟁이는 보기 흉하고 우스꽝스럽게 춤을 췄다가 누웠다가 또 일어나 춤추기를 반복했다. 팔다리에 물이 흐르는 한 인형은 언제까지고 춤을 추리라. 비올란테가 페르디난도를 바라보았다. 그의 흙빛의 해쓱한 얼굴에 인형극이나 곡예사 공연을 구경하는 어린애 같은 미소가 떠올라 있었다.

그녀는 그의 손을 잡고 그를 꼭 안았다.

* *
*

길은 가도 가도 끝이 없었다…… 마차가 사정없이 요동칠 때마다 뼈마디가 다 욱신거렸다. 일행은 칙칙한 전나무로 뒤덮인 산봉우리가 양쪽에 솟구친 깊은 계곡으로 접어들었다.

맞은편에 앉은 새색시는 마차가 덜거덕거리거나 말거나 곯아떨어져 있었다. 다미아노는 왕녀에게 자리를 빼앗기고 부루퉁한 얼굴로 물러났다. 그는 맨 꽁무니의 하인용 마차로 가며 거기서 실컷 재미나 보겠다며 눈을 흘겼다.

코 고는 소리. 그녀는 긴 의자 위로 쓰러졌지만 깨지는 않았다. 살짝 올라간 옷자락 사이로 검은 털이 무성한 굵직한 장딴지를 드러낸 채 자는 이 여자가 아내란 것을 그는 아직도 믿을 수 없었다. 그들은 두 달 전 팔라티나 선거후의 예배당에서 결혼했다. 피로연에서 잔가스토네는 취하기 위해 술을 물처럼 마셨고, 그 결과 신혼 첫날밤 잠자리에 들자마자 정신을 잃었다. 이튿날 아침 새색시는 그다지 골이 난 것 같지는 않았다. 잔가스토네는 왕녀가 성욕이 썩 왕성한 편이 아니기를 은근히 기대했다.

그러나 다음날 밤부터 아내가 당연히 받을 것을 요구했다. 남편이 미루적거리자 아내가 행동에 나섰다. 그녀는 출렁거리는 젖가슴으로 남편을 찍어누르며 올라타더니 씩씩한 여전사처럼 일을 치렀다. 그녀가 마무리를 위해 그것을 너무 기운차게 움켜쥐는 바람에 그는 며칠이나 얼얼한 아픔에 시달려야 했다. 애쓴 보람도 없이 결과가 신통치 않자 그녀는 남편에게 욕을 실컷 퍼부은 다음 침대에서 쫓아냈다.

일주일 후 아내는 또 요구해왔다. 이번에도 참담한 실패였다. 낙담한 왕녀는 의사들을 불러 남편의 내밀한 그곳을 진찰하도록 했다. 잔가스토네를 에워싸고 질문하고 뜯어보고 주물럭거리고 더듬어보고 움직여본 의사들은 그의 물건이 지극히 정상이며 언제 어디서나 얼마든지 아내를 만족시킬 수 있다는 진단을 내렸다.

왕녀는 몇 갑절 언짢아졌다. 그녀는 돌팔이 의사들에게 시원찮은 정열을 활활 일으켜줄 비장의 약을 처방받아 남편의 식사에 골고루 흩뿌렸다. 유감스럽게도 잔가스토네의 뱃속에서 불이 난 것 말고는 별 효과가 없었다. 안느마리프랑수아즈는 남편이 침실에서 쫓겨나기가 무섭게 하인 숙소로 달려가 다미아노와 불을 끈다는 사실을 몰랐다.

그녀는 곧 잠잠해졌다. 그것은 평화가 아니라 휴전에 불과했다. 왕녀는 보헤미아의 싱싱한 공기가 남편의 무능한 그것을 기운차게 세워주리라 믿었다.

마차 행렬이 보잘것없는 마을의 진흙탕 길로 접어들었을 때는 비가 뿌리고 있었다. 암탉과 염소와 똥 묻은 돼지 들이 오두막 주위를 어슬렁거렸다. 놈들보다 썩 깨끗할 것도 없는 어린애들이 진흙탕에서 몰려다녔다.

안느마리프랑수아즈의 눈이 번쩍 뜨였다.

"곧 도착해요!"

길을 돌자 급경사의 비탈에 세워진, 시커먼 벽에 입구가 좁은 초라한 성이 눈에 들어왔다. 설마 저것이 라이히슈타트? 아내가 잠이 말끔히 깬 얼굴로 몸을 부르르 터는 것으로 보아 아무래도 그런 것 같았다.

* *
*

그는 늘 추웠다. 추워서 뼛속까지 시큰거렸다. 큼직한 벽난로 앞에 바싹 달라붙어 있어도 몸이 구석구석 훈훈해지는 일은 없었다. 얼굴만 따끈했지 등은 시렸다.

모피 외투로 몸을 둘둘 감싼 채 잔가스토네는 쏟아지는 함박눈을 바라보았다. 희뿌옇게 춤추는 눈송이 사이로 칙칙한 전나무 가지들이 보였다. 오른편의 높직한 건물이 마구간이었는데, 왕녀의 영지에서 단연 관리가 제일 잘된 곳이었다. 왕녀는 끼니때만 빼면 거기서 하루종일이라도 보낼 수 있었다. 듣자 하니 그녀는 마구간에 처박혀 한 마리 한 마리에게 다정하게 말을 붙이고, 놈들이 마치 사내라도 되는 양 애교를 부린다지 않는가. 그녀는 해가 진 후에야 온몸에서 말똥 냄새를 피우며 돌아왔고, 지독한 그 냄새는 부부의 침실에도 떠다녔다.

무능한 남편을 둔 죄로 본의 아닌 금욕 생활을 하게 된 그녀는 틈만 나면 사냥을 나갔다. 사내처럼 차려입고 긴 장화를 신고 손에 창을 틀어쥐고 그녀는 온종일 숲을 뒤지며 멧돼지를 궁지에 몰아넣고 늑대를 쫓고 노루를 몰았다.

아내가 녹초가 되도록 숲을 뛰어다니는 사이 잔가스토네는 다미아노 옆에서 위안을 얻고 있었다. 하인 취급을 받는 데 골이 난 연인이 아무리 심술궂게 굴어도 그는 묵묵히 감내했다. 모욕을 받을

수록 쾌감을 느끼는 사람처럼…… 안느마리프랑수아르가 침실의 분노를 사냥에서 푸는 반면 그는 과자와 술에서 위안을 얻었고 그 결과 급속도로 살이 찌기 시작했다. 상관없었다. 어차피 그는 자신을 사랑하지 않았고, 속속들이 탕아였으니 몰골도 추해야 제격이리라.

눈은 여전히 쏟아졌다. 지겨운 눈발, 그리고 매일 똑같은 풍경에 똑같은 생활. 그는 피렌체를, 햇살 가득한 거리와 테라스와 분수와 정원 들을 떠올렸다. 그가 사랑했던 그림들과 조각들도 그리웠다. 라이히슈타트의 벽은 썰렁했고 가구는 농부의 오막살이에나 어울릴 만한 것들이었으며 식기는 조잡했고 서가는 한숨이 나올 만큼 빈약했다. 음식으로 말하자면 이곳의 주인만큼이나 투박했다.

밤이 되었다. 개들이 짖어대는 걸로 보아 아내가 돌아온 것이리라. 왕녀는 몰로스 사냥개 무리에 둘러싸여 성큼성큼 눈 속을 걸어 성벽의 비밀문 앞에 나타났다. 채찍을 한 번 휘두르자 개들이 잠잠해졌다. 곧 그녀가 벽난로 앞에 털퍼덕 주저앉아 다리를 척 뻗으리라. 옷에서는 김이 무럭무럭 날 테고, 젖은 개털과 가죽과 땀냄새가 뒤범벅된 고리타분한 향기가 잔가스토네의 코끝을 쑤시리라.

그는 창턱에 놓아뒀던 브랜디 병을 움켜쥐고 단숨에 비웠다.

* *
*

그새 많이 늙으셨어, 하고 비올란테는 생각했다. 두툼한 아랫입술은 힘없이 늘어졌고 눈에는 눈물이 고여 있었으며 턱수염은 새하얬다. 코시모 3세는 노인, 옷차림마저 추레해 보이는 노인이 되어 있었다.

그녀는 며칠 프라톨리노를 벗어나 피렌체로 왔다. 남편을 정성껏 보살피는 마음은 변함이 없었지만 몸은 지쳤고, 그래서 잠시 도회의 공기를 맛보고 싶었다. 그녀는 제일 먼저 시아버지에게 가 인사부터 하며 예의를 갖추었다.

"그애는 좀 어떠니?" 대공이 물었다.

"시골 생활을 하면서 건강이 아주 좋아졌어요." 비올란테가 거짓말을 했다.

대공은 듣는 둥 마는 둥했다. 생각에 잠긴 그는 걱정스러운 얼굴이었다. 측근들의 잇따른 죽음으로 그는 기운이 없었다. 먼저 주치의 프란체스코 레디가 세상을 떠났다. 대공이 아직 살아 있는 것은 주치의의 현명한 조언 덕이라 해도 과언이 아니었다. 연이어 자문관 펜노니 신부가 세상을 떠났다. 대공이 뭐든지 의지하고 조언을 구했던 신부의 죽음은 큰 타격이었다. 더욱이 신부의 죽음을 두고 장난을 친 고약한 사건까지 터져 그를 노여웁게 만들었다. 피티 팔라초 맞은편의 분수에 몹쓸 풍자화가 내걸렸던 것이다. 펜노니 신부가 지옥에 들어앉아 창밖을 내다보고 있었다. 코시모 3세가 문을 두드리며 들어가도 되냐고 묻자 신부는 "아무렴, 되다 말다요"라고, 앵무새처럼 되풀이했다. 대공이 세금 제도를 신설해도 될지 물을 때마다 신부의 입에서 나왔던 대답이었다.

팔라초의 경비병들이 당장 그림을 떼어냈지만 소문은 바람처럼 퍼져 사제들의 횡포에 시달리던 시민들을 한바탕 웃겼다. 코시모 3세는 피렌체 경찰에 신속히 범인을 색출하라고 준엄하게 지시했지만 범인은 끝내 잡히지 않았다.

또다른 고민도 있었다. 황제가 대공에게 왕과 대등한 권위를 내려줬음에도 불구하고 프랑스와 스페인이 그 최상의 영예를 인정하지 않아 체면이 깎였던 것이다. 불안한 허영심 외에도 황제가 걸핏하면 손을 벌리는 것도 골치였다. 레오폴드 1세는 메디치가에 독일의 눈부신 가문들과 결혼을 허락한 대가로 더욱 많은 분담금을 요구했다. 교회가 잡아먹는 돈만으로도 축날 대로 축난 토스카나의 재정으로는 감당할 수 없는 금액이었다. 코시모 3세는 결국 인노켄티우스 7세의 동의를 얻어 성직자들에게도 과세를 한다는 고육지책을 내놓았다.

수도사와 수녀와 사제 들은 일제히 반발했다. 호화로운 생활과 도락 삼매에 물든 그들은(수녀원의 예쁘장한 수습 수녀들이 흥분한 성직자 관객 앞에서 발레 공연을 하는 것도 드문 일이 아니었다) 군주가, 더욱이 누구보다 신심 깊던 군주가 자신들의 지갑에 손을 대려는 데 분개했다. 대부분 불평을 터뜨리며 마지못해 낸 세금이었지만 어쨌든 피렌체의 국고에는 돈이 흘러들어왔고, 그것으로 황제가 집요하게 요구한 15만 에큐의 보조금을 충당할 수 있었다.

"얘야, 아가, 여기도 네 집이 아니냐, 돌아오면 안 되겠니? 너라도 있으면 고독한 내 말년도 좀 견딜 만할 텐데." 상념에서 깨어난 코시모가 불쑥 이야기를 꺼내며 비올란테를 쳐다보았다.

"아뇨, 전하, 그럴 수는 없습니다. 남편을 돌보아야 해요." 그녀가 부드럽게 말했다.

대공이 입을 비죽거렸다.

"무슨 소용이 있단 말이냐! 어차피 너희들한텐 아이들도 없는데."

그가 갑자기 자리를 박차고 일어나 소리쳤다.

"대체 왜 내가 이런 꼴을 당해야 하지? 자식 놈들 누구 하나 후사를 보지 못하다니. 후계자도 없이 세상을 하직하게 생겼어."

그는 다시 주저앉았다.

"이게 다 그녀의 타락한 피 때문이야. 그 여자랑 결혼하는 게 가문의 영광인 줄 알았는데…… 애초부터 아버지 말을 듣는 게 아니었어."

그는 입을 다물었다. 평소대로 우울증이 도진 걸까? 부당하기는 해도 아내를 헐뜯고 욕하는 것이 차라리 낫다고 비올란테는 생각했다.

그녀가 시아버지를 위로할 생각으로 입을 열었다.

"아버님, 아버님께는 후손을 안겨줄 수 있는 아우님이 한 분 계시다는 걸 잊으셨나요?"

"프란체스코 마리아!" 대공은 소리쳤다. "하지만 그애는 추기경 모자를 너무 사랑하는걸. 결혼하겠다고 추기경 옷을 벗을 아이가 아니야. 지금도 라페지 저택에서 얼마든지 신나는 삶을 구가하고 있으니까."

"물론 그렇겠지요…… 하지만 숙부님이 즐겁게 지내시는 것도 다 아버님의 관대함 덕분이 아니던가요?"

코시모 3세의 눈동자가 반짝였다.

"그러니까 내가 지갑을 닫아버리면 이야기가 달라질 거라 그 말이니?"

"어쩌면 아버님의 기대에 부응하도록 숙부님도 애를 써보실지 모르지요…… 제가 숙부님의 의향을 떠볼까요? 안 그래도 몇 번이나 라페지로 초대를 해주셨어요. 이번 기회에 그 초대를 받아들이는 것도 좋겠지요."

대공은 말없이 살짝 고개만 끄덕였다.

* *
*

잔가스토네에게는 따로 부친의 허락을 얻지 않는 한 라이히슈타트를 떠날 수 없다는 엄명이 떨어져 있었다. 그러나 이제 정말 한계였다. 다미아노를 거느리고 프라하에 잠깐씩 머물며 빈민굴에서 술을 퍼마시는 것만으로는 허전한 가슴이 메워지지 않았다.

그는 은밀히 마음을 결정했다. 어느 아침 아내가 사냥을 떠나자 그는 다미아노도 따돌린 채 계획을 결행했다. 그는 아버지에게 받는 얼마 안 되는 연금을 다 털고 아내의 보석도 몇 가지 챙겨 마차를 대령하라고 지시했다. 그러고는 도망쳤다.

어디로 가야 할까? 피렌체로 갈 수는 없었다. 지긋지긋한 아내 곁으로 당장 돌아가라는 코시모 3세의 불호령이 떨어질 것이 뻔했다. 그는 우선 누이가 사는 성으로 향했다. 그런 터무니없는 혼처를 구해준 누이가 보고 싶어서는 아니고 그래도 핏줄인데 매몰차게 내치지는 않으리라 기대했기 때문이다.

뒤셀도르프에 닿았지만 누이는 엑스라샤펠의 온천으로 떠나고 없었다. 그는 곧장 그녀를 뒤따라 나섰다. 누이와 상봉한 그는 절절히 심경을 토로했다. 누이는 의외로 참을성 있게 귀를 기울였다. 투박한 거구의 아내와 사는 게 쉽지 않다는 걸 누이인들 왜 모르겠는가. 그러나 메디치가의 장래를 생각하면 합스부르크가의 친척인 그 왕녀가 딱 맞는 신붓감이라고 그녀는 믿었다. 그녀는 동생을 위로할 생각으로 자신의 결혼생활도 별것 없다고, 남편은 좋은 사람이지만 그녀가 기대했던 즐거움은 하나도 없다고 털어놓았다. 잔 가스토네는 누이의 고백에 감동했다. 어쨌든 그가 독일에 오래 머물수록 누이와 매부의 입장이 곤란해지는 것만은 분명했다. 며칠 후 그는 다시 마차에 올랐다.

그의 결정은 천천히 무르익었다. 비록 아무 기억도 없었지만 그는 모친을 찾아갈 생각이었다. 대체 왜, 뭘 어쩌려고? 어머니를 이해하고 싶어서? 이제 와서 어머니를 사랑하려고? 스스로도 알 수 없었다. 마차는 프랑스를 향해 달렸고 그의 마음은 초조함과 불안 사이에서 뒤척거렸다. 모친이 그의 방문을 귀찮아할까봐, 아니 그를 기억이나 할지 두려웠다.

그가 아는 것이라고는 아마 결혼 직후에 그렸을 초상화 속의 모친뿐이었다. 당돌하고 총명한 눈빛의 미인이었다. 긴 세월이 흘렀지만 여전히 아름다울까? 아니면 토스카나 궁정의 조롱과 헐뜯음의 대상이던 방탕한 생활로 미모도 좀먹었을까?

그는 도처에 깔렸을 아버지의 밀정들의 눈을 속이기 위해 시에나 후작 행세를 하며 국경을 건넜다.

직접 파리로 가는 것은 아무래도 내키지 않았다. 당장 어머니와 대면할 자신은 없었다. 그는 우선 원래 외가 소유였지만 지금은 아무도 살지 않는 블루아성으로 향했다. 야심 많고 무모한 외조부 가스통 도를레앙은 그곳에서 형 루이 13세와 리슐리외 추기경을 상대로 음모를 꾸몄다. 더 거슬러올라가 먼 조상 카테리나 여제는 그곳에서 살다가 그곳에서 세상을 떠났다. 그의 증조모, 그러니까 앙리 4세의 과부인 마리아는 아들 루이의 명령으로 그곳에 유배됐다. 각 방을 차례차례 돌아보며 그는 상상에 잠겼다. 한 무리의 유령이 눈앞에 나타났다. 그의 선조들. 유령들은 복도를 달려가거나 계단을 오르내리거나 방에 들어앉아 있었다. 그들은 둘러앉아 숙덕거리고 금지된 사랑을 나누거나 수상쩍은 음모를 꾸몄다. 카테리나는 노스트라다무스의 의견을 물었고, 그녀의 아들 앙리 3세는 구이제 공작의 암살을 계획했으며, 마리아는 콘치니와 갈리가이의 죽음에 울었고, 가스통은 루이 13세가 가장 총애했던 신의 없는 미남자 생마르와 홍정했다.

조상들은 번갈아 등장해 그를 들볶아댔고, 그는 머리가 어지러워졌다.

그는 계속 생각에 잠겼다. 일 마니피코의 시절에 태어났더라면 얼마나 좋았을까? 그 시절 피렌체는 눈부셨다. 집과 건물은 당대 최고 예술가들의 손으로 장식됐고 전 유럽의 위대한 석학들이 몰려들었다. 태평하고 즐거운 시절이었다. 그러나 이제 피렌체는 깊은 침체에 빠져 있었다. 도시는 천천히 쇠락했다. 그 쇠락은 코시모 1세의 손자 코시모 2세의 짧은 통치 때 비롯됐다. 인자하지만 무능한 군주였던 그는 메디치가의 은행업에 종지부를 찍는 불길한 실수를 범했다. 그 이후 일가의 호화로운 생활은 국고의 부담이 되었다. 죽음이 임박하자 그는 어린 아들 페르디난도를 대신해 모친 크리스틴 드 로렌과 아내 마리 마드렌 도트리슈에게 섭정을 맡겼다. 두 여자 모두 통치 능력은 없고 신앙심은 넘치게 많았다. 독실한 두 섭정은 자신들을 병풍처럼 에워싼 성직자들에게 아낌없이 기부금을 퍼주었다. 결국 토스카나의 재정은 위기에 빠졌고 피렌체는 몰락을 재촉했으며 잔가스토네의 조부 페르디난도 2세는 성직자들의 꼭두각시가 되었다.

성을 나왔을 때는 밤이었다. 그는 이튿날 날이 밝는 대로 파리로 가기로 마음먹었다.

* *
*

비올란테는 아름다운 시골 풍경에 마음이 들떴다. 어디를 봐도 눈이 즐거웠다. 작은 에마강의 물줄기는 당장이라도 미역을 감고 싶게 맑았고 제방에는 형형색색의 꽃들이 심겨 있었다. 골짜기마다 오리나무, 사시나무, 포플러, 버드나무 같은 온갖 수목이 자라고 있었다. 신록이 파도처럼 넘실거려 비올란테의 눈이 지루할 새가 없었다. 그 야생의 자연을 가로질러 더 위쪽으로 올라가면 사람의 손길이 구석구석 미친, 라페지 저택의 조화로운 정원들이 있었다. 프라톨리노가 내심 부러워했던 추기경은 이곳을 치장하는 데 큰 공을 들였다. 자동인형이나 신기한 분수는 없었지만 산책로를 따라 고대 조각상들이 점점이 늘어서 있었는데, 그 가운데 몇몇은 추기경의 정원에 놓기에는 다소 낯뜨거운 것들이었다.

상냥한 추기경은 조카며느리를 반갑게 맞았다. 기사처럼 차려입은 혈색 좋은 이 뚱뚱보 사내가 추기경임을 짐작케 하는 것은 붉은색 스타킹뿐이었다.

“미인이 와주시니 볼품없는 내 집이 다 환해지는군……”

비올란테가 소리 없이 웃었다. 볼품이 없기는커녕 더없이 화려한 저택이었기 때문이다. 대리석, 그림, 은제 식기 등 진귀한 물건들이 방마다 엉망으로 보일 만큼 그득했다. 시인과 예술가와 벗들이 안목이 높은 도락가인 추기경의 마음을 사로잡으려 다투고, 그와 식탁을 함께하며, 그의 포도주 저장고를 뒤지거나 이따금은 훔치기도 하는 요란한 궁정 한복판에서 왕처럼 살고 있었다. 추기경은 누가 뭘 슬쩍하건 개의치 않았다. 어느 날 하인이 멋진 촛대를 훔치다 들켰는데, 그는 인자한 얼굴로 똑같은 것 하나를 더 내주며 "받아라, 이렇게 하면 한 쌍이야" 하고 말했다.

그렇지만 추기경이 늙는 것처럼 라페지의 저택도 늙어갔다. 벽들은 금이 가고 벽화들도 사방이 벗겨졌다. 이유는 간단했다. 추기경에게는 돈이 많지 않았고, 그래서 건축가 안토니오 페리가 정원을 조성하고 긴 세월을 견딜 건물을 짓는 데 필요하다고 산정한 8만 에큐를 지불할 수 없었던 것이다. "내가 댈 수 있는 비용은 딱 3만 에큐라오. 하지만 원래 계획대로 추진해주면 좋겠소. 이 돈이면 내 집이 몇 년이나 버티겠소?" 건축가는 다시 설계하고 계산한 다음 이십 년밖에 보장할 수 없다고 대답했다. 추기경이 싱긋 웃었다. "그거면 충분해요! 당장 일을 시작하시게!"

추기경의 저택은 하루종일 웃음과 익살과 소동으로 들썩거렸다. 수시로 엄습하는 통풍의 고통과 그 밖에 자신을 괴롭히는 갖가지 질병에는 그것들이 제일 좋은 약이라고 추기경은 믿었다. 알아주는 식도락가인 그는 하루가 멀다 하고 연회를 베풀었다. 사람들은 집안 어디서나 먹고 마시고 떠들었다. 그들은 누구의 눈치도 보지 않고 아무데서나 몸을 섞었고, 낮밤도 없이 기세 좋게 술병을 비웠다.

현명한 비올란테는 추기경의 집에 출렁이는 음란한 공기를 근엄한 눈초리로 관찰했다. 며칠 흐르자 그녀도 그 유쾌한 분위기에 전염되고 말았다. 그러나 그녀는 자신의 임무를 잊지 않았다. 어느 아침 그녀는 숙부와 단둘이 대화를 나눌 시간을 얻어냈다. 추기경은 침대에서 코코아를 홀짝거리며 잼을 바른 비스킷을 바삭거리는 소리를 내며 깨물고 있었다. 어찌나 진지한 얼굴인지 그 아침식사보다 중요한 일은 그의 인생에 없는 것처럼 보였다.

비올란테에게서 형의 속내를 들은 그가 쩌렁쩌렁한 웃음을 터뜨렸다.

"거 참 재미난 계획이구먼. 하지만 이봐요, 조카며느님, 며느님 보시기엔 내가 결혼할 것 같으오? 근엄한 우리 형님은 참말 바보로군, 내가 여자랑 한 쌍이 되는 걸 잠시라도 꿈꿨다면 말이야."

"그것이 메디치가를 이어가는 길입니다."

"까짓 것, 대가 끊기거나 말거나 나랑은 상관없다오. 내 자식 놈이 이 세상에서 꼬물거릴 거란 생각만 해도 식은땀이 나니까. 개과천선하기엔 너무 늦은 감도 있고 말이야. 안됐지만 조카며느님의 그 깜찍한 임무는 실패인 것 같으이."

여인이 한숨을 내쉬었다. 추기경은 눈동자를 빛내며, 늘어진 주홍색 뺨을 젤리처럼 떨면서 온화하게 웃었다. 그 얼굴이야말로 삶의 기쁨을 숨김없이 드러내고 있다고 비올란테는 생각했다.

"이보게, 조카며느님, 내 고백 하나 해도 될까 모르겠구먼. 너무 불쾌하게 생각하지는 마시게나, 실은 내 은밀한 욕망은 벌써 옛날에 무뎌졌다오. 젊은 친구들이 내 집에서 마음대로 사랑하는 걸 보는 것만으로도 난 흐뭇하게 충족된다네. 그러니까 설령 결혼한다 해도 아내에게 아무것도 해줄 수 없을 거라 그 말씀이지."

그가 어찌나 순박한 얼굴로 말했던지 그녀의 입가에 절로 미소가 떠올랐다. 그렇지만 그대로 물러날 수는 없었다.

"만일 숙부님이 대공의 기대를 저버리시면 대공께서 연금을 삭감하지는 않을까 걱정이군요."

"그래 봤자 형님만 손해볼걸. 추기경회에서 나의 중대한 영향력을 잃게 될 테니까."

"대공과 얼굴을 맞대고 이야기를 한번 해보시는 건 어떨까요?"

추기경이 낯을 찡그렸다.

"아, 그건 싫네. 피렌체엔 안 갈 거야. 그놈의 도시엔 사제들만 우글거리고 골목마다 향 피우는 냄새만 진동하거든."

이번에는 비올란테가 웃음을 터뜨렸다.

* *
*

자신이 왔다는 걸 미리 알려야 할까? 모친이 마음의 준비를 할 수 있게끔? 잔가스토네는 저울질하고 있었다. 매정한 대접을 받을까봐, 어쩌면 쫓겨날까봐 겁이 났다. 그는 수녀원 주위를 오랫동안 배회하다가 마침내 결심했다. 문을 두드렸다. 마르그리트루이즈 도를레앙 왕녀를 만나러 왔다고 하자 문을 열어준 수녀는 대뜸 흰 눈으로 흘겨보았다. 새 애인이라도 되는 줄 알았을까?

“누가 뵙자고 한다고 전할까요?” 수녀가 건방지게 물었다.

그는 잠시 머뭇거리다가 조그맣게 중얼거렸다.

“아들, 잔가스토네라고 전하시오.”

수녀가 놀라서 눈을 동그랗게 뜨더니 아무 말도 없이 사라졌다.

그는 한참이나 기다렸다. 건물 안쪽에서 원인이 명백한 웃음과 한숨, 작은 비명들이 간간이 들려왔다.

이윽고 수녀가 돌아왔다.

“전하께서 내일 똑같은 시간에 다시 오시랍니다.”

그 말은 비수처럼 가슴에 꽂혀 긴 상처를 남겼다. 당장 마차를 잡아타고 사라지고 싶었다. 모친이 달려나와 손이라도 맞잡아줄 줄 알았다면 얼마나 정신 나간 생각인가? 아이 셋을 미련 없이 버린 여자를 뭘 어쩌자고 찾아왔던가? 이십 년 세월이면 슬픔도 그리움도 미움도 말끔히 지워졌으리라. 잔가스토네는 이방인, 그녀가 그토록 미워하는 남편의 아들일 뿐이었다.

그는 이튿날도 찾아갔다. 마르그리트루이즈는 나타나지 않았다. 잔인한 게임은 며칠이나 계속됐다. 그는 희망을 버리지 않고, 날 떠보는 거야, 라고 자위했다. 그는 위안을 찾아 베르사유로 갔다. 궁정은 호기심을 품고 그를 맞았다. 루이 14세가 알현을 허락하리란 것이 전해지자 호기심은 호의로 바뀌었다. 비록 늙고 이가 빠지기는 했지만 국왕은 아름답고 품위가 있었다.

“잘 오셨네, 나의 친척분. 내 궁정을 찾아주어 기쁘오.”

국왕은 그를 후하게 대접했다. 그날 저녁 국왕의 동생이 그를 팔

레루아얄의 오페라에 초대했다. 두 왕자는 자신들이 사랑의 취향이 똑같은 것을 알고 의기투합했다. 잔가스토네는 오랜만에 고향 친구라도 만난 것처럼 기뻤다.

이튿날, 그러니까 파리에 온 지 닷새째 되는 날 아침, 그는 다시 수녀원을 찾아갔다. 접수계 수녀는 공손하게 그를 맞아들였다. 잔가스토네는 바야흐로 모친과 대면하게 되리란 걸 알아차렸다.

6
1698~1702

코시모 3세는 노발대발했다. 추기경 아우에게 갔던 며느리는 빈 손으로 돌아왔고, 밀정의 보고를 듣자니 막내 아들놈은 루이 14세의 궁정으로 갔다지 않는가.

"그 망할 녀석이 어떻게 느닷없이, 그것도 토스카나 대공의 아들에게 합당한 격식도 차리지 않고 궁정에 갈 생각을 했단 말이냐? 그건 우리 가문과 내 개인을 욕먹이는 짓이야."

그는 팔라초 이층의 서재를 왔다갔다하며 분통을 터뜨렸다.

"녀석은 명령을 어기고 멋대로 아내 곁을 떠났을 뿐만 아니라 날 웃음거리로 만들었어. 천하에 본데없는 놈! 그놈이 제 신분도 잊어버리고 파리의 변두리 여인숙에 묵고 있다니, 이게 말이나 되는 소리냐?"

대공의 목에는 힘줄이 불거졌고 손은 분노로 부들부들 떨렸다.

비올란테는 시동생을 변호하려 했다.

"아버님, 보헤미아의 외진 숲속의 성에서 도련님도 몹시 지루했을 거예요. 오죽하면 제게도 몇 통이나 편지를 보내 하소연했겠어요……"

"편지? 오냐, 편지라면 나도 받았다. 듬직하신 며느님께서 화가 날 대로 나서 녀석이 저지른 몹쓸 짓에 대해 불평을 한아름 늘어놨더라. 정신이 제대로 박힌 놈이라면 이런 짓을 저지를 게 아니라 더 부지런히 마누라의 잠자리나 찾아갔어야지! 하지만 녀석은 딴 생각만 하고 있었다. 난 뭐 귀가 없는 줄 아니, 걸핏하면 다미아노란 망할 놈을 끼고 프라하로 도망쳐 한심한 짓만 골라 저질렀다더구나. 제 아비 이름에 먹칠할 생각밖에 없는 놈이야."

"하지만 애초 다미아노를 데려가도록 허락하신 건 아버님이시잖아요."

"내가 어리석었지, 애인이라도 곁에 있으면 그나마 좀 나을 줄 알았다니."

그의 분노가 갑자기 꺼진 것 같았다. 그가 털썩 안락의자에 주저앉았다. 그리고 병든 노인의 목소리로 중얼거렸다.

"대체 왜 하나같이 이 모양이지?"

대공이 코를 훌쩍거렸다. 눈물이 주르륵 흘러내렸지만 굳이 감추지도 않았다. 민망하고 측은해서 비올란테가 슬며시 시선을 돌렸다. 코시모 3세가 벌떡 일어나 소리소리 질렀다.

"그 여자야! 그 여자가 나한테 해코지를 하려고 그애를 끌어들인 거야! 대체 무슨 원수를 졌기에 이런 짓을 한단 말이냐?"

한참 후에야 비올란테는 마르그리트루이즈 도를레앙 이야기란 것을 알아차렸다.

"속셈은 뻔해, 그애가 내 말을 안 듣고 멋대로 살도록 꾀어내려는 게지!"

대공은 주님 앞에서 맺어진 아내를 헐뜯고 비방하고 욕했다.

"프랑스 대사 리누치니 후작에게 편지를 보내뒀다. 그놈을 잡아다 아내가 기다리는 성으로 당장 끌고 가라고 했어."

"만일 도련님이 거부하면요?"

"녀석의 유산 상속권은 물론이고 작위와 재산을 몰수할 테다!"

비올란테는 입을 다물고 조용히 물러났다.

* *
*

새하얀 분을 겹겹이 발랐어도 세월의 흔적을 완전히 감출 수는 없었다. 양 뺨에 빨간 볼연지를 찍고 거리의 여자들처럼 차려입은 여인. 깊이 팬 가슴선 너머로 풍만한 젖가슴이 엿보이는 이 여인이 어머니, 그의 어머니였다.

그녀는 무표정하게, 면접관 같은 눈초리로 아들을 내려다보았다.

"너무 못생긴 편은 아니구나. 듣자 하니 여자한텐 관심이 없다고? 저런, 그건 네 양초에 불을 붙일 줄 아는 여자가 한 명도 없었다는 소리야. 예쁘장한 수녀들이 널린 이 수녀원에 며칠만 있어보렴, 당장 이야기가 달라질 거라 장담하지."

잔가스토네는 아무 대꾸도 하지 못했다. 이 천박한 여인이 모친이란 현실을 그는 아직도 받아들일 수 없었다. 그녀가 야하고 나직한 웃음을 터뜨렸다.

"왜 그리 뻣뻣하니? 어미 앞에서도 꿀 먹은 벙어리가 될 만큼 여자라면 질색인 게야?"

그는 고개를 가로저었다. 야릇한 느낌이었다. 이 여인이 누구던가? 프랑스 왕가의 도도한 피를 받은 존엄한 왕녀가 아니던가? 어쩌면 이 여인도 손가락질받는 사랑 속에 자신을 팽개쳐 자신의 지위를 더럽히고 싶은 것은 아닐까?

그가 침묵을 지키자 그녀가 그를 자신의 처소로 이끌었다. 수녀원 경내를 가로지를 때 마주친 수녀들이 부끄러움도 없이 그의 얼굴을 빤히 쳐다보며 지나갔다. 두 사람은 이층의 널찍한 살롱으로 들어갔는데 그곳의 가구며 장식은 베르사유에 조금도 뒤지지 않았다.

"이곳은 뭐든지 신기하군요." 마침내 그가 입을 열었다.

"수녀원이 처음이어서 그럴 테지." 마르그리트루이즈가 웃었다.

"이렇게 자유롭게들 사는 줄은 몰랐어요."

"자유는 가장 소중한 재산이야. 주님이 당신의 귀여운 아내들이 당신 지붕 밑에서 행복하게 지내는 걸 싫어하실 리가 없지."

잔가스토네가 빙그레 웃었다.

"전임 수녀원장은 걸핏하면 타락을 경계하라고 잔소리를 늘어놨어…… 하도 시끄럽게 굴기에 내가 대주교에게 청탁해 쫓아냈다. 그후로는 내가 이 둥지를 잘 다스리고 있지."

그녀는 여러 개의 유리잔과 호박색 음료가 담긴 작은 물병이 놓인, 다리가 맵시 있는 호사스러운 콘솔로 다가갔다.

"아들아, 안달루시아에서 특별히 보내준 훌륭한 셰리주를 맛보겠니?"

그녀는 대답도 기다리지 않고 잔을 채워 절반쯤 한입에 비웠다. 그런 다음 소파로 돌아와 잔가스토네를 가까이 앉혔다.

"너무 독설을 늘어놨다면 용서해라. 사내를 좋아하는 신사들은 여성을 모욕하는 것 같아서 말이야. 하지만 너도 피렌체 사내들한텐 흔해빠진 유감스러운 취향의 소유자일 뿐, 그 이상도 이하도 아니란 생각이 드는구나."

"그러니까 제 죄를 사하신 건가요?"

"그래. 이해는 곧 사면을 뜻하지."

그녀는 잔을 비우고 일어나 다시 잔을 채우며 아들을 바라보았다.

"셰리주를 맛볼 생각은 없는 게냐?"

"그 반대예요. 너무 많이 마실까봐 겁이 나서 그래요."

그녀가 웃으면서 잔가스토네의 곁으로 와 앉았다. 그리고 심각한 얼굴로 물었다.

"얘야, 왜 찾아왔니?"

"왜라니요…… 어머니니까요."

"아, 말은 그렇지! 그래, 어떠니, 내가 널 만나서 감동한 것 같으니? 까마득한 옛날에 헤어진 엄마와 아들이 만나 무슨 볼일이 있지? 진실, 그건 내가 널 잊었다는 거야. 이제 와서 날 사랑할 생각 따윈 말거라."

잔가스토네는 속이 쓰라렸다. 그가 잠자코 버티다가 자신 없는 목소리로 물었다.

"아이들한테 사랑을 느낀 적은 한 번도 없었나요?"

마르그리트루이즈가 눈을 하늘로 쳐들었다.

"신앙심 하나는 깊은 네 아비는 널 낳자마자 빼앗아 한 무리의 유모에게 맡겼어…… 넌 내 아들이 될 틈도 없었지. 코시모는 내 젖 한 방울이라도 흘러들어 반항의 씨앗을 전염시킬까봐 벌벌 떨었어. 난 널 한번 안아볼 권리도 없었다."

"괴로웠겠군요."

그녀는 한숨을 뱉은 후 귀찮다는 듯이 중얼거렸다.

"다 지난 일이야…… 너희들은 그 사람 아이들이지 내 아이들이 아니었어. 그는 내가 너희들을 사랑할 시간조차 주지 않았어."

"그걸 유감으로 생각하세요?"

마르그리트루이즈는 선뜻 대답을 하지 못했다. 잔가스토네는 바야흐로 그녀의 가면이 벗겨지는 줄 알았지만 그녀는 재빨리 수습했다.

"아니, 외려 감사해. 보나마나 난 나쁜 엄마가 됐을 테니까."

그녀는 일어나 잔을 또 채우며 빠르게 중얼거렸다.

“엄마 노릇과 애인 노릇을 동시에 할 수는 없지. 그런데 난 애인이었거든.”

그러니까 피렌체에서 수군거리는 말은 사실이었다. 마르그리트 루이즈가 사랑한 사람은 억지로 결혼해서 증오하는 남편이 아니라 샤를 드 로렌이었던 것이다.

그녀는 그런 이야기를 털어놓은 것을 벌써 후회하는 것처럼 감정으로 흔들리는 낮은 목소리로 말했다.

“그만 가거라, 아들아…… 가라, 제발 부탁이야.”

* *
*

여름의 프라톨리노는 도가니 속 같았다. 몸과 마음이 엿가락처럼 늘어지는 무더위였다. 꽉 죄는 여행용 옷을 어서 벗어던지고 싶어 비올란테는 자신의 처소로 달려갔다. 하녀가 옷을 벗기고 얼굴과 가슴에 물을 축여주었다. 남편은 정원으로 산책을 가고 없었다.

희고 단순한 삼베옷만 걸친 그녀가 거울로 눈길을 던졌다. 얇은 옷 밑으로 어둑한 젖꼭지와 아랫배의 덤불이 희미하게 비치는 앳되고 가녀린 여자가 보였다. 제대로 피어나지도 사랑받지도 못한 채 잠들어 있는 여자가. 사랑이 뭔지 사랑의 기쁨은 또 뭔지, 남편과의 짧은 잠자리밖에 가져본 적이 없는 그녀가 어떻게 안단 말인가?

이따금 혼자 방에 있을 때면 눈물이 흘렀다. 그녀는 왜 우는지 모르면서 울었다. 실컷 울고 나면 몸속이 깨끗하고 가뿐해졌다. 눈물이 불순한 것들을 씻어낸 것처럼.

비올란테는 드러누워 생각에 잠겼다. 그녀는 총명했고, 그래서 신세 한탄 따위는 하지 않았다. 그녀는 왕녀였고 자신을 받아들인 이 공국의 지체 높은 귀부인들의 부러움을(때로는 질시도) 한몸에 받는 메디치가의 맏며느리였다. 어디 귀부인들뿐인가. 그녀가 늘 걱정하는 저 가난한 사람들도 그녀에게 큰 애정과 존경을 보여주었다. 토스카나에는 불쌍한 사람들이 넘쳤다. 활기차고 번성했던 피렌체는 갈수록 기울고 있었다. 그녀가 누구보다 열심히 신앙을 실천하는 것은 사실이었지만 이따금 성직자들의 화려한 삶과 시민들의 초라한 생활을 비교하지 않을 수 없었다.

갑자기 졸음이 몰려와 그녀는 흥분되고 관능적인 꿈에 빠져들었다. 한 희미한 윤곽의 사내가 다가와 그녀의 얼굴을 들여다보았다. 그가 그녀에게 입을 맞추었다. 사내의 손이 옷자락 밑으로 들어와 그녀의 맨몸을 더듬었다. 그녀는 가만히 있었다. 온몸이 가볍게 떨리는 것을 느끼며 그녀가 다리를 벌리고 사내를 끌어당기며 대담하게도 그의 물건을 건드렸다. 사내가 흠칫하며 물러서는 순간 흐릿하던 얼굴이 또렷이 드러났다. 잔가스토네!

비올란테가 외마디 고함을 지르며 깨어났다. 식은땀이 흘렀다. 조신한 그녀였지만 그 꿈 때문에 극도로 흥분한 것을 깨달았다. 부끄럽게도 그녀의 은밀한 곳은 촉촉하게 젖어 있었다.

그녀는 아직도 두근거리는 가슴에 손을 얹고 눈을 감았다. 그리고 두려운 마음으로 자문했다. 꿈은 진실을 보여주는 것일까? 그 순간 그녀는 자신이 더이상 페르디난도를 사랑하지 않는다는 것을 깨달았다.

* *
*

카를로 리누치니 후작은 신속히 일을 처리했다. 잔가스토네는 프랑스 국왕에게 유감스럽지만 급히 떠나게 됐다고, 집안 사정으로 보헤미아로 돌아가야 한다고 전했다. 루이 14세는 친절하게도 그 말을 믿는 시늉을 해주었다. 그리고 석별의 정을 나누기 위해 자신의 초상화와 함께 자루에 값진 보석이 박힌 칼을 선물로 내렸다.

대사는 모친에게 따로 작별 인사를 할 필요는 없을 거라고 충고했다. 청년은 두말없이 따랐다. 어차피 불쌍한 자신과 닮은꼴인 모친을 또 보고 싶은 생각은 없었다.

귀로는 지독한 고생길이었지만 리누치니 후작은 시종 유쾌함을 잃지 않았다. 잔가스토네는 지긋지긋한 보헤미아 지방과 식인귀 같은 아내가 기다리는 성이 가까워질수록 말수가 적어졌다.

마침내 그들은 라이히슈타트로 이어지는 좁다란 골짜기로 접어들었다.

"간수 양반, 곧 이 근방에서 최고로 멋진 여자를 보시게 될 겁니다. 어쩌면 이곳의 투박한 예절과 시큼하고 달짝지근한 두엄 냄새가 마음에 드실지도 모르겠군요." 잔가스토네가 이죽거렸다.

"기대가 큽니다. 벌써 콧구멍이 벌름거리는데요." 후작이 웃었다.

"오래 못 가 코를 싸쥐어야 할 겁니다."

후작이 웃음을 터뜨렸다. 세련된 이 피렌체 신사가 개나 말이 사람보다 대우를 받는 투박한 곳에 머물 것을 상상하자 잔가스토네도 조금쯤 웃고 싶은 심정이 되었다.

안느마리프랑수아즈 드 작세로엔베르그는 부루퉁한 낯으로 그들을 맞았다. 남편과 단둘이 되기를 기다려 그녀는 우레 같은 욕설을 퍼부었다. 잔가스토네가 도둑처럼 도망쳐 그녀의 체면이 묵사발이 됐다고, 하인들한테 웃음거리가 됐으며 이웃들 앞에서는 더더욱 얼굴을 들 수 없다고. 그러므로 당장 보상하라는 호령이 떨어졌다.

맨발에 잠옷만 걸치고, 속죄자처럼, 돌아온 탕아는 아내의 침대로 올라갔다. 왕녀는 분투했고 그 결과 빈약하나마 소정의 성과를 올려 잔가스토네를 당혹스럽게 만들었다.

* *
*

코시모 3세는 크게 낙담했다. 인노켄티우스 12세의 죽음이 추기경 아우의 영향력을 한결 키워줌으로써 그의 계획이 틀어졌던 것이다. 이런 상태라면 환상을 품어도 소용없으리라. 아우는 환속하여 결혼하란 말에 콧방귀만 뀔 것이다.

전임 교황의 특별한 사랑을 받았던 대공이기에 실망은 더욱 컸다. 그해, 1700년 봄에 그는 로마로 갔다. 한 세기 반 전의 코시모 1세 못지않은 환대에 그는 우쭐해졌다. 더한층 신앙심에 불이 붙은 대공은 영원의 도시에 있는 성당이란 성당은 전부 방문해 고해성사와 성체배령을 빼먹지 않았다.

보기 드문 신앙심에 감동한 교황이 대공의 소원을 들어주기에 이르렀다. 이야기인즉, 대공은 볼토 산토,* 그러니까 골고다 언덕으로 가는 길에 신도들이 그리스도의 얼굴을 닦아주자 그 얼굴이 고스란히 찍혔다는 기적의 헝겊에 입을 맞춰보는 것이 소원이었다. 일반 신도들이 귀하디귀한 그 성물을 구경하기란 주기적으로 산조반니 인 라테라노의 참사회원이 주관하는 행사에서만 가능한 일이었다. 귀한 성물이 놓인 연단에 올라갈 권리는 아무에게나 있는 것이 아니었다. 요컨대 인노켄티우스 12세가 코시모 3세의 소원을 성취시키자면 먼저 그를 대성당 참사회원으로 임명해야 하는 것이다. 코시모 3세의 결혼이 사실상 무효나 다름없다고 판단한 교황은 대공을 참사회원에 봉하기로 했다. 코시모는 뛸 듯이 기뻐했다. 자비로운 인노켄티우스 12세는 그가 신도들에게 볼토 산토를 피로하는 의식을 주관해도 된다는 허락까지 내렸다. 훌륭한 상제의를 입은 대공이 엄숙하게 연단으로 올라갔다. 그가 숨죽인 채 성물

---

* 문자 그대로 해석하면 '성스러운 얼굴'.(원주)

을 꺼내어 입을 맞춘 다음 양떼 같은 신도들에게 보여주는 사이 대공이 산조반니 인 라테라노의 참사회원으로 임명됐다는 교황 교서가 선포됐다.

대공은 벅찬 기쁨이 가시기 전에 피우스 4세 예배당으로 내처 달려가 열렬한 기도를 바쳤다. 돌연 발소리를 듣고 돌아본 그는 인노켄티우스 12세와 수행원들이 다가오는 것을 발견했다. 코시모는 일어서지 않고 무릎으로 기어가 교황의 축복을 받았다. 예배당 바닥에 늙은 뼈가 부딪칠 때마다 고통스러웠지만, 그럴수록 그는 더 큰 환희와 축복의 기운에 감싸였다. 왕과 대등한 힘을 지닌 대공이 보여준 겸손한 태도는 로마의 주인에게 깊은 인상을 남겼다.

로마를 떠나기 전 대공은 지갑을 활짝 열어 성유물을 듬뿍 구입했다. 그는 그것들을 토스카나의 성당들에 기부할 생각이었는데 그중에서도 단연 귀한 것은 프란치스코 하비에르 성인의 창자 조각이었다.

애석하게도 피렌체에 돌아오자마자 자신에게 그토록 은혜를 베풀어준 교황의 선종이 전해졌다. 새 교황을 선출하기 위해 추기경회가 소집됐을 때 스페인 왕 카를 2세의 부음이 날아왔다. 군주의 건강이 매우 쇠약했기에 일찌감치 예측됐던 죽음이었는데도 로마와 전 유럽은 시끌시끌해졌다. 스페인의 합스부르크가에 후계자가 없어 옥좌가 비었던 것이다. 프랑스와 오스트리아, 양쪽 다 계승권을 주장할 수 있었다. 그러나 로마의 성직자 잔프란체스코 알바니, 톨레도의 추기경이며 대주교인 포르토카레로가 선수를 쳐

카를 2세가 죽기 직전 프랑스의 필립, 그러니까 루이 14세와 마리 테레즈 도트리슈(세상을 떠난 스페인의 필립 4세의 장녀였다)의 손자를 후계자로 선택하도록 설득했던 것이 드러났다. 국왕의 유언에 명시된 결정이었는데도 빈의 합스부르크가는 그냥 있지 않았다. 레오폴드 1세는 자신의 차남 카를 대공이 스페인 왕국의 옥좌에 앉아야 한다며 강력히 항의했다. 합스부르크는 사실 언젠가 프랑스와 스페인 두 왕국이 부르봉이라는 하나의 왕홀 밑에 결집하지 않을까 두려워하던 터였다.

이 년 전 엑스라샤펠에서 합의한 평화조약은 빛을 잃었고 유럽 제일의 두 열강이 재차 서로를 노려보며 일어섰다. 교황 선거 회의는 이 사태로 온통 술렁거렸다. 추기경들은 고민했다. 프랑스와 사이좋게 지낼 교황이냐, 황제의 편에 설 교황이냐, 어느 쪽을 선출할지가 쟁점이었다. 부르봉과 합스부르크가 제각각 오랜 세월 이탈리아반도를 탐내왔기에 그 선택은 이탈리아의 향후에도 깊이 관련되어 있었다.

프란체스코 마리아 데 메디치가 어느 편에 서느냐에 따라 저울은 이쪽으로도 저쪽으로도 기울 수 있었다. 추기경은 자신이 오스트리아와 스페인의 영적 보호자란 것도 아랑곳하지 않고 잔프란체스코 알바니의 편을 들었다. 프랑스 진영의 승리였다. 새 교황 클레멘스 11세가 교황좌에 오르자 메디치는 얼른 자신이 사랑해 마지않는 라페지 저택으로 돌아갔다.

아우의 선택으로 당황한 것은 코시모 3세였다. 그는 아이들 셋을 독일의 명문가와 맺어주어 빈과 가까이 지내는 정책을 일관되게 추진해오지 않았던가? 황제는 친프랑스 성향의 교황이 선출된 것을 마땅찮게 여길 것이고, 그 책임을 추기경의 형인 대공에게 전가할 것이다.

로마에서 맛보았던 대공의 기쁨은 이미 흔적도 없이 흩어졌다.

* *
*

그녀는 키 작은 잡목림 모퉁이에서 현장을 목격했다. 바지를 무릎까지 내린 페르디난도가 이러지도 저러지도 못하는 어린 하녀를 나무에 밀어붙인 채 일을 벌이고 있었다. 비올란테의 입에서 외마디 비명이 흘러나왔다. 페르디난도가 뒤를 돌아봤다. 그는 동요하는 빛도 없이 천천히 옷을 입었고 하녀는 도망쳤다.

"어쩌겠소, 내게도 아직 성가신 욕망이 찾아올 때가 있는걸. 당신이랑 할 수는 없으니 이렇게라도 해야지……" 그가 담담히 말했다.

경악한 비올란테는 침묵을 지켰다.

"어차피 별 볼 일 없는 하녀, 근처의 촌놈이나 하나 붙들어 결혼할 하녀일 뿐이오."

"하지만 분명 병을 전염시켰을 거예요."

페르디난도가 어깨를 으쓱했다.

"저쪽도 그리 깨끗한 몸은 아니었을 거라 장담하오. 남자를 상대하는 게 처음은 아니던데."

그가 다가오자 그녀는 자신도 모르게 뒤로 물러섰다.

"내가 역겹지, 안 그렇소? 그 심정 충분히 이해하고도 남아요. 내 자신도 이제 거울을 볼 용기가 없으니까. 머리칼은 다 빠지고 살가죽은 쭈그러지고 치근이 모조리 드러났지…… 나머지도 마찬가지야. 난 마흔도 안 됐는데 벌써 늙은이가 됐어. 그런데도 날 여전히 사랑한다고 말할 수 있소?"

"당신은 내 남편이에요. 그걸로 충분해요."

"죽을 날이 얼마 안 남은 쭈그렁이 남편이지! 신을 모독하는 냉소주의자고."

"당신이 좀더 좋은 사람이기를 기대한 건 사실이에요. 하지만 당신의 양심을 지배할 생각은 전혀 없어요."

페르디난도가 웃음을 터뜨렸다.

"그렇다면 자비를 베풀어 날 개종시켜보시오. 죽기 전에 날 완벽한 사내로 만들어보라고."

* *
*

리누치니 후작은 임무를 완수하자 돌아갔다. 아내와 단둘이 얼굴을 맞대야 하는 끔찍한 나날이 다시 시작됐고, 그사이 때 이른 겨울이 찾아와 풍경은 황량해졌다. 안느마리프랑수아즈는 하인들의 눈이 있거나 말거나 남편을 구박했다. 잔가스토네가 숱한 불만의 원인을 제공하는 것은 사실이었다. 그는 아내를 슬슬 피해 다녔고, 늘 취해 있었으며, 우편물에 제때 답장을 쓰는 일이 없었고, 농토에 관해서라면 철저히 무관심했다. 게다가 애지중지하는 건달 다미아노를 끼고 프라하로 놀러다니는 일은 갈수록 잦아졌다. 그는 부친이 지급하는 몇 푼 안 되는 연금을 그곳에서 먹고 마시고 놀면서 탕진했다. 그 결과 눈덩이 같은 빚을 안게 되었다. 그러자 아버지가 아내에게 결혼 선물로 준 보석들에도 손을 대기 시작했다. 아내가 그 좀도둑질을 목격할 때마다 어김없이 싸움이 터졌다. 이제 그녀는 남편을 아예 '도둑놈'이라 불렀다.

아들의 한심한 결혼생활에 대해 보고받은 대공은 며느리에게 편지를 써 피렌체로 와 살라고, 오기만 하면 아무 부족함 없이 살게 해주마고 약속했다. 대공은 피렌체로 돌아오면 문제아 남편도 착한 남편이 될 거라고, 피렌체는 기후도 온화하고 살기 좋은 곳이라고 역설했다. 안됐지만 그의 며느리는 사랑해 마지않는 숲과 개와 말을 떠날 생각이 없었다. 거기다 지도신부인 독일인 성프란체스코회 수도사의 이야기도 그 결심을 굳히는 데 한몫 거들었다. 수도사는 메디치가가 대대로 여인들을 얼마나 사악하게 이용했으며, 이사벨라 오르시니와 엘레오노라 데 톨레도가 얼마나 비극적 종말을 맞이했는지 낱낱이 들려주었다.*

그녀는 치를 떨었고, 수도사가 그녀의 곁에서 누리는 기득권을

* 『메디치』 2권을 볼 것.(원주)

지키기 위해 메디치가를 필요 이상으로 헐뜯었을지도 모른다는 의심은 한순간도 품지 않았다.

코시모 3세도 쉽사리 물러나지 않았다. 그는 황제의 중재를 요청했다. 교황 선출 때 메디치가의 추기경이 취한 태도로 틀어져 있던 황제는 못 들은 체했다.

요컨대 잔가스토네는 앞으로도 술과 고독에 절어 라이히슈타트에 처박혀 있어야 할 운명이었다. 이제 프라하에 가는 것도 심드렁했는데, 그곳에서 빚쟁이들이 기다렸기 때문이다. 그에 버금가게 지겨워 죽을 지경인 다미아노는 속속 새로운 도락을 개발해 그를 유혹했다. 한때 빵 만드는 장인이 되려고 했던 미소년은 매력을 상실한 지 오래였다. 어린 숫송아지는 힘센 황소가 되었다. 완숙한 나이와 남성적으로 변한 모습은 연인의 주위에서 영향력을 잃을 걱정을 불러왔다. 그는 프라하로 놀러갈 때마다 잔가스토네의 취향에 맞는 앳된 미소년들을 찾아 서민 동네를 뒤졌다. 연인을 곁에 붙잡아두기 위해서라면 뭐든 할 수 있었다. 악명 높은 밤거리의 미궁 속에서 그들의 나들이가 험악한 사태로 번지기라도 하면 다미아노의 완력이 번번이 잔가스토네를 구해냈다.

지정석이 된 창가에 앉아 잔가스토네는 창밖을 멍하니 내다보고 있었다. 언제 봐도 똑같은 그 풍경은 기분을 언짢게 만들었다. 다행히 술에 취해 있을 때면 아내의 욕설은 전혀 귀에 들어오지 않았다. 언제부턴가 그는 아내를 아예 쳐다보지도 않았다. 그녀가 투명한 모습으로 그의 앞을 지나갔다. 그런 거구의 여자가 투명인간이 될 수 있다는 사실에 새삼 감탄하며 그가 띵한 머리를 흔들었다.

* *
*

그렇지 않아도 골칫거리가 많은 코시모 3세는 걱정이라면 아주 지긋지긋했다. 안됐지만 유럽의 공기가 심상찮아 새로운 걱정을 해야 할 모양이었다.

쟁점은 스페인의 왕위 계승 문제였다. 카를 2세의 유언에 따라 필립 5세가 옥좌에 오르자 마드리드를 지배할 수 있는 것은 오직 합스부르크뿐이라고 믿는 황제는 프랑스와 스페인 왕국을 상대로 전쟁 준비에 돌입했다. 그 말은 황제가 군자금 조달을 위해 또 토스카나에 손을 벌리리란 의미였다.

이미 밀라노와 만토바를 휘하에 넣은 루이 14세도 가만히 있지는 않았다. 그는 오스트리아에 맞서 연합하라고 이탈리아의 공국들을 부추겼다. 이 사태를 이용해 프랑스 국왕이 이탈리아반도 전역에 영향력을 확대하려는 것이 아닐까 코시모는 우려했다.

거기다 루카에서 터진 엉뚱한 싸움도 걱정이었다. 일은 극히 사소한 사건에서 비롯됐다. 토스카나 지방에서 나쁜 짓을 저지른 루카 시민 두 명에게 피렌체 경찰의 체포 명령이 떨어졌다. 두 불한당은 이미 루카 공화국의 국경을 넘어간 후였고 경찰은 체포할 일념으로 루카의 영토까지 쫓아갔다. 그것이 실책이었다. 체포된 두 사내는 엄중한 감시하에 토스카나의 감옥으로 보내졌다. 이 사건에 격분한 루카의 시민들이 토스카나로 밀고 들어와 감옥을 공격해 두 사람을 빼냈다. 그들은 영웅처럼 루카로 돌아갔다.

토스카나로서는 용인할 수 없는 도발이었다. 코시모 3세는 고민하다 자문회의를 소집했고, 드물게 장남의 출석도 요구했다. 페르디난도는 어쩔 수 없이 분을 듬뿍 바르고 가발을 눌러써서 그의 병환을 의심케 할 모습을 감추고 피티 팔라초로 왔다. 발언 차례가 돌아오자 그가 단호하게 말했다.

"루카인들의 불손함은 엄벌해야 합니다. 병력을 보내 꾸짖어야지요."

"이런 하찮은 사건으로 전쟁까지 일으켜도 될까요?" 리누치니 후작이 말했다.

"무슨 말씀입니까? 이건 보통 무례한 일이 아니에요. 우리 공국의 명예와 위엄이 우롱당했단 말입니다." 페르디난도가 대꾸했다.

코시모 3세는 아무 말도 없었다. 그는 지금까지 전쟁을 용인하는 결정을 내린 적이 한 번도 없었다. 그런 관점은 크나큰 우려를 불러일으켰다. 그러나 아들의 말이 옳았다. 아무 조치도 취하지 않으면 이웃 공국들에도 좋지 않은 선례가 될 터였다.

다들 그의 말을 기다리고 있었다. 그가 결단을 내려야 했다.

"일단 최후통첩을 보내세. 루카 쪽에서 두 죄인과 토스카나 영토를 침입한 폭도들을 인도하지 않으면 군사력을 개입시키지."

"저들에게 유예기간을 주실 생각이라면 먼저 고위 관리 몇 명을 인질로 확보하시는 게 좋을 겁니다." 페르디난도가 덧붙였다.

코시모 3세는 이참에 아들을 곁에 두려 했지만 페르디난도는 회의가 끝나자 바로 프라톨리노로 돌아갔다.

위협적인 편지가 루카에 보내졌다. 루카 공화국은 대공의 요구를 거절하고 곧바로 교황과 유럽의 주요 군주들에게 중재를 요청했다. 토스카나는 두 나라 국경에서 소규모 교전을 몇 건 일으키며 응대했다. 그렇지만 대공은 이 분쟁에 서둘러 종지부를 찍었다. 북쪽에서는 밀라노를 다스리는 보데몽의 제후가 여차하면 끼어들 기회만 엿보았다. 서쪽에서는 프랑스 함대가 언제든 리보르노에 상륙하려고 노렸고, 남쪽에서는 스페인의 주둔군이 세력을 강화하고 있었다. 어디서 불똥이 튀어 전쟁이 복발할지 모르는 시기였다. 대공이 토스카나의 평화를 유지하고 싶다면 합스부르크와 부르봉 양쪽에 똑같은 거리를 유지해야 했다. 그러기에 필립 5세를 스페인 왕으로 인정하는 동시에 황제의 군자금 원조 요청도 거절할 수 없었다. 이럴 때 루카와 옥신각신하다가는 자칫 온 유럽을 불바다로 만들 위험이 있었다. 대공은 더 고민할 것도 없이 애초의 요구를 깨끗이 철회했다.

이 균형 정책은 실은 그의 엉큼한 아우 프란체스코 마리아에게 한 수 배운 것이었다. 추기경은 여전히 오스트리아와 스페인의 영적 보호자였지만 프랑스의 심기를 건드릴 생각도 없었다. 루이 14세와의 우호 관계를 공고히 할 생각으로 그는 황제의 독수리가 그려진 자신의 문장紋章에 프랑스의 백합을 추가했다. 그렇지만 기대했던 결과를 당장에 얻지는 못했다. 프랑스 국왕은 백합 옆에 오스트리아의 문장이 버티고 있는 것은 모욕이라고, 황제는 백합이 독수리보다 위에 그려진 것이 불쾌하다고 제각기 불평했던 것이다.

얼마 후 사태는 변했다. 루이 14세가 추기경을 자기편으로 만들기 위해 오스트리아와의 관계를 청산하고 프랑스의 영적 보호자가 되는 게 어떻겠느냐고 제안한 것이다. 추기경은 오래 고민하지 않았다. 국왕의 제안에는 막대한 연금이 따라왔기 때문이다. 수입이 늘어나면 일일이 형의 감독을 받지 않아도 되니 결혼 이야기도 안심하고 백지로 돌릴 수 있었다.

* *
*

비올란테는 틈틈이 시동생에게 편지를 보냈다. 그가 얼마나 실의에 빠져 지내는지 짐작했으므로 답장은 기대하지 않았다. 프라하의 대사인 마르텔리 백작에게서 시동생이 라이히슈타트에서 엉망진창인 나날을 보낸다는 말을 듣고 그녀는 충격을 받았다. 그러나 대사는 잔가스토네가 외모도 몰라보게 변했다는 사실은 함구했다.

어쨌든 그녀는 시동생이 억지 결혼을 하기 전처럼 사이좋게 지내고 싶었으므로 계속해서 편지를 썼다.

그녀는 매일 벌어지는 자잘한 사건, 그녀의 귀에까지 흘러들어온 궁정의 크고 작은 소동, 숙부 프란체스코 마리아의 유쾌한 익살도 시시콜콜 전했다. 대신 페르디난도의 병과 자신의 고독에 대해서는 한마디도 언급하지 않았다.

그렇지만 어느 날 그녀는 털어놓았다. "당신 꿈을 꾸었어요." 그녀가 펜을 멈추었다. 그토록 그녀를 강렬하게 흥분시켰던 그 꿈만 떠올리면 그녀는 지금도 어김없이 얼굴이 달아올랐다. 그런데도 잠시 후 그녀는 단숨에 이렇게 써내려갔다. "당신은 우리가 처음 만난 날처럼 아름다웠어요. 꿈에서 깨자 혹 여성을 사랑하게 된다면 그 상대는 아마 내가 될 거라고 말해준 그날의 일이 떠올랐지요. 그 말, 난 아직 기억해요. 너무 행복한 꿈이라 그날은 온종일 밝은 빛에 잠긴 기분이었지요. 내가 원하는, 사랑 가득한 우정을 당신이 보여줄 날이 언젠가 올까요?"

그녀는 펜을 내려놓고 편지를 읽었다. 더없이 노골적인 편지였다. 절대로 그것을 시동생에게 보낼 수는 없으리라.

그 순간 조그맣게 방문을 두드리는 소리가 들렸다. 그녀의 처소를 찾는 일이 거의 없는 페르디난도가 나타났다. 비올란테가 얼른 편지를 숨겼지만 그는 빙글거리며 물었다.

"어느 애인한테 가는 편지요?"

그녀는 얼굴이 달아올라 대답을 하지 못했다. 그가 재빨리 편지를 낚아챘다. 그녀가 비명을 질렀다.

"안 돼요! 그러지 말아요!"

그는 벌써 편지를 다 읽고는 빈정거렸다.

"훌륭한 문체로군요, 친애하는 부인. 나도 저지른 짓이 있으니 이런 걸로 당신을 비난할 생각은 없소. 그래도 궁금증은 풀어주구려. 당신 몸은 가질 수 없어서 마음만 차지한 이 동성애자 놈팡이는 누구요?"

"당신은 모르는 사람이에요." 그녀가 중얼거렸다.

"음…… 얼굴이 빨개진 걸 보니 거짓말인데."

그가 또 다그쳤지만 그녀는 침묵했다. 마침내 그녀가 편지를 빼앗아 찢어버리자 그는 웃음을 터뜨리며 발길을 돌렸다.

7

1705~1709

그가 숨을 몰아쉬며 마차에서 내리는 것을 보고 비올란테는 눈을 의심했다. 잔가스토네는 제 나이보다 열다섯 살은 더 먹은 것 같았다. 얼굴은 부었고 몸은 비대해졌으며 발걸음조차 휘청거렸다. 이런 모습은 그가 얼마나 무절제한 생활을 했는지 증명했다. 그의 등뒤에서 다미아노와 건방진 눈초리의 소년 셋이 따라 내렸다.

그는 태연한 척하려고 애쓰는 형수를 발견하고 종종걸음으로 다가갔다. 그가 고개를 숙이고 형수의 손을 잡았다.

"친애하는 형수님, 내 기억 속에서와 똑같이 여전히 매력적이시군요."

그녀도 인사 몇마디를 중얼거렸다. 이 기름진 뚱보가 그녀가 피렌체에 첫발을 디뎠을 때 함께했던 우아한 청년, 꿈속에 나왔던 청년이란 말인가?

"어서 형수님을 만나고 형에게도 인사를 하려고 서둘렀습니다."

"유감이지만 형님은 못 만나시겠네요, 몸이 썩 안 좋아서요."

잔가스토네는 전혀 실망하지 않았다.

"형수님이 계신 걸로 충분합니다."

"여자의 환심을 사는 데 능하시군요."

그가 자신의 일행 쪽을 돌아보고 나서 다시 형수에게 말했다.

"죄송하지만 저 부랑아들을 형수님의 부엌에서 좀 먹여주시겠어요? 저들은 무척 배가 고프답니다."

그는 형수의 팔을 잡고 정원으로 이끌었다.

"토스카나에 돌아오니 정말 행복합니다. 몇 해 죽었다 깨어난 기분이에요."

"부인께선 같이 오지 않았나요?"

"다행히. 그 여자는 사람보다 개와 말을 몇 갑절 사랑하거든요."

비올란테는 미소를 짓지 않을 수 없었다.

"그녀가 따라오지 않은 걸 유감으로 생각하진 마세요. 그 여자 곁에서는 세상없는 장밋빛 인생도 단숨에 먹빛이 되니까요. 이런 이야기는 그만두십시다. 상상만 해도 구린 냄새가 퍼져 콧구멍이 시큰거려요."

"또 그런 농담을!"

"아뇨, 진담입니다. 그보다 형수님 편지에 적혀 있던 이곳 궁정의 재미난 소문이나 들려주세요. 젠체하는 사교계의 악덕은 언제

들어도 통쾌하거든요."

"왜 한 번도 답장을 하지 않았죠?"

"라이히슈타트에선 만사에 의욕이 없었으니까요, 오스트리아 과자를 먹는 것 빼고는요."

"그래서 허리둘레가 늘어난 모양이네요?"

그가 웃었다.

"눈치채셨군요…… 피렌체에 도착하자마자 아버지께 인사하러 갔을 때도 한마디 들었어요. 하지만 난 아무렇지도 않아요. 칙칙한 내 됨됨이에 딱 어울리는 외모잖아요."

"그런 어리석은 말은 하지 말아요."

"형수님도 거짓말을 할 줄 아는군요! 내가 마차에서 내릴 때 형수님의 눈빛은 지금과는 반대말을 하고 있던데요."

속마음을 들켜 화는 났지만 그녀는 꿋꿋하게 대꾸했다.

"오랜 타지 생활로 도련님의 외모가 변한 것은 사실이에요. 하지만 마음까지 변했다고 생각하지는 않아요. 스스로 품위를 떨어뜨리는 그 태도가 난 정말 싫어요."

"형수님이 이리 순진하신 것이 다행인지 불행인지 모르겠군요. 난 누구보다 나 자신을 잘 압니다. 그리고 알면 알수록 스스로를 증오하게 되죠. 훌륭하신 내 마나님한테선 개털 냄새랑 말똥 냄새가 진동하지만 나로 말하자면 정신이 썩어 몸속에서부터 악취가 흘러나와요. 그게 나예요, 난 그냥 이대로 살 거예요."

"난 안 믿어요. 지금 그 말, 절대 믿지 않을 거예요." 비올란테가 힘주어 말했다.

그때 다미아노와 세 소년이 프라톨리노 저택의 낮은 층계 위로 나타났다. 잔가스토네가 그들을 손가락질하며 말했다.

"보세요, 내 친구들을. 무식하고 파렴치하고 내 주머니를 털 궁리만 하는 녀석들이죠. 이런 시동생이 형수님은 창피하지 않은가요?"

당황한 비올란테 앞에서 잔가스토네는 웃음을 터뜨렸다.

* *
*

코시모 3세는 소스라쳐 잠에서 깼다. 늘 똑같은 악몽이었다. 그의 왕관과 왕홀이 팔라초의 왕실 원탁에 놓여 있고 유럽의 위엄 있는 군주들이 그것을 빼앗으려고 다투었다. 그들의 손은 갈퀴 같았고 얼굴은 벌겋게 달아올라 있었다. 루이 14세, 필립 5세, 영국의 앤 스튜어트 여왕, 얼마 전 부친 레오폴드의 뒤를 이어 황제가 된 요제프 1세, 합스부르크의 카를 대공, 네덜란드의 재상 하인시우스, 스웨덴의 카를 12세, 그 밖에 독일의 내로라하는 군주들…… 그 맹금들의 무리를 교황 클레멘스 11세가 인자한 눈길로 지켜보고 있었다. 코시모가 눈을 시퍼렇게 뜨고 있는데, 후손을 보는 일을 아직 포기한 게 아닌데, 그들은 벌써 그의 공국을 가로채려 하고 있었다.

등에서 식은땀이 흘러내렸다. 삼백 년 동안 피렌체와 토스카나 전역을 지배한 메디치 일족은 이대로 꺼지고 말까? 손꼽히는 명가나 왕가와 차례차례 사돈을 맺으며 번영했던 그들이, 유럽 열강이 줄기차게 탐낸 피렌체 공국의 독립을 지켜낸 그들이?

조상들이 이룩한 위업을 보존해야 할 책임이 그에게는 있었다. 전날, 코시모 3세는 잔가스토네를 불러들였다.

"안느마리프랑수와즈를 피렌체로 불러라. 이곳의 온화한 기후라면 임신도 한결 수월할 게다……"

아들은 아무 대꾸도 없이 고개만 까딱했다. 벌써 몇 잔 걸치고 온 것이 분명했다. 아들은 보헤미아에 머무는 사이 맥주 맛을 알게 됐다며 이제 홉까지 손수 재배하고 있었다. 대공은 잔가스토네의 평소 모습일 이런 몸과 마음의 유약함이 너무 한심해서 꾸짖을 기분도 나지 않았다.

"이곳으로 부르란 말이다! 마누라는 남편 옆에 있어야 한다는 것도 모르느냐?"

말을 뱉고 나서 대공은 아차 싶었다. 마르그리트루이즈, 교활한 계략을 써 프랑스로 도망친 고약한 아내가 떠올랐기 때문이다. 세월이 흘렀어도 상처는 아물지 않았다. 인노켄티우스 12세가 그의 결혼을 사실상 무효로 인정해 참사회원에 임명했음에도 불구하고 믿음 깊은 코시모는 여전히 자신들은 부부라고 생각했다. 그녀가 걸핏하면 벌인다는 요란한 연회 때 술이나 실컷 마시고 쓰러져 저 세상으로 가주기라도 하면 좋으련만! 그렇다면 그도 당당히 재혼하여 후계자를 얻을 수도 있을 것을.

만에 하나 그가 우려하는 대로 둘째 며느리도 그의 품에 손자를 안겨주지 못한다면 다시 아우에게 기대를 거는 수밖에 없었다. 빛이 더 쌓이면 아우도 결국 그에게 고개를 숙일 수밖에 없으리라.

서재로 돌아가자 다른 걱정거리가 그를 기다리고 있었다. 그날 아침 오스트리아의 새 황제, 그러니까 토스카나 공국을 황제의 봉토라 믿는 요제프 1세가 프랑스, 스페인과의 전쟁 비용으로 3십만 스페인 금화를 부담하라는 편지를 보내온 것이다. 그뿐만 아니라 황제군 여섯 연대가 토스카나 지방에서 동계 숙영을 하도록 지원하란 요구도 있었다. 마지막 요구는 황제의 아우 카를 대공을 스페인의 왕으로 인정하라는 것이었다. 거부하면 영국과 네덜란드 동맹의 함대를 즉각 토스카나의 항구로 출진시키겠다는 말도 적혀 있었다.

용케 전쟁을 면해온 토스카나가 다시 유럽의 불씨가 될 참이었다. 황제에게 당하지 않으려면 루이 14세에게 도움을 청할 수밖에 없었다. 얼마 전 토리노를 손에 넣은 프랑스 왕국은 피렌체가 위험에 빠지면 언제라도 개입할 수 있었고, 그 위협만으로도 황제를 억제하는 데는 효과가 있을 터였다. 정확한 판단이었다. 결국 요제프 1세의 목적은 피렌체를 손에 넣는 것이고 그러기 위해 아무 핑계나 들이대는 것이기 때문이다.

* *
*

페르디난도는 이제 하루종일 누워서 지냈다. 병마는 그의 정신마저 좀먹어 의사 표시도 제대로 못하는 일이 늘었다.

비올란테는 헌신적으로 돌보는 일을 다른 누구에게도 맡기지 않으면서 간병했다. 성실한 그녀는 대단찮은 일을 하면서 보람을 느끼는 스스로를 수시로 나무랐다. 남편은 몸이 성할 때는 그녀의 것이 아니었지만 병마에 붙들린 지금은 고스란히 그녀의 것이었다.

그런 생각도 죄가 아닐까? 병든 남편을 위해 희생하는 착한 아내란 소리를 듣고 싶어 위선을 부리는 것이 아닌가? 그녀는 속으로 물었다. 지도신부가 아무리 죄를 사하고 위로하고 격려해주어도 죄의식은 사라지지 않았다.

페르디난도는 늘 정신이 흐릿했지만 극장으로 옮겨졌을 때는 반짝 제정신을 차렸다. 몸이 악화되기 전 그는 클라브생 제작자의 제1인자인 바르톨로메오 크리스토포리를 프라톨리노에 불러들였다. 클라브생의 단조로운 연주에 물린 그는 더 섬세하고 풍부한 음색을 내는 악기를 원했다. 얼마 후 크리스토포리는 페르디난도의 바람에 완벽하게 부합하는 새 악기를 갖고 돌아왔다. 현을 퉁기던 클라브생의 리드는 보드라운 가죽을 씌운 조그만 해머로 바뀌었다. 건반을 누르면 해머가 움직이고, 해머가 다시 현을 퉁겨 소리가 나는 시스템이었다. 연주자는 페달이라는 기발한 물건을 밟으면서 여리게 또는 세게 음색을 조절할 수 있었다.

새 악기는 대성공을 거두어 유럽의 이름난 음악가들이 앞다투어 연주하기 시작했다. 페르디난도의 주문으로 많은 곡을 작곡하는 알레산드로 스칼라티와 그의 아들 도메니코도 주저 없이 새 악기를 받아들였다. 독일의 헨델이라는 유망한 젊은 음악가가 프라톨리노로 와 이 '피아노'를 실험해보고 자신의 작품을 몇 곡이나 연주해 궁정을 빛냈다.

헨델이 떠나고 얼마 후 페르디난도는 완전히 운신을 못하게 되었다. 아무리 큰 고통에 시달릴 때도 그는 극장을 찾는 일만은 포기한 적이 없었다. 악곡의 첫 멜로디가 연주되는 순간 그는 딴사람처럼 변했다. 그럴 때면 비올란테는 자신이 첫눈에 사랑에 빠졌던 청년의 모습을 떠올렸다. 그러나 이내 질투와 의심이 그녀를 사로잡았다. 남편은 자신의 밤과 낮을 행복하게 해준 아름다운 소프라노 가수 체키노와의 추억을 여전히 더듬고 있는 것은 아닐까?

* *
*

잔가스토네는 아내를 데려오란 부친의 명령을 받고 라이히슈타트로 돌아갔다. 아주 짧은 체류가 되리란 걸 알았기에 그는 가벼운 마음으로 떠났다. 안느마리프랑수아즈가 얼어붙은 불친절한 보헤미아 땅을 떠나는 일은 없으리란 걸 그는 알고 있었다.

멀기는 했어도 먹고 마시고 즐기느라 더없이 쾌활한 여정이었다. 숙박지마다 추문이 일었지만 그는 아랑곳하지 않았다. 아침에 눈을 뜨면 곧바로 다미아노가 그날의 첫 맥주 단지를 대령했다. 그는 종일 마셨다. 저녁이 되면 초죽음이 되도록 취한 그를 다미아노가 조달한 앳된 청년들이 떠메어 침대에 던졌다.

남편이 성의 커다란 방으로 휘적휘적 걸어들어오는 것을 본 왕녀는 대뜸 미간을 찌푸렸다. 어깨까지 내려오는 곱슬곱슬한 가발은 삐딱하게 얹혔고 옷은 초콜릿으로 얼룩졌으며 두툼한 입술에는 마차에서 줄기차게 먹어댄 과자 부스러기가 묻어 있었다.

"아버지가 당신을 데려오랍디다." 그가 술에 취해 키들거리며 선언했다.

안느마리프랑수아즈는 들은 척도 안 하고 그를 위아래로 훑어보았다.

"너무 지저분해서 내 마구간에서도 재워줄 수 없겠어요."

그가 커다란 불꽃이 너울대는 벽난로 옆의 의자에 몸을 내려놓았다.

"부인의 환대에 감격했소. 역시 아늑한 부부의 둥지만큼 좋은 건 없구려."

"듣기 싫어요. 다정한 연인까지는 고사하고 남들 다 하는 남편 구실도 못하는 주제에."

"내 워낙 보잘것없는 사내라 부인의 살팍진 여체를 찬미할 수 없었던 건 송구스럽소. 하지만 부인이 나하고는 비교가 안 되게 팔팔하고 쌩쌩한 종마들을 몇 갑절 사랑했다는 건 나도 안다오."

왕녀가 이글거리는 눈빛으로 남편을 노려보았다.

"그만둬요, 야비한 인간. 나야말로 당신이 아내와 자는 것보다 비역질을 더 좋아하는 걸 모를 줄 알고!"

잔가스토네가 웃음을 터뜨렸다.

"어이쿠, 부인, 정말 솔직하시구려! 그래, 우리 아버지한텐 뭐라 대답을 해주면 되겠소?"

"난 절대 피렌체로 가지 않을 거예요. 거기가 얼마나 타락한 곳인지, 좋은 예가 내 눈앞에 있으니까요."

"아무렴, 부인의 숲과 목장에는 비역질 하는 놈들이 하나도 없다 그거지요? 자, 그럼 양치기 청년들은 양치기 처녀들이 없을 때 어떻게 버틴답디까? 양치기 처녀들은 어떻고? 건달들한테 싫증이 나면 자기들끼리 상부상조하지 않던가?"

"정말 상스러워요. 더 듣고 싶지 않아요."

그는 흡족한 얼굴로 천천히 몸을 일으켰다.

"당신을 사랑하는 종마들 품으로 돌려보내드리리다. 난 뜨끈하게 목욕이나 해야겠으니 하녀들에게 준비를 시켜주구려."

* *
*

마침내 얼음이 녹았다. 피렌체인들이 기억하기로 그런 혹독한 추위는 처음이었다. 올리브와 포도를 비롯한 농작물은 유례없는 흉작이었고 대공국의 재정은 심각한 위기에 빠졌다.

인심이 어수선하거나 말거나 코시모 3세는 덴마크와 노르웨이의 왕 프레데리크 4세를 성대하게 맞아들였다(일전에 스페인 국왕 필립 5세가 리보르노를 방문했을 때 피렌체를 찾아주지 않은 것이

못내 서운했기 때문이기도 했다). 무도회, 물의 축제, 불꽃놀이가 군주가 체류하는 내내 이어졌다. 왕은 식사가 훌륭하고 여흥은 유쾌하기로 이름높다는, 프란체스코 마리아 추기경의 라페지 저택으로의 초대를 기쁜 마음으로 받아들였다. 추기경은 프레데리크 4세에게 경의를 표하기 위해 조카며느리와 라이히슈타트에서 마침 돌아온 잔가스토네, 그 밖에 궁정의 아름다운 귀부인들도 몇 명 초대했다.

참 야릇한 왕이라고 비올란테는 생각했다. 소박하고 쾌활하며 잘 웃고 춤 솜씨가 좋은 그 왕은 다소 분방한 화제도 거침없이 입에 올렸다. 보기 좋게 늘씬하고 상냥한 그에게는 계몽주의자 군주라는 아첨 섞인 평판이 따라다녔는데, 그가 얼마 전 자기 공국의 농노제를 폐지한 까닭이었다.

프레데리크는 십팔 년 전, 왕자의 신분이었을 때 토스카나를 방문한 적이 있었다. 루카를 여행하던 그는 명문가의 미녀 마달레나와 사랑에 빠졌다. 들리는 말처럼 그가 그녀를 유혹한 탓인지 아닌지는 모르지만 여인은 루카의 귀족 청년과의 약혼을 파기했다. 얼마 후 왕자는 머나먼 자기 나라로 돌아갔고 여인은 삼 년이나 기다렸다. 왕자에게서는 소식 한 줄 없었다. 절망한 그녀는 피렌체의 산타마리아 마달레나 데이 파치 수녀원으로 들어갔다. 나중에 밝혀진 일이지만 프레데리크 4세는 줄곧 마달레나의 동정을 비밀리에 보고받고 있었다. 왕이 오랜만에 토스카나를 다시 찾은 것은 옛 애인을 만나기 위해서란 소문이 파다했다. 그렇지만 일은 썩 간단치 않아서, 재회를 위해 우선 수녀원장의 허락을 받아야 했고 수녀원장은 또 대주교의 승낙을 얻어야 했다.

프레데리크 왕의 방문 소식이 알려진 이래 토스카나 궁정은 이 불행한 사랑 이야기로 들썩거렸다. 왕은 과연 옛 애인과 재회할 수 있을까? 수녀가 된 옛 애인이 왕을 만나줄까?

유감스럽게도 추기경은 통풍이 악화되는 바람에 첫 연회에 참석할 수 없었다. 비올란테는 시동생과 왕 사이에 자리를 잡았다. 잔가스토네는 몸은 더한층 불었지만 아내를 완전히 떼어낸 덕인지 전에 없이 유쾌해 보였다. 훌륭한 요리가 속속 나오고 실내악단이 즐거운 멜로디를 연주했다. 프레데리크 4세는 화사한 프랑스어로 재치 있는 대화를 구사했다.

달콤한 후식과 식사를 마감하는 포도주는 식도락가 추기경의 야심작이라 할 만했다. 케이크와 당과와 초콜릿으로 쌓아올린 피라미드가 황금 쟁반에 담겨 나왔다. 호박색 포도주가 찰랑이는 보헤미아의 크리스털 병이 탁자에 놓이자 잔가스토네가 눈살을 찌푸렸다. 비올란테가 까닭을 묻자 그는 짐짓 심각하게 대답했다.

"보헤미아의 유리병을 보니 식인귀 아내가 사는 고장이 새삼 떠올라서요."

그가 말을 마치고 껄껄거렸다. 왕도 비올란테의 설명을 듣더니 웃음을 터뜨렸다.

저녁식사가 끝나자 카드놀이가 시작됐다. 프레데리크 4세는 편하게들 즐기라고 당부하고는 정원을 산책하자며 비올란테에게 손을 내밀었다. 그들은 유쾌하게 오솔길을 거닐었다. 왕이 데려온 난쟁이들이 익살과 재주로 웃음을 자아냈다. 프레데리크 4세는 대담한 고대 조각상들에 탄복하며 비올란테와 잔가스토네에게 칭송의 말을 건넸다.

"추기경은 아름다움을 적재적소에 표현하실 줄 아는 분이시군요. 놀랍소."

"숙부가 통풍의 고통을 털고 일어나거든 전하께서 직접 치하해 주시면 기뻐할 겁니다." 비올란테가 말했다.

"그래야지요. 이런 심미안을 가진 분을 어서 만나보고 싶군요."

오렌지나무 온실에 차가운 음식들이 마련되어 있었다. 닭고기 냉육, 얼린 과일, 귀한 포도주가 넉넉히 제공됐다. 프레데리크 4세는 허물없는 태도로 그것들을 맛보았다. 왕은 비올란테와 짝이 되어 무도회를 개시했다. 가벼운 선율에 몸을 맡기며 그녀는 실로 오랜만에 해방감을 느꼈다. 남편을 프라톨리노에 혼자 두고 온 것이 (더욱이 단 며칠 아닌가) 전혀 미안하지 않다는 걸 그녀는 담담하게 인정했다. 거기다 왕의 상냥한 배려가 그녀를 조금쯤 설레게 했다는 것도 부인할 수 없었다.

무도회는 밤새 이어졌다. 새벽 무렵에야 왕은 전혀 피로하지 않은 얼굴로 비올란테의 뺨에 친밀하게 입을 맞추고는 처소로 돌아갔다.

* *
*

비올란테가 잠에서 깼을 때는 이미 늦은 아침이었다. 종을 울리자 하인들이 달려와 벽난로의 불을 지피고 그녀의 잠옷 위에 헐렁한 실내용 가운을 입혔다. 그녀는 따끈한 초콜릿 음료를 마시며 창턱에 앉아 공상에 잠겼다. 지평선 위에 낮게 걸린 겨울 태양이 정원에 커다란 그늘을 만들었다. 대지는 아직 쉬고 있었다. 헐벗은 나무들이 가지를 하늘로 쳐든 채 다시 생명을 달라며 애원하고 있었다.

그녀가 수틀을 가져오라고 지시했다. 전날 밤의 춤으로 몸이 조금 무겁고 피곤했다. 그녀는 바늘을 쥔 손을 놀리며 멍하니 하녀들의 재잘거림을 들었다. 화제의 주역은 단연 프레데리크 4세로, 당당한 풍채와 소탈한 인품에 찬사가 쏟아졌다. 물론 왕이 옛 애인과 재회할 수 있을지를 두고도 억측이 난무했다.

돌연 창문에 무언가가 부딪치는 바람에 비올란테는 소스라쳤다. 창문을 열고 아래를 내려다보자 개똥지빠귀 한 마리가 죽어 타일 바닥에 떨어져 있었다. 불쌍한 그 새는 투명한 유리창에 속아 돌진했던 것이리라. 유리창에 깃털 하나가 달라붙어 있었다.

불길한 전조가 아니기를 빌면서 그녀는 창문을 닫고 다시 수틀로 손을 가져갔다.

그가 나타난 것은 바로 그때였다. 프레데리크 4세는 문을 두드리자마자, 대답도 기다리지 않고 성큼성큼 들어왔다. 비올란테가 자신도 모르게 가운 앞섶을 조였다. 단순한 사냥용 옷차림에 장화를 신은 왕이 그녀의 손에 입을 맞추었다.

"전하, 아직 아침 단장도 하기 전입니다."

"그런 게 왜 중요하지요? 그저 이야기를 나누고 싶어 찾아왔소."

그가 손짓을 하자 하녀들이 참새떼처럼 방을 나갔다. 왕과 단둘이 남은 비올란테가 짐짓 새쭉한 표정을 지었다. 왕이 빙그레 웃었다.

"부인과 편안한 말벗이 되고 싶소. 엿듣기 좋아하는 귀와 수군거리기 좋아하는 입을 옆에 둘 필요는 없지요."

왕은 벨벳이 덮인 등받이 없는 의자를 옮겨다가 허물없이 그녀 곁에 앉아 유쾌하게 이야기를 시작했다. 그녀가 왕이 사는 멀고 추운 고장의 여인들에 대해 물었다. 왕은 그 여인들도 이탈리아 여인들과 닮은꼴이라고, 똑같은 곳에 똑같이 탐스러운 것들을 지녔다고 대답했다. 비올란테가 웃었다.

"북부 독일이나 네덜란드 여자들처럼 빰이 통통하지는 않다는 말인가요?"

"하지만 부인, 부인도 독일분이지만 전혀 그렇게 안 보이는데요."

"전하, 그건 칭찬인가요?"

그가 소리 없이 웃으며 마침 그녀의 옷 사이로 살짝 드러난 젖가슴을 힐끗 쳐다보았다.

"보아 하니 부인에겐 남성들의 눈을 기쁘게 해주고 손길을 부르는 매력이 어느 것 하나 모자라지 않은 것 같군요."

비올란테가 얼굴을 붉히며 얼른 옷을 목까지 여몄다.

"황공하오나 전하께선 상당히 엉큼하시군요."

그녀는 가볍게 앙갚음할 생각으로 그의 젊은 시절 사랑이었던 마달레나 이야기를 꺼냈다. 왕의 얼굴이 어두워졌다.

"그 일을 생각하면 큰 수치심을 느껴요."

"그녀를 버려두었기 때문에요?"

"난 순수하게 그녀를 사랑했소. 당시 난 아직 어린애였어요. 그렇지만 왕의 아들이었죠."

왕은 곤혹스러운 얼굴로 헛기침을 하고 말을 이었다.

"수녀원에 들어갔다는 소식을 들었을 땐 몹시 괴로웠소."

"그녀를 아직 사랑하시나요?"

"모르겠소. 하지만 꼭 다시 만나보고 싶단 생각이 들어요."

"뭘 기대하시는데요? 전하는 그녀를 영원히 놓치셨어요. 이제 와서 이러시는 건 그녀에게 옛 고통만 일깨우는 일이 아닐까요?"

왕이 말없이 머리를 감싸쥐었다. 비올란테는 그 괴로워하는 모습이 진실되어 보여서 왕의 손을 잡아주고 싶은, 아니 가슴에 꼭 안아주고 싶은 마음이 들었다.

"부인의 말이 옳겠죠…… 하지만 그녀를 만나지 않고는, 다만 일 초라도 얼굴을 보지 않고는 발길이 떨어지지 않을 거요."

그녀가 한숨을 내쉬었다.

"적어도 전하께선 사랑받는 행복을 맛보신 분이로군요……"

왕이 고개를 들었을 때 비올란테의 눈에는 눈물이 가득 고여 있었다. 그는 일어서더니 맑은 눈물이 굴러떨어지는 그녀의 뺨을 손등으로 어루만졌다. 그러자 이번에는 비올란테가 얼른 몸을 일으켜 왕에게서 한 발짝 떨어졌다.

"전하, 옷을 갈아입어야겠어요. 그만 혼자 있게 해주세요."

"부인만 허락하시면 내가 하녀가 되어드리지요."

그녀가 프레데리크를 바라보며 웃었다.

"좋습니다. 대신 전하의 눈에 눈가리개를 하겠어요."

"아무것도 안 보이면 어떻게 시중을 들어드리겠소?"

"무례한 분이시군요. 그렇다면 제가 잠옷을 벗을 때 눈을 돌리세요."

"분부대로 하지요. 대신 이 방에 있는 거울 몇 개에 봐서는 안 될 모습이 비치지 않으리라 장담은 못하겠소."

그녀가 다시 웃음을 터뜨렸다. 그러나 왕의 손이 가운을 벗기기 위해 어깨에 놓이자 그녀의 몸은 떨렸다.

* *
*

까다로운 문제였다. 이런 뒤숭숭한 시기에 합스부르크와 부르봉 어느 쪽의 심기도 건드리지 않으려면 철저한 중립밖에는 없었다. 요컨대 신붓감은 오스트리아와 프랑스 둘 다와 동맹이 아닌 가문에서 골라야 했다.

후보는 엘레오노라라는 처녀였다. 만토바의 빈센트 드 곤차구에 공작의 딸인 그 처녀는 정치적 배경과 건강 양면에서 부족함이 없었다. 밀정을 보내 두루두루 알아본 결과 스무 살이 안된 신붓감은 미인에다 신체적으로도 결함이 없다는 확신이 섰다. 의사들도 그녀가 튼튼한 아이를 낳을 수 있다고 장담했다.

코시모 3세는 라페지로 찾아갔다. 아우는 다시 침대 신세를 지고 있었다. 통풍의 고통이 가까스로 가라앉자 지독한 독감에 걸린데다 오랜 폭음과 폭식이 내장을 혹사시켜 수종까지 일으켰다.

추기경은 그런데도 언제나처럼 유쾌하고 너그러운 낯으로, 열심히 먹고 마시기를 계속했다. 그러나 대공이 방으로 들어오는 것을 보자 그의 눈살이 절로 찌푸려졌다. 형이 괜한 걸음을 했을 리가 없기 때문이었다.

새빨갛고 기름진 얼굴의 추기경은 나이트캡을 쓴 채 산더미같이 이불을 덮고 누워 있었다. 질병을 두려워하는 코시모 3세가 조심스러운 걸음걸이로 다가갔다.

"걱정 안 하셔도 돼요, 형님. 침 몇 방울 튀었다고 옮는 병은 아니니까요."

대공은 코를 긁으면서 추기경의 침대머리에 서 있었다. 하인이 내민 의자에 대공이 몸을 내려놓자 추기경이 빙글거리며 물었다.

"무슨 나쁜 소식을 들고 왕림하셨나요? 날 기쁘게 해주려고 형님이 예까지 올 리는 만무하고."

코시모가 어깨를 으쓱했다. 추기경이 눈을 반짝이며 형의 얼굴을 뜯어보았다. 대공의 칙칙한 얼굴은 길게 늘어진 턱수염 때문에 더욱 칙칙해 보였다.

"아우야, 네가 할일을 해야 할 때가 된 것 같다. 불행히도 우리 가계에 후손이 태어나지 않았으니 네가 성직을 포기하고 결혼을 해줘야만 하겠어."

대공의 말이 채 끝나기도 전에 추기경이 요란한 기침을 터뜨렸다. 그가 손수건에 걸쭉한 가래를 뱉자 코시모는 고개를 돌렸다. 가래가 말끔히 가시지 않은 것을 찜찜해하면서 추기경이 쉰 목소리로 대답했다.

"내 꼴을 보고도 그런 말씀을 하세요? 어떤 여자가 통풍에 수종, 독감까지 걸린 병주머니 노인네한테 시집을 온다고 한답니까?"

"매일 저지르는 폭음과 폭식만 절제하면 건강은 당장 회복될 거다."

"무슨 끔찍한 말씀! 날 그렇게 빨리 저세상으로 보내고 싶으세요? 절제란 말만 들어도 식은땀이 흘러요. 내 뱃속은 기름지고 향기로운 맛밖에 몰라서 그걸 끊고는 살 수 없다고요."

코시모가 고개를 가로저었다.

"교회법 적용을 면제하시겠다는 교황의 확답을 얻었다. 그러니까 환속하여 교회를 모욕하는 일 없이 결혼할 수 있는 거야. 스페인과 프랑스 궁정에서 네 연금이 계속 지불될 거라는 약속도 받아냈다."

"그러니 꼼짝없이 걸려든 셈인가요?"

"만일 네가 후계자를 낳아주지 않으면 토스카나는 합스부르크의 손에 떨어진다."

"날더러 뭘 어쩌라는 겁니까?"

"네 주머니 사정으로 보건대 우물쭈물할 처지가 아닌 것 같던데? 빚더미에 올라앉아 꼼짝도 못한다는 것쯤은 알아."

추기경이 빙그레 웃었다.

"빚만 있는 게 아니라 병주머니도 주렁주렁 달렸다는 걸 아셔야죠."

그는 한숨을 뱉고 말했다.

"내키지는 않지만 뭐 별수 없죠. 어떤 여자예요? 벌써 흥정을 마쳤을 게 아닙니까?"

"엘레오노라 드 곤차구에. 미인이고 애교가 있다더구나."

"거 참 불쌍한 여자로군요. 설령 그 여자가 날 잠자리에 들인다 해도 내 물건은 하도 오래전부터 써먹지를 않은 터라 아주 작은 기쁨도 주지 못할 테니 말입니다."

코시모가 신경질이 난 얼굴로 일어섰다.

"그럼 약을 먹어서라도 펄펄하게 살려놔라!"

* *
*

성금요일에는 하루종일 비가 내렸다. 산책을 좋아하는 프레데리크 4세는 지루했다.

그날 아침 그는 부활절 축제에 참여해달라는 대공의 부름을 받고 피렌체에 와 있던 비올란테를 방문했다. 라페지에서처럼 그녀가 깨자마자 기습적으로 찾아간 그는 또 하녀 노릇을 자처했다. 위엄 있는 왕이 그런 행동을 되풀이해서는 안 된다고 그녀는 강력히 항의했다. 하지만 실은 왕의 무례를 탓하는 마음보다 이 대담한 군주에게 몸을 내어주게 될까봐 두려운 마음이 더 컸다.

그들은 오랜 벗처럼 대화를 나누었다. 왕이 드디어 옛 애인과 재회했다는 것을 안 비올란테는 호기심을 숨기지 않고 꼬치꼬치 캐물었다.

프레데리크 4세가 맨 처음 중재를 요청한 사람은 코시모 3세였다. 대공은 피렌체 대주교의 소관이라며 떠넘겼다. 왕은 몸소 피렌체의 대주교를 찾아갔다. 대주교는 주저했다. 상대가 아무리 왕이라 해도 수도원 전통에 위배되는 방문을 허락하기란 쉬운 일이 아니었다. 대주교는 찜찜해하면서도 결국 산타마리아 마달레나 데이 파치 수녀원의 원장도 허락해야 한다는 조건으로 방문을 용인했다. 왕은 수녀원장에게 대사를 보냈다. 수녀원장은 거절하기 어려운 청이란 것을 깨닫고 피렌체의 모든 수녀들에게 큰 위험을 직면한 마달레나 수녀의 영혼이 구원받을 수 있도록 기도하라고 지시하며 근심을 덜어냈다.

"그러니까 수녀원장은 전하가 옛 애인을 다시 유혹할까봐 걱정한 거로군요?" 비올란테가 진지하게 물었다.

“그녀가 날 보기만 해도 기절할 거라고 생각했던 게죠.”

“상당히 자신이 있으시네요, 전하.”

“내가 마음에 꼭 든다며 내 품에 뛰어들려는 여자들이 이따금 있어서 말이오.”

“그러실 테지요. 그보다……”

그녀는 잠시 뜸을 두어 화제가 점점 대담한 영역으로 넘어가는 것을 경계했다.

“그래서 어떻게 됐나요?”

“마달레나는 나를 만날 때 베일을 절반까지 걷어올려도 된다는 허락을 받았소. 하지만 단둘이 만나는 것은 아니었소. 수녀 한 명이 입회하기로 했죠.”

“전하의 옛 애인의 정절을 감시하기 위해서군요.”

“외려 날 감시하기 위해서였겠죠.”

“그녀는 어떻던가요?”

프레데리크는 머뭇거리다가 털어놓았다.

“수녀가 되자 사람이 변했다고 할까요? 물론 미모의 흔적은 남아 있었소. 하지만 어딘지 냉랭하고 건조했어요. 어떻게 설명하면 좋을까? 은둔의 세월이 그녀를 메마르게 했던 거요. 발목까지 덮은 근엄한 검은 옷 속에서 옛날의 가슴 설레던 아름다운 곡선미는 찾아볼 수 없었소.”

“그녀가 성스러운 주님의 아내인 것도 아랑곳없이 몸매를 뜯어봤단 말씀이군요?”

"그래요."

"정말 엉큼한 분이시군요!"

그녀는 웃음을 참을 수 없었다.

"무슨 말씀을 나누셨어요?"

"그녀는 옛날 일을 입에 담으려 하지 않았어요, 경건한 수녀원에서 그런 이야기를 해서는 안 된다면서…… 그녀는 내 영혼의 구원을 걱정해줬소. 이따금 나를 위해 기도한다더군요. 그리고 내가 추구하는 고약한 신교를 포기하고 믿음 깊은 가톨릭교도로서 살아가라고 권장했지요."

"현명한 조언이네요."

"내 초상화가 새겨진 조그만 메달을 건네자 그녀는 항상 몸에 지니라며 십자가를 내줬소…… 그러자 창피하게도, 난 어린애처럼 울고 말았소. 수녀원을 나올 때도 내 눈은 퉁퉁 부어 있었죠."

침묵이 깔렸다. 라페지에서처럼 비올란테는 불현듯 왕을 위로해주고 싶어졌고, 그런 자신이 두려웠다. 다행히 슬픔에 잠긴 왕은 더 머물지 않고 돌아갔다.

비는 여전히 쏟아졌다. 누더기를 걸친 걸인들이 팔라초 앞에 진을 치고 방문객들이 철책 앞에 나타날 때마다 달려들었다. 왕이 방의 창문을 열고 주머니를 뒤져 동전을 찾아내 던졌다. 걸인들은 서로 차지하려고 때리고 밀치고 아우성을 치며 포도 위를 구르다가 결국 모조리 경비병에게 쫓겨났다. 걸인 하나가 부아가 나서 소리쳤다.

"성금요일에 이렇게 푸대접을 하다니 부끄러운 줄 알라고!"

프레데리크 4세는 어깨를 으쓱하고는 창문을 닫았다.

8
1711~1715

프란체스코 마리아는 동틀 무렵 숨을 거두었다. 수종도 수종이었거니와 아마 슬픔이 그를 저세상으로 데려간 것이리라. 비올란테는 부음을 듣고 가슴이 아팠지만 놀라지는 않았다. 서글펐던 결혼식이 그녀의 뇌리에 선명히 남아 있었다.

산타마리아델피오레 성당의 종들은 댕댕거리며 울려댔지만 그처럼 침울한 결혼식은 일찍이 없었다.

엘레오노라의 태도가 시종 거만했던 것은 아마 절망 때문이었으리라. 비올란테는 쓰라린 마음으로 그녀를 훔쳐보았다. 얼마나 젊고 아름다운 신부인가…… 신랑 프란체스코 마리아 데 메디치는 주홍빛 벨벳이 덮인 안락의자에 앉아 입을 벌린 채 숨을 헐떡이고 있었다. 대주교가 곧 부부로 묶어줄 두 사람은 한눈에도 너무 달랐다. 꼿꼿하게 선 신부의 얼굴은 도기처럼 매끈했다. 구부정하게 앉은 흐릿한 눈동자의 늙은 신랑의 얼굴은 불쾌하고 기름졌다. 그는 이 우스꽝스러운 상황을 통감하고 있었다.

결혼이 공식 발표된 이래 프란체스코 마리아는 극도로 침울해졌다. 쾌활하던 추기경은 모든 의욕을 잃고 그저 습관처럼 먹고 마실 따름이었다.

이런 결혼으로 후사를 볼 꿈을 꾸었다니 코시모 3세도 딱하지 않은가. 안됐지만 가문은 대가 끊겼고, 대공의 터무니없는 욕심으로 인해 가족들은 불행에 빠졌다.

그 슬픈 결혼식 내내, 잔가스토네는 형수 곁에 앉아 손끝만 내려다보며 하품을 해댔다. 그의 얼굴빛은 노리끼리하고 눈빛은 생기가 없었다. 그는 불손한 연인 다미아노가 앳된 미소년들을 끊임없이 조달해오고 달콤한 과자와 독한 술을 포식시키며 그의 쾌락, 나아가 삶을 좌지우지하는 것을 묵묵히 감내하고 있었다. 코시모 3세는 모른 체했다. 어차피 대공은 사내 구실도 못하는 그 아들을 한 번도 사랑한 적이 없었다. 페르디난도는 숙부의 결혼식을 맞아 피티 팔라초로 옮겨졌지만 방에서 한 발짝도 나오지 않았고, 아내 말고는 아무도 방에 들이지 않았다.

연단 앞에 선 신랑 신부는 대주교의 손짓에 따라 일어서거나 앉거나 무릎을 꿇었다. 운신이 불편한 신랑은 매번 시종장의 도움을 받았다. 신부는 그때마다 신랑에게 싸늘한 눈초리를 던졌다. 그 눈초리가 순탄치 않은 앞날을 예고하는 것만 같아 비올란테는 가슴이 졸아들었다.

불행히도 비올란테의 예감은 적중했다. 새색시는 첫날밤부터 잠자리를 거부했다. 신랑은 군말 없이 물러났다. 그뒤로도 번번이 똑같은 일이 되풀이됐다. 하지만 라페지에 심어둔 밀정에게 사정을 보고받은 코시모 3세는 노발대발했다. 그는 아우에게 당장 할일을 하라고 호통쳤다. 아우는 대공의 약제사가 특별히 처방한 약을 삼키고 만반의 준비를 갖추었다. 잠들어 있던 욕망이 얼마간 꿈틀대기 시작할 때 그가 신부의 방을 찾았다. 신부는 갑자기 달거리가 찾아왔다며 신랑의 코앞에서 문을 닫았다.

다시 프란체스코 마리아의 나날은 우중충하게 흘러갔다. 아까운 시간을 그렇게 보내는 것이 그는 서글펐다. 그가 먹여 살리다시피 했던 유쾌한 악동들은 결혼과 더불어 썰물처럼 빠져나갔다. 집안 어디서도 웃음과 낯뜨거운 농담과 걸쭉한 욕설은 들리지 않았다. 얼마 지나자 그는 식욕마저 잃었다.

누가 봐도 가망이 없었지만 코시모 3세는 간단히 물러서지 않았다. 사제들이 파견되어 새색시를 설득했다. 새색시는 조금 더 버티다가 양보했다. 그러나 그 밤, 비방의 약을 복용한 보람도 없이 프란체스코 마리아는 아내를 만족시킬 수 없었다. 굴욕감만 맛본 그는 두 번 다시 잠자리를 찾지 않으리라 맹세했다. 자신의 고통을 잠재울 길은 오로지 죽음뿐이란 걸 그는 깨달았다. 죽음은 자연스럽게, 다정한 친구처럼 그를 찾아왔다.

* *
*

비올란테는 너그럽던 숙부의 죽음으로 깊은 슬픔에 잠겼다. 그 사이 정작 울어야 할 과부는 호화롭고 자유로운 생활을 만끽해서 비올란테의 마음을 더욱 아프게 했다. 피렌체의 팔라초로 옮겨온 엘레오노라는 귀족 청년들을 여럿 거느리고 낮은 낮대로 밤은 밤대로 아낌없는 사랑을 나눠주었다.

추문이 일었지만 코시모 3세는 아랑곳도 하지 않았다. 그는 후계자 문제로 낙담을 되씹고 쓴물을 삼키느라 다른 일에 신경을 쓸 겨를이 없었다. 피티 팔라초를 무겁게 짓누르는 것은 대공의 침울함만이 아니었다. 이층에서 대공의 장남이 천천히 꺼져간다는 것을 잊은 사람은 아무도 없었다. 페르디난도는 종일 비몽사몽 했지만 잠깐씩 정신이 들었고, 그럴 때면 사제들을 싸잡아 욕하거나 어서 죽고 싶다고 고함을 질렀다.

머지않은 자신의 죽음을 확신하는지 그는 부친의 허락을 얻어 기괴한 수집품을 침실에 늘어놓았다. 시칠리아의 조각가 가에타노 줌보가 빚은 그 조각상들은 하나같이 끔찍한 시체였다. 썩어가는 여인, 코가 없는 노인, 배가 수박만한 푸르죽죽한 어린아이(이것은 특히 생생해 아직 숨이 붙어 있는 것 같았다)…… 몸통에는 구더기가 들끓고 팔다리는 농포투성이며 살가죽에서는 고름이 흐르는 시체도 있고, 살점이 누더기처럼 매달린 해골도 있었다. 강렬하고 끔찍한 색깔은 참극을 더 생생하게 강조했다.

비올란테는 차마 쳐다볼 용기가 없어 고개를 돌렸지만 페르디난도는 제정신이 돌아올 때마다 유쾌하게 중얼거렸다.

"춤보는 천재야…… 봐요, 죽음이 얼마나 아름다운지! 내 육체도 이렇게 야금야금 썩어 없어질 거요."

그녀는 대꾸하지 않았다. 인간의 잔혹한 운명을 일깨우는 작품들을 감상할 기분도, 남편의 냉소에 장단을 맞출 기분도 아니었다.

* *
*

울적할 때면 비올란테는 시동생에게서 위안을 찾았다. 미소년 애호 취향을 되찾은 잔가스토네는 보볼리 정원의 정자에서 지내고 있었다.

언제 찾아가도 그는 누워 뒹굴고 있었다. 그녀는 서슴없이 질책했고, 그러면 그를 에워싼 뻔뻔한 젊은이들은 히죽거리면서 흩어졌다.

"이런 게으른 생활이 부끄럽지도 않아요?"

잔가스토네는 웃으면서 고양이처럼 기지개를 켰다.

"친애하는 형수님, 이 침대보다 아늑한 항구는 없답니다. 여기선 답답한 것도 무거운 것도 전부 잊을 수 있지요."

비올란테가 커튼을 젖히고 창문을 열어 방안에 가득찬 악취를 쫓았다.

"날 죽일 생각이세요?" 그가 눈을 깜박이며 중얼거렸다.

햇빛이 방안으로 흘러들자 침대 시트가 포도주와 초콜릿, 그 밖에도 음식 찌꺼기로 얼룩진 것이 드러났다.

"일어나세요. 하인들이 도련님의 소굴을 치우는 사이 우린 정원으로 맑은 공기를 마시러 가요. 아니면 거리로 산책을 나가거나."

잔가스토네는 한숨을 뱉으면서도 형수가 시키는 대로 했다. 그가 묵직한 몸을 일으켜 옷장 쪽으로 사라졌다. 잠시 후 그는 가발을 쓰고 넥타이를 매고 향수를 뿌리고 나타나 형수에게 팔을 내밀었다.

그날 그들은 도시를 산책했다. 두 사람은 호위대도 없이 나란히 거닐었다. 대공은 미움을 받았을망정 대공의 가족은 시민들의 사랑을 받았다. 페르디난도는 어차피 가망이 없었으므로 온화한 잔가스토네가 하루빨리 권좌에 올라 무거운 세금과 사제들의 횡포에서 풀어주기를 시민들은 바랐다. 공화정 시절에 향수를 품은 사람들조차 잔가스토네라면(비록 사생활은 좀 문란하지만) 피렌체를 불행에서 건져주리라 기대했다.

형수와 시동생은 오래전부터 무두장이와 푸주한이 쫓겨나고 금은세공사들이 자리잡은 베키오 다리로 접어들었다. 그들은 잠깐씩 발걸음을 멈추고 장인들의 손놀림을 구경하면서 천천히 아르노강의 건너편으로 넘어갔다. 무젤로의 높다란 언덕들에서 불어온 차고 맑은 바람이 길을 오가는 여인들의 옷자락을 부풀렸다.

그들은 산로렌초 성당으로 발걸음을 옮겼다. 가문의 영광 따위는 아랑곳없는 잔가스토네였지만 메디치가 사람들이 대대로 영세를 받고 결혼하고 죽어서 묻히는 그곳만은 좋아했다. 그는 늘 네무르 공작 줄리아노와 우르비노 공작 로렌초의 석관이 있는 신新 성구실부터 들렀다. 각각의 묘에는 위대한 미켈란젤로의 작품인 네 점의 조각상이 놓여 있었는데, 줄리아노의 것은 '밤과 낮', 로렌초의 것은 '새벽과 황혼'을 의미했다. 걸작 중의 걸작이라고, 잔가스토네는 볼 때마다 탄복했다. 대리석은 비극적인 강렬함을 안고 살아 있었다. '황혼'에 잠들고 '낮'에 깨어나는 사내들의 근육은 거칠고 탄탄했다. '밤'에는 감미로운 나른함이 떠다녔고 '새벽'은 손을 뻗어 어루만지고 싶어졌다. 그 강렬하고 비장한 작품들은 거기 그렇게 놓여 사랑과 죽음이 영원히 이어져 있다고 말하는 듯했다.

"형수님과 결혼했더라면 얼마나 좋았을까요?" 잔가스토네가 불쑥 말했다. "물론 형수님을 여자로서 행복하게 해드리지는 못했겠죠. 하지만 형수님의 현명함이 날 괴롭히는 악마들을 쫓아버릴 수는 있었을 거예요. 누가 알아요? 상냥한 형수님 덕에 내가 여자를 사랑하게 됐을지……"

비올란테는 감동하여 아무 말도 할 수 없었다. 언젠가 그녀도 시동생의 품에 안기는 꿈을 꾸지 않았던가?

둥글고 높다란 천장이 덮인 예배당에서 망치 소리가 울렸다. 두 사람은 대공들의 석관이 안치되어 '주군의 예배당'이라 불리는 곳으로 나아갔다. 석관들은 반암, 이집트 화강암, 코르시카 벽옥 등 귀한 재료로 만들어졌고, 그 가운데 두 개에는 고인들의 청동 조각상이 솟구쳐 있었다. 천장이 둥근 팔각형의 거대한 영묘는 1601년 페르디난도 1세 때 착공됐지만 아직 완공되지 못했다. 코시모 3세는 조상들이 그랬던 것처럼 벽과 기둥 장식에 가장 값진 재료를 쓸 것을 고집했다. 카라라 대리석, 아프리카의 석화된 목재, 청금석, 벽옥, 산호, 진주모, 그 밖에도 귀한 돌들이 뒤섞여 섬세한 모자이크 장식을 만들었다. '오피피치오 델레 피에트레 두레'*의 장인들이 부지런히 작업했는데도 진척은 매우 더뎌, 그 걸작이 대공의 생전에 완성될 가능성은 거의 없었다.

장인들이 바닥에 쭈그리고 앉아 나무망치로 작고 네모진 돌들을 박아넣고 있었다. 잔가스토네는 그들에게 허물없이 인사를 건넨 뒤 비올란테를 돌아보았다.

"형수님의 마지막 거처를 방문하는 소감이 어떠세요?"

그가 웃음을 터뜨리고 말을 이었다.

"한 가지 분명한 건 우리가 최고로 비싼 무덤에 들어앉아 하품을 하리란 거죠."

그가 어둡고 둥근 천장을 올려다보았다. 대공이 청금석으로 뒤덮겠다고 호언했던 그 벽돌 내벽에는 아직 아무런 장식도 없었다.

"아버지의 허영심은 끝이 없어요. 대체 뭘 바라는 걸까요? 제아무리 화려한 묘지에 누워 있어도 죽은 몸뚱이는 어차피 먼지로 돌아가는데. 그럴 리는 없지만 혹 정말로 신이 있다면 코시모 3세는

* 견석(堅石) 공방.(원주)

벌거벗은 몸으로 창조주 앞에 나설 텐데 말이에요."

"그런 불경한 말을! 신은 날마다 무한한 자비의 증거를 보여주시지 않던가요?"

"쳇, 형수님이야말로 믿음으로 눈이 멀었군요. 형수님처럼 똑똑한 분께는 어울리지 않는 생각입니다."

그가 다시 그녀의 팔을 붙들었다.

"가십시다! 바닥에서 쉬는 고인들한테 발목을 잡히기 전에."

그가 웃음을 터뜨렸다. 웃음은 장인들의 망치 소리와 섞여 언제까지고 울려퍼졌다.

산로렌초 성당을 나왔을 때는 피아차의 황금빛 석조 건물들이 보랏빛 석양에 물들고 있었다. 잔가스토네가 비올란테의 얼굴을 들여다보았다.

"화나셨어요?"

그녀는 고개를 가로저었지만 피티 팔라초로 돌아갈 때까지 얼굴은 펴지지 않았다.

* *
*

턱수염은 하얗게 세고 뺨은 움푹했으며 키도 쪼그라든 것 같았다. 코시모는 우중충한 얼굴로 말없이 팔라초의 살롱들을 거닐었다. 그가 다가오면 사람들의 대화는 속삭임으로 변하고 미소는 사라졌다.

그의 고민이라면 뻔했다. 공국의 장래. 일견 평화로워 보이는 유럽의 열강은 제각기 침을 흘리고 있었다. 그들은 매복한 채 기다렸다. 누가 먼저 토스카나를 집어삼킬까? 토스카나를 제일 탐내는 것은 얼마 전 갑자기 세상을 떠난 요제프 1세의 뒤를 이어 옥좌에 오른 카를 6세였다. 애초에 피렌체를 공국으로 승격시킨 것은 카를 5세였으니 토스카나는 합스부르크의 봉토이고, 메디치가의 마지막 자손이 사망하면 황제의 휘하로 돌아와야 마땅하다는 것이 그의 주장이었다. 그것은 그가 역사에 무지한 탓이었다. 피렌체는 경쟁자를 하나하나 물리치면서 착실하게 독립을 확보했고 이제 그 어떤 황제나 왕도 주인으로 모실 필요가 없었다. 물론 토스카나 전체가 그런 것은 아니었다. 특히 시에나는 대공의 영토인데도 불구하고 언제라도 소유권과 특혜를 주장할 수 있는 스페인 왕자에게 영지로 주어진 형편이었다.

코시모는 며느리를 서재로 불렀다. 그는 내심 며느리의 의견을 소중하게 생각했다. 비올란테는 그가 매우 흥분했다는 걸 알아챘다.

"앉아라."

정작 대공은 앉지도 않고 방안을 왔다갔다했다.

"그애는 어떻게 지내니?" 대공은 예의상 물었다. 대답은 듣지도 않았다. 어차피 죽을 날이 멀지 않은 아들의 운명 따위에는 관심이 없었다.

"우리 공국의 앞날을 생각하면 머리가 지끈거리는구나…… 리누치니 후작을 네덜란드의 평화 협상에 보냈다. 토스카나의 통합과 독립이 앞으로도 보장되도록 전력을 다하라고 지시했어……"

"하지만 아버님, 머지않아 옥좌는 빈자리가 될 텐데요."

"나도 안다. 기가 막힌 일이야. 3세기 전부터 이 도시를 지배했던 우리 가문이 꺼지다니. 잔가스토네가 그렇게 몸을 막 굴리고도 나가떨어지지 않는다면 내 뒤를 이어줄 테지. 그리고 그애가 죽으면 전부 끝나는 거야."

코시모 3세는 한숨을 내뱉고 책상 뒤로 가 의자에 주저앉았다.

"해결책이 하나 있기는 하다만……"

그는 짐짓 뜸을 들인 다음 말을 맺었다.

"권력을 피렌체인들에게 맡기는 방법도 있지."

"공화정 말인가요?"

대공이 고개를 끄덕였다. 비올란테는 몹시 놀랐지만 이내 또박또박 말했다.

"공화정으로 돌리시면 아버님께는 관대하다는 찬사가 쏟아지겠지요. 그렇지만 가문 대대로, 특히 아버님께서 그처럼 오래 절대 권력을 행사하셨는데 이제 와서 피렌체인들이 도시를 제대로 다스릴 수 있을까요? 지난날 공화국을 망쳤던 파벌 싸움이 재개되는 건 아닐까요?"

"나도 그 점이 걱정이다…… 국가를 시민의 손에 넘겨주는 건 그리 간단하지 않지."

"공화국이 되면 줄곧 피렌체를 노렸던 열강이 손을 뻗치지 않을까요? 저마다 옛 권리를 내세우면서 이곳저곳의 소공국을 차지할 걸요. 그럼 토스카나는 잘게 쪼개지고 메디치가의 위업은 무無로 돌아가겠지요."

대공이 고개를 끄덕였다. 비올란테가 말을 이었다.

"게다가 피렌체의 이웃 나라들은 어떨까요? 코앞에 공화국이 탄생하면 썩 반갑지 않을 거예요. 자국 내의 민주적 열망을 부추길 테니까요. 공화정이라면 질색하는 그들이 자구책으로 피렌체의 혼란을 선동할 가능성은 얼마든지 있어요."

"나도 똑같이 생각한다. 하지만 오늘 아침 리누치니의 편지를 받았어…… 영국과 네덜란드 대표단은 공화정 회귀에 기꺼이 찬동한다더라."

"그들은 북구의 세력입니다. 한달음에 달려와 토스카나를 도와주지는 못할 거란 말이지요. 아버님, 후계자 문제는 황제가 동의하지 않는 한 해결되지 않을 거예요. 합스부르크는 집요하게 피렌체의 내정에 간섭해왔으니까요."

"그래서 중간 해결책도 하나 마련해뒀다…… 내가 죽으면 안나 마리아 루도비카가 통치권을 이어받는 방법이지. 그애는 야무지니까 얼마든지 황제에 맞설 수 있어. 게다가 독일 최고 명문가의 며느리가 아니니? 공화국 이양 문제는 그때 가서 그애의 판단에 맡겨도 될 거야."

그가 잠시 입을 다물었다가 눈살을 찌푸리며 덧붙였다.

"얘야, 만일 일이 전부 내 생각대로 된다면 네가 시누이를 잘 보좌해주리라 믿어도 되겠지?"

비올란테는 생각에 잠겨 자신의 처소로 돌아갔다. 결심은 벌써 굳힌 것이 분명한데 대공은 왜 굳이 그녀를 불렀을까? 더욱이 공화정 운운하는 말은 믿을 수 없었다. 그녀도 공화정 회복의 득실을 조목조목 늘어놓기는 했지만 어디까지나 장단을 맞춰주었을 뿐이었다.

그녀가 처소에 다다랐을 때 하녀가 눈물바람으로 달려왔다. 페르디난도가 위독했다. 의사들은 그날 밤을 넘길 수 없으리라 단언했다.

코를 찌르는 혈농 냄새에 그녀는 자신도 모르게 낯을 찡그렸다. 코시모 3세의 전속 사제가 무릎을 꿇고 기도중이었지만 페르디난도는 등을 돌리고 누워 있었다. 남편의 침대로 다가가는 데는 비올란테로서도 용기가 필요했다. 붉은 종창으로 뒤덮인 수척한 그의 얼굴은 동정보다는 두려움을 일으켰다. 그녀는 몸을 기울여 남편의 이마에 입을 맞추었다. 페르디난도가 눈을 뜨더니 비올란테를 알아보고 가느다란 목소리로 중얼거렸다.

"이 꼴을 진작 보여줬어야 하는데. 고름을 질질 흘리는 이 썩은 몸뚱이가 진짜 나요…… 나머지는 허상이지. 난 몸속부터 속속들이 추악한 인간이오. 마침내 그걸 있는 그대로 모두에게 보여주게 됐어."

그가 이야기를 중단하고 숨을 몰아쉬었다.

"무리하지 말아요. 그보다 당신의 구원을 위해 기도하세요."

"아니…… 구원받는다는 생각만 해도 역겨워. 난 몹쓸 남편이었으니 몹쓸 송장이 되겠소…… 시신은 변소에 던져주구려, 묘지 따윈 필요 없소."

그의 목소리가 약해졌다. 그것이 그의 마지막 말이었다. 비올란테는 가슴이 쓰라렸다. 그녀는 신부 곁에 무릎을 꿇고 오랫동안 기도했다. 기도가 끝났을 때 페르디난도의 숨은 꺼져 있었다.

* *
*

천성적으로 고행을 하는 경향이 있지만 비올란테는 더 깊은 슬픔을 느끼지 않는 것을 자책했다. 장례식은 추위 속에서 장엄하게 치러졌다. 페르디난도의 관이 산로렌초 성당의 지하 납골당으로 내려갈 때 그녀는 소름이 끼쳤다. 불과 몇 주일 전 시동생과 함께 그곳을 방문하지 않았던가. 더 놀라운 것은 방부 처리된 남편의 유해가 어둠의 왕국으로 들어가는 순간 그녀가 첫눈에 반했던 도도하고 아름다운 청년의 얼굴을 기억해낼 수 없었다는 사실이었다. 마치 죽음과 함께 그의 모습도 떠나버린 듯했다.

그녀는 그 불순한 무관심을 신부에게 고백했다. 신부는 그녀를 탓하지 않고 죄를 사했고 그로 인해 그녀의 가책은 더 깊어졌다. 코시모 3세가 위로의 뜻으로 값진 사파이어 장신구 세트를 내렸을 때도 마찬가지였다. 그녀는 선물을 받자마자 보석함 속에 넣고 다시는 꺼내보지 않았다.

잔가스토네는 게으르고 문란한 생활을 잠시 접고 매일 오후 형수를 찾아갔다. 그녀는 시동생 앞에서 페르디난도가 크리스토포리에게 주문했던 피아노란 악기를 연주했다. 피아노 선율이 흐르면 머리 위로 프라톨리노가 펼쳐졌고 눈을 감으면 정원의 정교한 자동인형들이 보이는 듯했다.

비올란테는 대개는 수를 놓으면서 시동생과 이야기를 나누었다. 이따금 잔가스토네가 대담한 화제를 입에 담을 때도 있었다.

"검은색이 아주 잘 어울리는 걸 아세요? 형수님의 유백색 얼굴이 눈부시게 보여요."

"칭찬이에요, 놀리는 거예요? 아니면 과부답게 파리한 살결이라 그건가요?"

"친애하는 형수님, 형이 그 모양이었으니 어차피 형수님은 일찌감치 과부였어요. 무례한 말입니다만 이유야 어찌 됐건 형이 금욕해준 덕에 형수님은 처녀로 되돌아간 셈이죠."

비올란테가 얼굴을 붉혔다.

"그만해요, 듣기 거북해요. 난 그를 사랑하고 존경했어요. 그가 가한 모욕을 분하게 생각한 적도 없고요."

"천사가 따로 없군요! 하지만 이 부패한 세상에 천사가 있다고 생각하진 않아요."

"도련님 말대로 만일 내가 진짜 천사가 되고 싶다면 어쩌실래요?"

잔가스토네가 빙그레 웃었다.

"조심하세요, 지금 그 말은 오만의 죄에 해당하니까요."

비올란테는 화를 내기는커녕 미소를 지었다.

"그래요, 그렇게 웃으세요. 형수님이 슬픈 얼굴을 하면 나까지 땅속에 묻히고 싶어져요."

"어리석은 소리 말아요."

"타고난 걸 어쩌겠어요. 내세울 거라곤 신앙심뿐인 아버지와 미친 사랑 놀음에 빠진 어머니가 형수님 눈앞에 있는 이런 별종을 탄생시켰죠. 반은 어릿광대에 반은 괴물인, 인생은 환상이고 한 편의 익살극이란 걸 너무 일찍 깨달은 인간을요."

"도련님은 일부러 자신을 비하하고 있어요. 난 도련님 마음이 착하다고 믿어요."

잔가스토네가 웃음을 터뜨렸다. 그의 뺨이 젤리처럼 떨렸다.

"마음! 마음이라…… 내 심장엔 기름이 잔뜩 끼었어요. 게다가 놀 때만 신나게 뛰는 심장이죠. 나 좋은 사람 아니에요. 아무리 기다려도 형수님의 기대, 아니 최소한의 우정이라도 받을 만한 건더기는 나오지 않을 걸요."

"아뇨, 난 도련님이 생각하는 것보다 도련님을 잘 알아요."

"아마 아닐 걸요. 형수님은 내가 어떤 인간인지 모르세요."

비올란테는 물러서지 않았다.

"도련님 주장처럼 조금은 부모 탓으로 돌릴 수 있겠죠. 하지만 형님과 누님도 똑같은 부모님한테서 태어났어요."

잔가스토네가 어깨를 으쓱했다.

"늙은 하인들의 말을 들어보면 꼭 그런 건 아니죠. 뭐든지 나보다 뛰어났던 형은 아마 어머니와 사촌 샤를 드 로렌의 사랑의 열매일 거라죠. 그래서 아버지는 형을 내쳤고, 형은 스스로를 내쳤죠. 누나로 말하자면 어렸을 때부터 에누리 없이 사랑만 받았어요. 누나야 의심받는 게 없었으니 증명할 것도 없었고, 그래서 아무것도 줄 필요가 없었어요. 명예만 좇고 잘난 군주를 잡아 결혼할 꿈만 꾼 이기주의자였죠."

"너무 혹독한 말을 하는군요……"

"천만에요. 누나는 사람들이 자길 떠받들고 섬길 때만 너그럽게 처신하죠. 거기다 보헤미아의 그 식인귀와 결혼을 주선한 게 누나란 걸 잊으라고 하지는 마세요."

비올란테는 주저했다. 코시모의 비밀스러운 계획을 그에게 밝혀야 할까? 그녀는 신중하게 입을 열었다.

"아버님은 누님에게 커다란 기대를 걸고 계세요."

"팔라티나 선거후와 결혼시킨 것만으로는 부족하다던가요?"

"대공은 누님이 큰 자질을 지녔다고 보시죠."

"무슨 의미에요?"

"토스카나 공국의 장래로 아버님이 노심초사하시는 건 도련님도 알 거예요. 아버님은 언젠가 누님이 이 공국의 고삐를 단단히 쥘 수 있으리라 생각하세요."

"맙소사! 그러니까 나는 벌써 땅에 묻힌 셈 치신다 그건가요?"

"아뇨. 후계 순위를 바꾸겠다는 게 아니라…… 도련님이 문란한 생활을 계속하면 숙부님처럼 오래 살지 못할 거라고 생각하시더군요."

"아버지처럼 자식 사랑하는 마음이 철철 넘치는 사람이 또 있을라고요! 내 몸을 걱정해준다니 고맙기도 하셔라! 툭 터놓고 말씀드리죠. 아버지한텐 안됐지만 언젠가 내가 권좌에 오른다면 난 형수님과 더불어 통치할 거예요, 그 누구도 아닌 형수님과!"

* *
*

안나 마리아 루도비카는 아버지의 의도를 전해듣고 행동을 서둘렀다. 그녀는 우선 새 황제 카를 6세를 방문했다.

나이는 들었어도(마흔여섯 살이었다) 코시모 3세의 딸은 도도하고 아름다웠다. 키는 아담했지만 이마는 매끈하고 얼굴빛은 고왔으며 세월이 퇴색시키지 못한 눈동자는 대담하게 반짝였다.

황제는 그녀를 환대했다. 독일 명문 중의 명문의 며느리에 합당한 대접이었다. 그러나 그 직후 그녀가 부친에게 보낸 긴 편지에 따르면, 토스카나의 후계 문제를 꺼내자 카를 6세는 모호한 태도를 취했다. 황제는 생각해보마고 대답만 했을 뿐 확실한 언급을 피했다.

낙담한 코시모 3세에게 얼마 지나지 않아 황제의 편지가 도착했다. 카를 6세는 안나 마리아 루도비카가 후계자가 될 권리를 인정할 의향을 밝혔다. 대신 그녀가 사망하면 토스카나는 고스란히 합스부르크로 돌아와야 한다는, 대공으로서는 도저히 받아들일 수 없는 조건이 달려 있었다.

자신의 대응이 좀 성급했다고 판단했는지 황제는 곧 말을 바꿨다. 두번째 편지에서 황제는 토스카나 대공국이 오스트리아의 적에게 넘어가는 일만 없으면 만족이라고 후퇴했다. 코시모 3세는 안심하고 자신의 계획을 신속히 공식화시켰다. 1713년 말, 그는 오래전부터 이름뿐인 상원을 소집해 그 자신과 아들 잔가스토네가 사망하면 대공국 전 영토의 통치권이 안나 마리아 루도비카에게 넘어가리라고 엄숙히 선언했다.

외국의 지배를 무엇보다 두려워하는 피렌체인들은 갈채를 보냈다. 그러나 문제가 근본적으로 해결된 것은 아니었으니, 메디치가에 후계자가 없는 까닭이었다. 카를 6세가 코시모 3세의 선언에 격노하자 피렌체인들의 우려는 더욱 커졌다. 황제의 봉토인 토스카나를 대공이 멋대로 처분할 수는 없다는 것이 황제의 생각이었다. 명백한 위협이었다. 그러자 피렌체 역사에서 늘 그랬던 것처럼 루이 14세가 대공 편을 들고 나섰다. 프랑스 국왕은 코시모 3세가 피렌체 공국의 독립성을 지키기 위해 독자적으로 의지를 행사할 권리를 인정했다. 대신 그도 사심이 없다고는 못할 조건 하나를 내걸었다. 안나 마리아 루도비카가 이미 장년으로 접어든 만큼 그 이후의 후계자 문제도 미리 생각해두라고 코시모 3세에게 엄중히 명한 것이다. 요컨대 대공이 손수 후계자를, 그것도 토스카나 전역의 평화와 자유를 보장하는 데 손색없는 권위를 갖춘 인물로 조달해와야 한다는 소리였다.

코시모 3세는 루이 14세의 속셈을 재빨리 눈치챘다. 유럽의 궁정에서는 루이 14세의 손자인 스페인 국왕 필립 5세와 엘리자베스 파르네제의 재혼설이 나돌았는데, 그녀는 다름 아니라 코시모 3세의 고모 마르게리타 데 메디치의 증손녀였다. 먼 친척이긴 하지만 어쨌거나 남남은 아니었다. 만일 이 결혼에서 사내아이들이 태어나면 그들 가운데 하나가 대공국의 권좌를 원하는 것은 자연스러운 일이 아니겠는가? 토스카나가 스페인과 부르봉의 왕권에 단단히 결합되면 합스부르크의 탐욕을 저지할 수 있지 않을까? 대신 마드리드의 무거운 감독이 토스카나의 독립성을 퇴색시키리란 것도 코시모 3세는 훤히 내다보았다.

대공은 칙칙한 생각을 곱씹으며 소규모 수행원을 이끌고 우울한 피티 팔라초를 벗어나 피렌체 근교에 조성한 보호지구로 사냥을 떠났다.

날이 밝아오는 그 시각 공기는 싱싱했다. 거미줄마다 진주알 같은 이슬이 아직 햇살에 마르지 않고 매달려 있었다.

오른쪽 팔오금에 무기를 고정시킨 채 코시모는 신중하게 걸음을 옮겼다. 사냥개 세 마리가 앞장서서 잡목림과 덤불숲을 뒤졌다. 갑자기 한 마리가 멈췄다. 녀석은 몸을 팽팽히 펴고 코끝과 시선을 한군데 붙박고 있었다. 대공이 천천히 다가갔다. 숨어 있는 사냥감을 사냥개가 꼼짝없이 못박아두는 그 순간이 그는 좋았다.

엉덩이를 때리자 개가 덤불숲으로 뛰어들었다. 풀밭에서 금갈색

덩어리가 움직이는 것이 보였다. 꿩! 꿩이 울음을 내지르며 날아올랐다. 대공이 총을 쳐들고 새를 사정거리 안에 넣었다. 그러나 방아쇠는 당기지 않았다. 매번 그랬다. 백성들에게는 가차없는 이 군주는 꿩은 대개 살려주었고 다른 사람들에게도 살상을 금했다. 잡더라도 겨우 한두 마리였는데, 그가 의사들의 충고도 아랑곳하지 않고 꿩고기를 즐겼기 때문이었다.

경험이 풍부한 늙은 사냥개가 주인을 올려다보았다. 코시모를 빤히 바라보는 녀석의 촉촉한 눈동자에는 원망이 담긴 것 같았다. 옆구리를 쓰다듬어주자 녀석은 꼬리를 흔들면서 두 동료와 함께 재차 추적에 나섰다.

잠시 후 개들이 또 멈췄다. 눈앞에 작은 골짜기 꼭대기까지 이어지는 무성한 덤불숲이 있었다. 한 마리, 두 마리, 아니 세 마리의 꿩이 개 짖는 소리에 화답이라도 하는 양 줄지어 날아갔다. 네번째 꿩이 커다란 날개를 퍼덕이며 날아올랐다. 이미 나무 꼭대기로 올라앉은 놈들과는 달리 네번째 놈은 잡목림 위로 날아갔다. 대공은 잠시 주저하다가 방아쇠를 당기기로 했다. 분명 늙은 사냥개를 기쁘게 해주기 위해서였으리라. 손가락을 방아쇠에 올리고 단 한 번에 정확히 조준하여 코시모는 쐈다. 깃털들이 휘날렸다. 같은 순간 비명이 울렸다. 대공이 뻣뻣하게 서 있는 사이 수행원들이 골짜기로 달려갔다.

사냥개 감독관이 곧 내려왔다. 그의 얼굴은 하얗게 질려 있었다.

"전하, 사람이 죽었습니다. 전하의 몰이꾼 가운데 한 명입니다."

* *
*

코시모 3세는 침통했다. 처형 명령이라면 숱하게 내렸지만 자기 손으로 사람을 죽인 적은 없었다. 실수로 죽인 사내의 얼굴을 모른다는 사실도 위로가 되지는 못했다.

그는 사냥을 그만두기로 결심하고 치명적인 무기를 사냥개 감독관에게 내주었다. 그러나 수습할 일이 아직 남아 있었다. 대공은 자신이 지도자장으로 있는 산스테파노 기사단에 몸소 출두했고, 전례 없는 사태에 궁정은 어리둥절했다.

"내가 저지른 죄에 상응하는 벌을 줄 것을 명하오."

그는 한마디만 남기고 물러났다. 기사들은 당황했다. 어떻게 하면 자신들의 군주를 모욕하거나 권위를 훼손하는 일 없이 벌을 줄 수 있을까? 협의에 협의를 거듭한 끝에 결론이 내려졌다. 코시모 3세는 불쌍한 몰이꾼의 과부에게 다달이 5에큐를 사재에서 지급할 것. 속죄의 뜻으로 지중해에서 이교도와 싸우는 기사단 선단에 승선해 몇 해 복무할 것. 물론 귀족 한 명을 선임해 대공 대신 의무를 지워도 좋다는 관용이 베풀어졌다.

불길한 재난은 이로써 무난히 처리됐지만 안 그래도 어지럽던 대공의 마음에는 지울 수 없는 상처가 남았다.

* *
*

라페지! 아름다운 정원과 분수, 신비롭게 우거진 아담한 숲, 대담한 고대 조각상…… 호인이던 프란체스코 마리아 추기경, 상냥하고 유혹적이던 프레데리크 4세와의 추억이 어린 그곳을 다시 찾자 그녀는 감동했다.

남편을 여읜 비올란테가 고향으로 돌아가지 않은 것이 고마워서 대공은 라페지 저택과 주변 소유지를 선물로 내렸다. 물론 그곳에만 은둔하지 않고 자주 피렌체의 피티 팔라초로 돌아와 대공의 노년을 위로해주어야 한다는 조건이 붙었다. 비올란테에게 그보다 아름다운 선물은 없었다. 이제 낯선 땅이 되어버린 고향으로 돌아가야겠다는 생각은 해본 적이 없었다. 그녀는 어느덧 머리끝부터 발끝까지 피렌체인이었고, 말 많고 속 좁은 시민들의 결점까지도 사랑하고 있었다.

이 선물은 프란체스코 마리아의 과부, 엘레오노라 드 곤차구에를 펄펄 뛰게 만들었다. 법적으로는 엄연히 자신에게 돌아와야 할 저택이 아닌가. 그녀는 노망이 들기 직전인 코시모 3세가 비올란테의 꾐에 넘어갔다는 터무니없는 말까지 퍼뜨렸다. 소문은 대공의 귀에도 들어갔지만 그는 용서하기로 했다. 엘레오노라가 아침부터 밤까지 술을 마셔대며 종종 만취한 채 궁정에 나타날 때도 있다는 것은 익히 알려진 사실이었다. 그렇지만 괜한 오해를 사기는 싫었으므로 그는 제수를 불러다 아우가 물려준 것이라고는 빚더미뿐이란 것, 그나마 남은 재산은 경매에 붙어 채권자들의 손에 뿔뿔이 흩어졌다는 사실을 따끔히 상기시켰다. 그녀가 그만한 생활을 유지하는 것도 순전히 시아주버니인 자신의 관대함 덕분이란 것도.

과부는 일시적으로 잠잠해졌다. 그러나 헐뜯고 음모를 꾸미는 데 일가견이 있는 제수가 또다른 불협화음을 일으키리란 것은 코시모도 짐작했다.

비올란테는 그런 소동에는 아랑곳하지 않고 정착에 필요한 일을 착착 해결했다. 오랫동안 버려졌던 저택이라 손을 볼 곳이 많았다. 그녀는 사재를 털었다. 페르디난도가 죽은 후 대공이 넉넉한 연금을 지급한 덕에 그만한 여유는 있었다. 머지않아 정원에는 화려함이 돌아오고 저택도 윤기를 되찾았다.

비올란테는 새 삶의 문턱에 서 있는 기분이었다. 남편이 죽었을 때 조금밖에 울지 않았다는 가책은 차차 지워졌다. 그녀는 시인과 작가를 불러모았고 그들은 그녀의 저녁 시간을 기쁘게 해주었다. 그녀의 상냥한 권위 밑에서 라페지는 문학 아카데미가 되었다. 불한당과 식객이 술잔치를 벌이고 귀한 물건들을 슬쩍하거나 하녀들의 치마를 들추던 그곳에서는 이제 자유로운 토론이 벌어지고 아름다운 시구가 읊어졌다. 시인들은 자연과 사랑과 여인과 덕망을 노래했다. 낭독되거나 종이에 적힌 그 작품들에는 기교도 억지도 없었다. 비올란테의 안목은 누구보다 훌륭했다.

단연 돋보이는 시인은 베르나르디노 페르페티였다. 산스테파노 기사회의 기사이며 법률 선생인, 시에나 출신의 미남자였다. 잿빛 눈동자가 지적으로 반짝이고 키는 보기 좋게 늘씬하며 상냥한 인상의 그는 인기와 존경을 한몸에 누렸다. 그는 저택의 여주인 비올란테에게 연정을 품고 있었다. 비올란테도 호감을 얻고 찬사를 듣는 것이 싫지는 않았다. 그녀가 자신도 모르게 썩 정숙하지 못한 태도를 보인 적도 몇 번이나 있었다.

소박한 콩투슈* 차림으로 그녀는 영지 안의 농부들을 방문해 농사일과 살림 형편을 물었다. 어느 날 총명한 소녀가 그녀의 눈에 들어왔다. 읽고 쓸 줄 모르지만 풍부하게 운을 맞춘 참신한 시를 지을 줄 아는 소녀였다. 마리아 도메니카 마체티, 일명 메니카는 양친의 허락을 얻어 비올란테의 저택으로 와 살게 되었다.

비올란테는 소녀를 몹시 귀여워하여 가정교사를 딸려 읽기와 쓰기, 라틴어와 음악을 가르쳤다. 감수성 풍부한 소녀는 빠르게 발전해 다행히도 타고난 감수성을 잃지 않으며 어느덧 당당한 라페지 아카데미의 일원이 되었고 비올란테가 피렌체의 궁정으로 갈 때도 동반했다.

베르나르디노 페르페티의 구애는 갈수록 적극적으로 변했다. 내심 그것을 즐겼던 비올란테는 이제 그와 단둘이 있기가 겁이 났다. 무엇보다도 자기 자신이 두려웠기 때문이다. 긴 세월 억눌렸던 욕

---

* 헐렁한 부인복으로 18세기 초기부터는 간단한 외출 때도 입기 시작했다.(원주)

망이 수런거리고 있었지만 욕망의 물꼬를 터줄 생각은 아직 없었다. 메니카가 느닷없이 처소에 나타난 덕에 목전의 위기를 넘긴 적도 몇 번이나 있었다.

그러므로 시동생이 방문했을 때 그녀는 구원이라도 받은 것 같았다. 페르디난도가 세상을 떠난 이래 왕세자라 불리는 그가 끊임없이 추문을 일으키자 코시모 3세는 아들을 브란돌리노의 저택에 유배시켰다. 마차 사용도 금지했다. 아들을 꼼짝없이 처박아두기도 하고, 행여 마부나 말 담당 시종들과 어울려 낯뜨거운 짓을 저지르는 것을 예방하기 위해서이기도 했다. 그러므로 잔가스토네는 농부 하나를 꾀어 힘들게 장만한 뚱뚱한 군마를 타고 초라한 행장으로 라페지에 나타났다. 그의 의사와 하인은 노새에 올라타고 뒤를 따라왔다.

"피곤해 죽을 지경이에요." 그가 비올란테를 보자 대뜸 우는소리를 했다. 하인들이 달려가 그가 말에서 내리는 것을 도왔다. "이놈들은 사람을 싫어해서 한 걸음 디딜 때마다 안장에서 떨어뜨리려 들죠."

그가 미간을 찌푸리며 다리를 문지르자 비올란테는 웃음을 터뜨렸다. 잔가스토네가 골 난 눈초리로 그녀를 건너다보았다.

"이 집에선 손님을 이렇게 맞나보죠?"

비올란테가 허물없이 다가가 시동생의 양 뺨에 입을 맞추었다. 그제야 기분이 풀어진 그가 배가 고프고 목도 마르다고 하소연했다.

잠시 후 배도 채우고 갈증도 푼 그가 물었다.

"친애하는 형수님, 이곳에서 어떤 생활을 하는지 들려주시죠."

"재기발랄한 사람들과 더불어 단순하고 아름다운 나날을 보내고 있어요."

"그 행운아들 가운데 형수님이 특히 좋아하는 사람은 있는지요?"

곧바로 비올란테의 눈꼬리가 살짝 올라갔다. 왜 이런 걸 물을까? 무언가 알고 있는 건 아닐까?

"저마다 다양한 재능을 지녔어요. 누가 더 뛰어나고 떨어지는지 비교할 생각은 없어요." 그녀가 조금 날카롭게 되받았다.

"과연 형수님이십니다. 누구 하나를 총애하여 질투를 유발하기는 싫다 그거죠……"

"하지만 이곳의 모임에는 여성들도 많아요. 아시는지 모르겠지만 여성들은 감수성이 풍부하고 표현력이 뛰어나거든요."

"악마여, 그대 이름은 현명한 여인이로다!" 그가 중얼거렸다.

대화는 거기서 끝났다. 그러나 오후가 넘어갈 무렵 베르나르디노 페르페티가 저택에 나타나자 시동생의 눈초리가 팽팽해지는 것을 비올란테는 알아차렸다.

9
1716~1721

그녀는 왜 죄의식을 느꼈을까?

시동생은 분명 베르나르디노 페르페티에게 적의를 품었다. 질투였을까? 여성과는 인연을 맺을 일이 없는 그가 어떻게? 사실 믿음도 도의도 없는 이 방탕한 사내는 나름대로 형수의 삶에 책임감을 느꼈다. 그는 남성들과의 교제에 도사린 위험과 거기서 필연적으로 따르는 고통으로부터 형수를 보호하고 싶었다. 형수는 그에게 덕과 자비의 화신이었다. 그 자리는 동경의 대상이지만 무너지기도 쉬웠다. 형수가 아차 하는 순간 다른 여자들과 똑같이 전락하는 모습은 보고 싶지 않았다.

비올란테도 시동생을 사랑했지만 그의 은밀한 감독은 부담스러웠다. 그녀는 이제 홀몸이었고 자유를 침해받는 것은 싫었다.

기사는 기사대로 잔가스토네가 비올란테를 독점한 것에 무언의 불만을 표시했다. 그건 그가 비올란테에게 반했다는 증거였다. 그녀는 그를 달래려고 얌전히 굴겠다는 약속을 받은 후 방에서 따로 만나주었다. 애가 달은 베르나르디노는 약속을 깨고 그녀의 입술을 훔치고 끌어안기까지 했다. 비올란테는 짐짓 화를 냈지만 결국 다음번 그녀의 방에서 비밀스런 만남도 허락하고 말았다.

잔가스토네는 형수의 마음속을 들여다봤을까? 어느 아침 정원을 산책하면서 그가 불쑥 적나라한 이야기를 꺼냈다.

"사내들의 몸을 탐하는 짓은 그만두기로 했어요. 한때는 그런 짓을 하면서 형수님이 상상도 할 수 없을 강렬한 쾌락을 얻었죠. 하지만 늙고 뚱뚱하고 기름진 이 꼴을 보면 이제 나도 내가 싫은데 누구한테 사랑을 받겠어요? 다미아노가 데려오는 애송이들도 다 지겨워요. 사랑이고 뭐고 만사가 귀찮다고요. 내 몸은 이제 평화를 원해요. 앞으로는 녀석들이 깡충거리며 노는 걸 보는 데 만족하기로 했죠."

"계속해서 타락하는 대신 그들을 아예 쫓아내야겠다는 생각은 왜 하지 않죠?" 비올란테가 나무라는 투로 말했다.

"절제에도 약간의 만족은 따라와야 하니까요. 난 눈으로만 즐길 거예요, 그걸로 충분할 테니까."

"그만해요, 끔찍해요."

잔가스토네가 빙그레 웃었다.

"아뇨, 명철한 거죠. 쾌락은 결국 마음에서 나와요. 인간은 상상만으로도 얼마든지 행복할 수 있어요. 친애하는 형수님, 이 점을 잘 생각해보세요…… 몸을 섞지 않고도 사랑의 진정한 기쁨을 맛볼 수 있다는 걸. 육체관계는 결국 환멸이나 권태만 남길 뿐이에요."

그는 자신의 이야기를 하는 체하면서 비올란테를 겨냥한 것이 분명했다.

며칠 후 잔가스토네는 브란돌리노의 저택으로 돌아갔다. 그의 말대로라면 그곳에서 젊은 시절처럼 정원을 가꾸고 귀한 식물을 기르면서 지내게 되리라.

비올란테는 내심 안도했다. 감시당하는 것도 싫증이 나려던 참이었다. 그런데도 잔가스토네의 경고를 떠올리며 그녀가 페르페티와 단둘이 만나는 횟수는 줄어들었다.

* *
*

팔라티나 선거후는 유감스럽게도 훌륭한 춤 솜씨를 발휘할 수 없게 되었다. 몸이 너무 불어 늘 숨이 찬 그는 그래도 뒤셀도르프 성에서 베풀어지는 무도회에는 열심히 참석했다. 아내 안나 마리아 루도비카가 상대를 바꿔가며 우아하게 춤추는 모습을 보는 것이 그의 즐거움이었다.

1716년 4월 그의 건강이 갑자기 악화됐다. 문제는 가슴의 통증이었다. 요한 빌헬름 드 뒤셀도르프는 호흡 곤란으로 급기야 드러눕고 말았다. 아내의 정성 어린 간병에도 불구하고 그는 다시는 일어나지 못한 채 여름에 숨을 거두었다.

메디치가에 과부가 한 명 늘었다. 피렌체 궁정은 묘하게 들떠 그녀가 돌아오기를 기다렸다. 홀몸의 세 공주 엘레오노라, 비올란테, 안나 마리아 루도비카의 공존이 불협화음을 일으킬 것이 뻔했기 때문이다.

안나 마리아 루도비카는 자신을 사랑해준 제2의 조국을 굳이 서둘러 떠날 생각이 없었다. 물론 계산의 소치였다. 코시모 3세에 의해 잔가스토네의 사후 후계자로 정식 지목된 그녀는 어서 고향으로 돌아가 옥좌에 오르려고 몸이 달았다는 인상을 주기는 싫었다. 더욱이 비밀리에 아버지의 최근 의향을 전해들은 이상 신중을 기하는 게 현명할 터였다. 아들 때문에 속이 썩다 못한 대공은 할 수만 있다면 살리카 법전*을 위반하더라도 잔가스토네를 건너뛰고 딸에게 권좌를 물려주고 싶었다. 은밀히 그 안건을 타진받은 상원은 군말 없이 동의했다. 이제 카를 6세를 설득하는 일만 남아 있었다.

1717년 가을, 안나 마리아 루도비카는 이십칠 년 만에 돌아왔다. 그녀는 축포 속에서 뒤셀도르프를 떠나 축포 속에서 토스카나에 입성했다. 귀족들은 기쁜 낯으로 그녀를 맞으러 갔다. 정작 비올란테와 잔가스토네는 환영 식전에 얼굴을 내놓지 않았다. 비올란테는 상을 당한 지 얼마 안 되니 그렇다 쳐도 잔가스토네는 대체 뭘 하느라 두문불출이냐고 군주의 가족들 사이의 불화의 씨앗을 캐내

* 프랑크족의 주류인 살리족의 법전.

길 즐기는 시민들은 입방아를 찧어댔다.

반면 코시모 3세는 애지중지하는 딸을 위해 대대적인 행사를 베풀었다. 산티시마 안눈치아타 성당에서 장중하게 〈테데움〉이 울려퍼지고, 기적의 그림으로 일컬어지는 〈수태고지〉*가 전시됐으며, 각 성당 교구별로 경의의 표시로 행진이 조직됐다. 도시 전역에서 불꽃놀이가 벌어졌다. 안나 마리아 루도비카는 마침내 피티 팔라초로 돌아와 조모 비토리아 델라 로베레의 거처였던 메리디아나에 정주했다.

따분한 나날을 보내던 피렌체인들의 짐작대로(그리고 은근히 기대했던 대로) 세 공주의 세력 다툼은 즉각 궁정을 시끄럽게 만들었다. 대공의 외딸이며 장차 권좌에 오를 안나 마리아 루도비카는 당연한 얼굴로 대공비 행세를 하며 그에 맞는 경의를 요구했다. 대공의 맏며느리 비올란테도 그런 요구를 가질 수 있었다. 늘 겸손하던 비올란테는 냉정하고 신랄한 태도로 시누이와 맞섬으로써 주위 사람들을 놀라게 만들었다. 애초 안나 마리아 루도비카가 노골적으로 그녀를 무시하지만 않았어도 그런 일은 없었을 것이다.

엘레오노라는 두 여인의 상대가 되지 못했다. 운신도 제대로 못하던 프란체스코 마리아와 결혼한 꽃 같던 여인은 습관적인 과음으로 젖가슴이 늘어지고 엉덩이가 펑퍼짐한 중년여자로 변했다.

---

* 피렌체의 전설에 따르면 화가가 〈수태고지〉를 그리다가 잠들었는데 깨어보니 천사가 내려와 그림을 다 그려놓았다고 한다.(원주)

그녀는 두 공주로부터 똑같은 경멸을 받고 내쳐졌지만 수시로 음모를 꾸몄다.

얼굴만 맞대면 으르렁거리는 세 여자 때문에 코시모 3세는 머리가 지끈거렸다. 급기야 대공이 하찮은 일에 집착하는 세 공주의 싸움을 종식시켜달라고 상원에 요청했다. 고심 끝에 그들이 내놓은 비책은 다음과 같은 의전 순위를 못박아두는 것이었다. 제1순위는 어떠한 경우건 대공비, 그러니까 마르그리트루이즈 도를레앙이었다. 그러나 그녀가 피렌체로 돌아올 가능성은 없었으므로 그 자리는 공석이었다. 제2순위는 잔가스토네 데 메디치의 아내였다. 안느마리프랑수아즈 드 작세로엔베르그가 피렌체에는 영원히 발을 들여놓지 않겠다고 선언했으므로 그 자리도 공석이었다. 그다음이 안나 마리아 루도비카와 비올란테였다. 그들은 성당에서 똑같은 줄에 자리를 배정받아 속을 넣은 푹신한 기도대를 사용하도록 결정됐다. 안됐지만 엘레오노라는 제일 푸대접을 받았다. 그녀의 자리는 두 공주의 뒷자리로, 미사중에 무릎을 꿇을 때도 바닥에 놓인 조촐한 쿠션 하나만 사용할 수 있었다. 다행인지 불행인지 그녀의 몸이 불은 덕에 그 굴욕적인 불편함은 이럭저럭 얼버무려졌다.

그런데도 전쟁은 끝나지 않았다. 안나 마리아 루도비카는 계속 대공비 행세를 하며 비올란테를 무시했다. 비올란테는 곧 피곤해져서 궁정을 점점 단념하더니 라페지에서 머무는 시간이 점점 늘어났다. 며느리를 높이 사는 코시모 3세는 시에나를 통치할 것을 제안했고 비올란테는 기꺼이 그러겠노라 대답했다. 그곳이 소중한 베르나르디노 페르페티의 고향이기 때문인지도 몰랐다.

* *
*

살아야 했다, 더 버텨야 했다! 코시모 3세는 새처럼 조금씩만 먹고 물만 마셨다. 죽음에 대한 생각이 그의 머릿속을 떠나지 않았다. 그는 일찍 자고 일찍 일어났으며 평생 그랬던 것처럼 하루에 최소한 다섯 군데의 성당을 방문하려고 애썼다.

그의 강박관념은 한마디로 마르그리트루이즈보다 하루라도 오래 살아야겠다는 것이었다. 절대악의 화신인 아내가 먼저 죽어주는 것만이 그의 승리를 의미했다. 아내는 모든 불행의 장본인이었다. 메디치가의 대가 끊기는 것도 사내 구실을 제대로 하는 아들을 낳아주지 못한 가증스러운 아내 탓이었다. 안 그래도 외곬 신앙심으로 뭉친 대공은 하와가 뱀에게 유혹당한 이래 저질러진 죄는 전부 여자들 탓이라 믿었다. 그렇다면 왜 딸과 며느리는 미워하지 않았을까? 아마 그 둘이 향수와 볼연지와 싸구려 보석이 주렁주렁 걸린 젖가슴으로 덕망을 갖추라 아무리 말을 해도 사내들을 유혹하는 사교계의 여자들과는 전혀 달랐기 때문일 것이다.

살날이 얼마 안 남은 노인의 밤에 아직도 가끔 나타나는 여자는 오직 한 사람, 젊은 날의 빛나는 마르그리트루이즈뿐이었다. 눈부시고 요염하고 관능적인 그녀는 그에게 두려움과 욕망을 불러일으켰다. 그녀를 암말처럼 안장과 고삐를 달아 길들이지 못한 것이 천

추의 한이었다. 마르그리트루이즈야말로 대공의 삶에서 가장 큰 실패였다.

파리에 있는 밀정들은 그녀의 동정을 정기적으로 보고했다. 여전히 수녀원에 살고 있는 대공비는 몇 해 전 포도주를 마시다 발작을 일으켰다. 돌연 손이 굳으면서 그녀는 잔을 떨어뜨렸다. 순식간에 왼쪽 반신이 마비됐다. 눈은 반쯤 감기고 입은 비틀어져 말도 할 수 없었다. 다들 가망이 없다고 했지만 예상을 뒤엎고 그녀는 조금씩 회복됐다. 가까스로 완치됐을 때 두번째 발작이 일어났다. 급히 소집된 의사들은 그녀를 살릴 수도 죽일 수도 있는 연약을 처방했다. 살모사의 독과 호박씨와 식초를 섞은 약을 마시고 대공비는 또 한번 살아났다. 그녀는 몸을 추스르자 몽도르의 온천으로 요양을 갔다.

남편과 아내는 멀리 떨어진 채 전쟁을 계속하고 있었다. 마르그리트루이즈는 파리로 돌아와 사촌인 섭정*으로부터 루아얄 광장의 저택에서 지내도 좋다는 허락을 얻었다. 그곳에서 그녀는 짐짓 독실한 신자 행세를 하면서 자신의 문란한 과거와 토스카나 대공에게 받은 고약한 대접을 시시콜콜 떠벌렸다. 그녀는 자신이 두 번이나 죽을 고비를 넘긴 것을 피렌체인들이 어떻게 생각하는지 궁금해했다. 측근들은 적당히 둘러댔다. 그녀는 벌써 오래전에 잊힌 존

* 필립 도를레앙. 1715년에서 1723년까지, 루이 15세의 미성년 시기에 섭정을 맡았다.(원주)

재였기 때문이다. 그녀의 운명에 아직 관심을 보이는 것은 코시모 3세뿐이었다. 아내보다 하루라도 더 살기를 원한 까닭도 있었지만 (만일 그 반대라면 대공비가 토스카나 궁정에 무슨 짓을 저지를지 몰랐다) 그가 지급했던 연금 전액의 상환금으로서 그녀의 재산이 대공에게 돌아오기를 바랐기 때문이었다. 밀정들이 그녀의 공증인들을 부지런히 쫓아다니며 이것저것 캐묻고 주변 인물을 감시했다. 대공이 특히 우려하는 상대는 최근 아내와 가까이 지내는 섭정의 모친이었다. 혹 그녀가 오를레앙가에 유리한 유언을 남기도록 마르그리트루이즈를 쑤석거리지는 않을까?

부부간의 원한을 되씹기에 바빠 코시모 3세는 외교 문제는 잊어버렸다. 예측했던 대로 카를 6세는 권좌를 바로 딸에게 물려주고 싶다는 코시모의 뜻에 반대를 표명했다. 살리카 법전을 존중해 권력은 어디까지나 아들 잔가스토네에게 넘어가야 한다는 황제의 주장에는 계산이 숨어 있었다. 안나 마리아 루도비카가 토스카나의 통치권을 거머쥘 순간을 최대한 늦춤으로써 그녀가 혹 재혼하여 토스카나 대공국이 외국 왕자의 손에 떨어지는 사태를 방지하고 싶었던 것이다.

코시모 3세가 피렌체 대사들에게 뚜렷한 지시를 내리지 않고 어물거리는 사이 열강들은 멋대로 토스카나의 운명을 결정했다. 1718년 4월 런던에 모인 영국, 프랑스, 네덜란드, 오스트리아 대표는 스페인 왕과 엘리자베스 파르네제의 장남이 때가 되면 피렌체를 다스린다는 조약에 합의했다. 돈 카를로스 왕자는 당시 겨우 두

살이었다.

그의 자존심에 상처를 입힌 이 소식에 자극을 받은 대공은 그제야 정신을 차리고 신속히 대응했다. 되도록 빨리 이 위험한 결속을 풀어야만 했다. 권좌가 위대한 스페인 가문의 자손에게 약속된 것을 기뻐하는 체하면서 그는 대사들 전원에게 4대 강국을 이간질하여 제각기 딴 속셈을 품게 만들라고 지시했다. 마드리드 대사는 합스부르크 황제가 여전히 토스카나를 자신의 봉토로 여긴다고, 따라서 스페인 왕자가 피렌체를 다스린다면 결국 황제의 신하가 되는 셈이라고 은근히 지적했다. 자부심 높은 스페인이 과연 그런 굴욕을 받아들일 수 있을까? 빈 대사는 돈 카를로스 왕자가 권좌에 오르는 것은 곧 스페인 주둔군이 피렌체에 버티게 된다는 의미라고 암시했다. 이탈리아반도를 혼자서 지배하고 싶은 카를 6세가 그런 간섭을 참을 수 있을까?

요컨대 코시모 3세는 4대 강국 사이를 틀어지게 만들어 잠시나마 토스카나의 독립을 보장하는 데 성공했다. 이제 토스카나의 거취는 유럽 강대국 간의 분쟁의 불씨였다. 코시모 3세는 안나 마리아 루도비카의 사후에 권좌에 오를 인물은 자신이 지명하고 싶었다. 이런 목적으로 대공은 유럽의 주요 수도에 다음과 같은 따끔한 경계성 선언문을 보냈다.

> 토스카나를 대표하는 피렌체 상원의 중재를 통해 시민의 동의를 얻지 않는 한 누구도 메디치가의 후계자로 인정될 수 없다. 어

떤 열강도 상원과 시민의 승인을 이미 얻은 선거후비 안나 마리아 루도비카의 권리를 빼앗을 수 없다. 폭력에 의지하지 않고는 자유 독립 국가인 토스카나를 봉건적 압제에 굴복시킬 수 없다.

박력 있는 경고였지만 그걸로 충분하지는 않았다. 대공은 자신의 공국에 가해지는 위협에 구체적 대응 조치를 취하기로 했다. 그는 몇 해나 계속됐던 무기력과 무관심을 털고 일어섰다. 성직자들에 대한 오랜 특혜로 재정 상태는 취약했지만 군대를 정비하고 근대적인 무기를 사들였으며 방치됐던 요새들을 보수하고 토스카나의 관문인 리보르노와 포르토 페라이오를 요새화하는 일에 착수했다.

그렇지만 너무 늦은 것은 아닐까?

* *
*

피렌체가 숨가쁘게 돌아가는 사이 비올란테는 처음으로 시에나의 팔리오 축제를 주재했다. 8월의 태양이 이글거리는 피아차 델 캄포에는 말똥 냄새와 술내와 땀내가 떠다녔다. 흙이 깔린 경주로 주변으로 사람들이 몰려갔다. 제각각 자신의 콘트라다*를 상징하

* 도시의 구역 또는 행정구로 대개 동물의 이름을 지녔다. 중세 때부터 존재한 상부상조의 이 회합은 축제의 조직을 비롯한 생활 전반을 지배했다. 지도자는 선거로 선출했다.(원주)

는 색깔로 알록달록하게 차려입고 있었다. 그 빛나는 찬란함은 감당하기 어려울 지경이었다.

연단을 덮은 닫집 아래 뙤약볕을 피해 시의원들 사이에 자리를 잡은 비올란테에게도 군중들의 초조함과 열기가 전해졌다. 출발선 뒤에서 말들이 힝힝거리고 뒷발질을 해대고 옆의 짐승을 물어뜯거나 함부로 펄쩍거려 기수가 떨어질 뻔할 때마다 귀를 때리는 함성이 터져나왔다. 그녀의 곁에 앉은 베르나르디노 페르페티가 들려준 바에 따르면 팔리오 축제는 시에나인들에게는 밥보다 중요해, 그 준비가 시민들의 한 해를 몽땅 차지한다 해도 과언이 아니었다.

성모 축제의 마지막 날인 8월 16일을 일주일 남기면서 도시가 본격적으로 달아오르기 시작했다. 열일곱 개 구역 가운데 경주에 나가는 것은 열 개 구역으로, 그 전해의 팔리오에 참가하지 않은 일곱 구역과 제비뽑기로 결정된 세 구역이었다. 그다음은 기수 모집이었다. 전통적으로 경주자들은 시에나 시민이 아니었다. 기수를 뽑는 일은 그리 간단치 않아서 페르페티의 말로는 나쁜 수단을 쓰는 일도 흔치 않다고 했다.

"축제를 망칠 수도 있는데요?"

"중요한 건 팔리오를 쟁취하는 거예요. 팔리오는 문장이 그려진 헝겊 조각에 불과하지만 그걸 일 년 내내 자신들의 성당에 간직하는 일은 비할 데 없는 명예죠. 어떻게 이겼느냐는 중요하지 않아요. 경쟁자를 물리치기 위해선 어떤 수단이든 동원한다는 걸 곧 목격하시게 될 겁니다."

비올란테가 부루퉁한 표정을 지었다. 페르페티는 그녀의 순진함을 재미있어하며 말을 계속했다. 경주 사흘 전, 스물다섯 마리의 말 가운데 경기에 출전할 말이 제비뽑기로 결정됐다. 늙다리 말이 걸리는 것도 팔팔한 말이 걸리는 것도 다 운이었다.

"그것도 공정하지 않아요!"

"그게 팔리오 경기랍니다. 아무리 부당해 보여도 규정을 어기려는 사람은 없어요. 제일 유력한 우승 후보자에게 물을 먹이기 위해 마지막 순간에 밀약이 맺어지는 경우도 있죠. 선수들은 오직 자기네 구역 지도자의 한마디, '이기고 돌아오라!'라는 명령에만 복종하죠."

"그래도 이 경기엔 잘못된 점이 아주 많아요. 한마디로 요행에 좌우되는 경기군요."

페르페티가 웃었다.

"온당한 지적인지도 모릅니다…… 이 전통은 시에나의 역사와 깊은 관계가 있어요. 우린 자유를 지키려고 열심히 싸웠지만 결국 피렌체에 굴복했어요. 잃어버린 주권에 대한 향수를 표현할 길도, 남성적 열기와 용맹함을 드러내는 방법도 이 경기뿐이죠."

그는 팔리오 강의를 계속했다. 시합이 있기 전 며칠 동안 말과 기수는 서로 낯을 익혔다. 짐승과 사람이 호흡을 맞추는 일은 매우 중요했는데, 안장 없이 올라타므로 자칫하면 낙마했기 때문이다. 마지막으로 시합 당일 아침, 기수와 말은 소속 본당의 사제들에게 축복을 받았다.

거대한 깃발들이 군중의 머리 위에서 파도처럼 너울거렸다. 울긋불긋한 그림들은 그야말로 동물우화집 같았다. 거위가 송충이 옆에 있고, 늑대가 거북이 앞에서 뽐냈으며, 자고새가 달팽이를 놀렸고, 용은 유니콘을 향해 불꽃을 내뿜었다. 나팔과 큰북은 구경꾼들의 심장을 두드리는 듯했다.

출발선 뒤에서 기수들이 자기 말 남의 말 할 것 없이 휘둘러대는 쇠힘줄 채찍을 얻어맞은 짐승들이 서로 떠밀고 발을 굴러댔다.

"왜 시작하지 않죠?"

"출발을 결정하는 건 10번 기수니까요. 그는 유력한 경쟁자들이 다른 선수들에게 가로막혀 자신이 제일 유리한 위치란 판단이 서야만 모시에레*에게 출발신호를 보내죠."

마침내 한 기수가 손을 들어올렸다. 줄이 낮춰지고 말들이 펄쩍거리며 맹렬한 기세로 달려나갔다. 몇 발 달리기도 전에 낙마한 기수도 있고 혼란을 틈타 앞서가는 말의 궁둥이에 채찍을 날리는 기수도 있었다. 떠나갈 듯한 함성이 일어났다. 말 한 마리가 무리에서 빠져나와 황갈색 흙이 깔린 경주로의 선두로 나섰다. 붉은색과 황금색 제복 차림의 기수는 불화살처럼 날아갔다.

첫 일주가 끝났을 때 네 명의 선수가 호각을 이루었다. 비올란테 옆의 평온하던 베르나르디노 페르페티는 딴사람으로 돌변했다. 그가 자리를 박차고 일어나 고함쳤다.

---

* 출발을 명하는 심판.(원주)

"거위! 달려라, 거위!"

그제야 비올란테는 그가 거위 구역 사람이라는 것을, 그리고 그녀의 눈치를 보느라 점잔을 빼고 있었다는 것을 알아챘다.

흰색과 초록색과 붉은색 제복을 입은 거위 편 기수는 달팽이 편 기수를 무서운 기세로 따라잡았다. 두번째 일주가 끝나자 말 세 마리가 선두를 유지했는데 한복판의 말은 기수가 낙마해 저 혼자 달리고 있었다. 종탑 앞을 돌 때 달팽이 편이 거위 편 옆구리에 거세게 부딪쳤다. 두 줄의 채찍이 동시에 올라갔다. 하나는 거위 편 말의 콧잔등에, 또하나는 달팽이 편 기수의 어깨에 떨어졌다. 경주는 계속됐고 페르페티는 소리를 질러댔다. 비올란테도 자신도 모르게 흥분의 도가니에 휩쓸려들어갔다.

"맙소사, 그의 편이 이겼으면!" 그녀가 한숨을 뱉으며 중얼거렸다.

마침내 비올란테가 한 번도 들어본 적이 없는 우레 같은 함성이 진동했다. 세번째 일주가 끝날 때 거위 구역보다 머리 하나 앞섰던 달팽이 구역이 팔리오를 쟁취했다. 페르페티는 땀이 범벅된 창백한 얼굴로 주저앉았다. 경주는 불과 삼 분 만에 끝났다.

"얼굴이 말이 아니군요……"

"그럴 테죠…… 우리 구역은 졌어요. 우승을 노리려면 꼬박 일년을 기다려야 하죠." 그는 숨을 고르며 말했다.

달팽이 구역의 응원단이 경주로로 쏟아져나와 만세를 외치면서 피와 황금이 그려진 깃발을 흔들었다. 그가 한숨 돌리며 말을 이었다.

"시에나인이 아니면 이 열기를 이해할 수 없을 겁니다. 많은 시민들이 자기네 구역의 승리냐 패배냐가 결정되는 단 삼 분을 위해 살죠…… 몇 달이고 그 이야기만 하다가 다시 새 시합을 준비하는 겁니다. 아득한 옛날부터 우린 이렇게 살아왔어요……"

그가 그녀를 바라보았다.

"불쾌한 모습을 보였다면, 그리고 실례를 저질렀다면 용서하십시오."

비올란테가 그의 팔에 손을 갖다대며 소리 없이 웃었다.

"당신이 얼마나 낙담했는지 알 것 같아요."

그녀는 그 이상의 말은 하지 못했다.

* *
*

두 공주는 한마디도 없이 인사만 나누었다. 검은 옷을 입은 안나 마리아 루도비카는 엄격하고 냉담한 표정으로, 황금색 비단 장식이 달린 페티코트 위에 우아하게 주름이 잡힌 콩투슈를 입은 비올란테는 상큼한 표정으로. 벌써 오래전부터 그녀는 상복을 벗어던지고 사십대의 매력이 한껏 발산되는 옷을 입기 시작했다.

두 사람은 코시모 3세가 불쑥 대공국의 새 수호성인으로 모시기로 한 성 요셉을 경배하는 행사에 불려왔다. 시골로 유배됐던 잔가스토네까지 불려온 매우 중요한 행사에 모든 피렌체인들도 참여를

독려받았다. 도시의 네 구석에 벽보가 나붙었고 상원도 대공의 뜻을 승인했다. 군주는 새 메달을 주조하라고 명했는데 한 면에는 성 요셉이 아기 예수에게 백합 한 송이를 건네는 장면을, 다른 면에는 메디치가 문장에 그려진 여섯 개의 공을 들고 있는 아기 천사들을 그리도록 했다. 말하자면 성모마리아의 남편은 피렌체뿐만 아니라 메디치가도 보호해야 하는 중책을 맡은 것이다.

장엄한 행진과 산타크로체 뒤쪽에 자리잡은 조그만 성 요셉 성당에서 거행될 대미사 전에 비올란테는 잔가스토네와 몇 마디 나누었다. 그새 살이 더 찐 시동생의 얼굴은 술꾼처럼 불그스름했다. 그가 만면에 웃음을 띠고 말했다.

"친애하는 형수님, 오랜만입니다…… 더한층 싱싱하고 싹싹하고 우아해지신 걸로 보건대 연애 사업이 순조로우신 모양이네요……"

"그만둬요, 그런 헛소리는!" 비올란테가 잽싸게 되받았다.

"저런! 발끈하시는 걸 보니 정곡을 찔렀나보군요. 아무렴 어때요, 나하곤 상관없어요. 어차피 난 질투심을 품을 권리도 없으니까."

그는 약간 건방진 미소를 지으며 말을 이었다.

"존엄하신 아버지의 마지막 변덕을 어떻게 생각하세요? 감탄이 절로 나오죠? 피렌체의 수호성인으로 말하자면 벌써 세례자 요한과 차노비가 있지요. 차노비는 성인 열전에도 거의 안 나오는, 자기 무덤 근처의 죽은 느릅나무를 살려낸 것밖에 내세울 게 없는 무명 성인이죠. 어디 그뿐인가요, 여차하면 산타마리아 마달레나 데 파치도 있죠. 한마디로 우린 아주 든든한 보호를 받고 있다 그거예요. 하지만 아버지에겐 그것도 부족했나보죠. 오쟁이 진 남편 대표성 요셉까지 수호성인으로 영입하다니."

"모독은 그만두어요."

"성 요셉을 잘 모시면 그 덕에 일찍이 달거리가 끊긴 우리 누님에게 성령이 깃들여 동정녀처럼 수태라도 할 줄 아는 게죠."

비올란테가 한숨을 뱉었다.

"그만하세요. 그런 낯뜨거운 이야기는 더 듣고 싶지 않아요."

"그저 아버지의 어리석은 마음속을 대변했을 뿐인데요. 하지만 형수님 말이 옳아요, 이 정도로 해두죠. 불운한 목수 요셉을 경배하러 가십시다! 박력 없는 그 남자를 보호자로 삼는다고 피렌체에 무슨 좋은 일이 있을지는 모르겠지만 말입니다."

금실 은실로 수를 놓은 호화로운 제의를 입은 피렌체 대주교 델라 게라르데스카가 행렬의 선두에 섰고 사제들과 수도사들이 우렁차게 성가를 합창하며 따라갔다. 코시모 3세는 모자를 벗어 들고 맨머리를 숙인 채 시편을 읊조리며 그 뒤를 따랐다. 그의 아들과 세 공주, 상원의원들과 귀족들도 줄줄이 나아갔다. 도시의 좁은 길을 느릿느릿 움직이는 뱀 같은 길고 긴 행렬을 지켜보는 시민들의 눈길은 썩 곱지 않았다. 성직자들의 돈 자랑과 힘자랑에 불과한 종교 행사라면 이제 지긋지긋했다.

피렌체인들은 저 옛날 조상들이 누렸던 즐거운 삶을 되찾고 싶었다. 그 시절에는 사제들이 가르치는 엄격한 믿음과 이교적인 서민들의 축제가 사이좋게 공존했다. 오늘날은 피렌체의 영광을 이룩한 예술작품들마저 모욕을 당했다. 어느 사제가 16세기 중반부터 대성당 안에 서 있는 반디넬리의 아담과 하와의 나상이 신도들의 마음을 어지럽힌다고 지적했다. 대공은 즉각 철거를 명했다. 철거 작업은 밤을 틈타 이뤄졌음에도 불구하고 이 익숙한 조각상에 애착을 느꼈던 시민들의 큰 반감을 샀다.

또 어느 날에는 코시모 3세가 육욕의 악마가 고령의 꿈자리를 어지럽힌다고 고백하자 신부는 그게 다 우피치 갤러리에 넘쳐나는 나부상 탓이라 말했다. 그 작품들은 간발의 차이로 어두운 광 속에 처박히는 신세를 면했다. 대공 측근의 또다른 사제는 그리스도가 너무 남성미를 과시하는 수난상에 바지를 입히고 싶다는 대담한 희망을 피력했다. 다행히 그런 짓을 했다가는 자신에게 비난이 쏟아지리라 판단한 코시모 3세가 사제들의 비뚤어진 열성에 종지부를 찍었다. 비올란테는 그 일화들을 듣고 시동생이 왜 그리 신앙심이 희박한지 알 것 같았다.

행렬이 성 요셉 성당 앞에 도착했다. 무릎을 꿇고, 기도하고, 성가를 부르는 일은 끝도 없이 이어졌다. 비올란테는 일어서려다 현기증을 느끼고 잔가스토네의 팔에 매달렸다. 그가 조그맣게 속삭였다.

“이제 아시겠죠, 종교의 진정한 힘이 뭔지…… 몸이 지치면 뇌도 생각을 중단하죠.”

* *
*

라페지에 봄이 왔다. 강변까지 이어지는 광대한 잔디밭은 알록달록한 들꽃으로 뒤덮였다. 사방에서 연한 새순이 돋아났다. 새들은 깃털과 지푸라기, 헝겊 조각까지 물어다 부지런히 둥지를 지었다. 그녀는 함께 산책하자는 페르페티의 청을 물리칠 수 없었다. 보드라운 풀밭을 맨발로 밟아보고 싶었기 때문이다. 그녀는 새로 태어나는 풀꽃과 초목 하나하나와 이야기를 나누고 싶어 마음이 설렜다. 저택을 나오면서 그녀는 보티첼리의 그림을 떠올렸다. 긴 겨울잠에서 깨어 약동하는 생명을 그토록 싱싱하게 묘사한 작품은 일찍이 없었다.

모자도 쓰지 않고, 단순한 면 치마와 목선이 초승달처럼 파인 블라우스만 입은 그녀는 저택에서 제법 멀리 벗어났다 싶자 대뜸 신발을 벗고 달리기 시작했다. 페르페티는 당황했지만 이내 그녀를 따라잡았다.

"난 미쳤어요, 그렇죠?"

그녀는 더욱 빨리 달렸지만 결국 그에게 붙잡혔다. 그녀가 숨을 몰아쉬며 자잘한 꽃들이 핀 풀밭에 주저앉았다. 그녀의 치마가 우아한 원을 그리며 펼쳐졌다.

"어린애 같은 짓이란 건 알아요. 하지만 정말 오래전부터 이렇게 달려보고 싶었어요."

기사도 숨을 헐떡이며 그녀 곁에 앉았다. 그가 그녀를 뜯어보았다. 그녀의 뺨은 장밋빛으로 물들었고 머리칼은 흐트러졌으며 가슴은 팔딱거렸고 자수정빛 눈동자가 반짝이는 눈가에는 잔주름이 햇살처럼 번졌다.

그가 다정하게 그녀를 끌어당겼다.

"오늘이 그날일까요?" 그녀가 혼잣말처럼 중얼거렸다.

그녀는 그를 밀어내고 팔을 뻗어 그의 가슴에 갖다댔다. 그의 눈동자를 똑바로 들여다보면서 그녀가 단숨에 말했다.

"기사님, 언젠가 내가 당신 여자가 되는 날이 올 거예요. 하지만 잘 들으세요. 아무리 행복할지라도 그건 딱 한 번뿐일 거예요. 그러니까 잘 생각해야 해요. 만일 오늘 날 가지면 두 번 다시 기회가 없을 테니까."

"왜 그런 잔인한 일을? 난 오늘도 내일도 그다음날도 변함없이 당신을 사랑할 텐데요." 페르페티가 중얼거렸다.

"나도 당신에게 따뜻한 애정을 느껴요. 그렇지만 딱 한 번만 나를 주기로, 그 다정하고 유일한 순간의 기억을 품고 일생을 끝내기로 맹세했어요."

"이해할 수 없어요…… 만일 당신이 정말로 날 생각한다면 나를 더 자주 만나 더 많이 사랑하고 싶지 않을까요?"

"분명 그렇겠죠. 하지만 난 그 조그맣고 귀한 보석을 기억 속에 간직하고 싶어요. 그것만으로도 충분히 행복할 거예요."

"만일 내가 계속 당신을 쫓아다니면요?"

"몹시 괴롭겠지만 당신을 만나주지 않겠어요."

기사는 말문이 막혔다. 비올란테는 그 모습이 딱해 덧붙였다.

"난 당신이 그동안 만났던 여자들, 당신의 손길과 부드러운 말에 오래 버티지 못했던 그 여자들과는 달라요, 페르페티. 내 삶은 가혹했어요. 시련이 나를 단련시켰지요. 사랑이 수천수만 가지 기쁨을 꽃피울 수 있다는 걸 나도 알아요. 그래서 누구도 아닌 당신과 더불어 그걸 발견하고 싶고요. 그렇지만 결국 다른 사랑, 다른 입맞춤이 당신과 보낸 순간의 행복을 퇴색시키겠지요."

그녀가 블라우스 앞자락을 풀었다.

"지금 원하세요? 아니면 오늘은 보는 것만으로 만족하시겠어요?"

얼굴 위로 갑작스레 흐르는 눈물에 그가 자리를 박차고 일어나 말없이 사라졌다.

* *
*

비올란테가 저택으로 돌아왔을 때 베르나르디노 페르페티는 떠나고 없었다. 그는 눈물자국이 얼룩진 편지 한 장을 남기고 갔다.

사랑하는 여인이여, 당신을 더욱 사랑하기 위해 나는 도망칩니다. 당신의 말은 나를 큰 혼란에 빠뜨렸어요. 그건 악마와 계약을 맺으라는 소리로 들립니다. 욕망에 굴복해 당신을 품에 안으면 영원히 잃을 것이고, 욕망을 절제하면 당신을 찾아올 기력이 없을 겁니다. 들끓는 사랑을 누른 채 그저 지켜보기만 하는 것보다 잔인한 일은 없어요. 당신의 고운 입이 그런 무서운 일을 강요하다니, 난 세상에서 가장 불행한 사내로군요.

방안에서 홀로 비올란테는 편지를 몇 번이나 읽었다. 마음이 쓰라렸지만 결심을 돌이킬 생각은 없었다. 무엇보다 자기 자신이 두려워서라고, 뒤늦게 찾아온 열정에 실려 떠내려가는 것이 무서워서라고 어떻게 순순히 고백한단 말인가? 보통의 여인이라면 연애는 그만두는 나이에 그녀는 자신의 열정을 억누를 핑계나 만들고 있었다. 이제는 모두 끝난 일이었다.

그녀는 드러누웠고 이내 잠에 빠졌다. 문을 두드리는 소리가 들렸다. 그가 돌아왔을까? 결심이 흔들렸다. 얼마나 어리석은 생각이었던가? 그가 돌아오면 좋으련만, 그래도 그녀가 몸을 움직이기는 어려울 듯 싶었다.

대답이 없자 문이 열렸다. 메니카(메니카가 불행한 어린 시절을 떠올리는 이 애칭을 싫어했기에 비올란테는 그렇게 부르는 걸 삼갔다)가 조용히 침대로 다가왔다.

"부인, 불행한 일이 생겼어요……"

비올란테가 곧바로 몸을 일으켰다. 페르페티! 그에게 무슨 일이 생겼을까? 엉뚱한 고집을 부리는 바람에 그를 잃고 말았을까?

"말해라, 어서!"

"피렌체에서 편지가 왔어요. 대공비께서 돌아가셨답니다."

고작 그런 소식이었다. 비올란테는 다시 드러누우며 하마터면 웃음을 터뜨릴 뻔했다. 뭘 상상했던가? 그녀는 그렇게까지 그를 사랑했던가? 메니카는 비올란테의 눈치만 살피며 잠자코 있다가 말을 이었다.

"전하께서 대공비께 애도를 표하시겠다고 팔라초로 오시랍니다."

물론 예법상 그래야 하리라. 마르그리트루이즈는 죽는 날까지 그의 아내였고 죽어서도 그의 아내였다. 대공은 주님 앞에서 하나가 된 그녀를 마지막까지 놓아주지 않았다. 코시모 3세가 다른 제후들처럼 대공비의 무분별과 타락을 이유로 교황에게 결혼 무효 선언을 얻어냈더라면, 그랬다면 피렌체의 운명은 달라졌으리라. 그는 재혼할 수도 있었을 테고 메디치가의 대가 끊기는 일도 없었을지도 모른다……

"귀여운 메니카……"

비올란테가 너무 상냥하게 그 이름을 불렀으므로 이번만은 처녀도 가만히 있었다. 비올란테가 부쩍 성숙한 여인이 된 그녀의 손을 잡았다. 금갈색 살결, 그을린 얼굴빛, 벽옥 같은 눈동자, 모양 좋은 콧대……

"너도 결혼할 때가 되지 않았을까?"

"아뇨, 전 부인을 섬기는 것이 제일 행복해요."

"하지만 넌 노예도 하녀도 아니야."

"알아요. 지금 상태로 족해요."

"네게 지참금을 줄 테야. 부유한 상인이나 우리 공국의 고위 관리와 결혼시켜주마."

"오! 부인!"

그녀는 침대머리에 무릎을 꿇고 비올란테의 손등을 입맞춤으로 뒤덮었다.

* *
*

야릇한 장례식이었다. 산로렌초 성당의 높다란 중앙 홀에서 눈물을 흘리지 않는 잔가스토네는 그의 육중한 몸을 견디기엔 힘겹지만 제법 널찍한 옥좌에 몸을 내려놓은 채 의식을 주재했다. 맞은편 연단에는 두 공주 비올란테와 엘레오노라가 자리잡았다. 한가운데, 합창대 앞에 빈 영구대가 놓여 있었다. 마르그리트루이즈 도를레앙의 유해는 본인의 바람에 따라 거친 모직 옷만 입은 채 이미 파리 근교의 오귀스틴 드 픽퓌스 묘지에 매장되었다.

놀랍게도 대공과 하나뿐인 딸 안나 마리아 루도비카의 모습은 찾아볼 수 없었다. 안나 마리아 루도비카는 장례식에 불참함으로써 아이들을 버리고 떠나 멋대로 산 모친을 공개적으로 비난하고 싶었다.

코시모 3세로 말하자면 불참의 원인은 순전히 원한이었다. 아니나 다를까 대공비는 새 유언장을 작성해 전 재산을 어느 먼 친척에게 남겼다. 남편 못지 않게 앙심을 품었던 아내는 남편에게 마지막으로 골탕을 먹인 것이다. 물론 재판을 열면 애초 양쪽이 합의했던 계약과 상반되는 새 유언장을 무효화시킬 수 있을 터였다. 그러나 소송에는 시간이 걸렸고 벌써 일흔아홉 살인 코시모의 생전에 일이 해결되지 않으리란 것은 너무 뻔했다. 괘씸한 아내가 노린 것도 분명 그것이었으리라.

비올란테는 시동생을 뜯어보았다. 잔가스토네는 따분한 표정으로 손톱과 발등을 번갈아 내려다보았다. 그의 무관심을 비난할 수 있을까? 그는 목이 메어 파리에서 있었던 일을, 어머니를 만날 때까지 감내해야 했던 모욕을, 마침내 단둘이 얼굴을 맞댔을 때 벌어졌던 일을 그녀에게 고백했다. 그는 어머니 곁에서 조금이나마 위안을 얻고 싶었지만 위안은커녕 절망만 깊어졌다. 결국 씁쓸하게, 모친을 능가하는 탕아가 되리라 마음먹으며 식인귀 같은 아내에게로 돌아가야 했다.

그런데도 그는 최후까지 기대를 버리지 않았었다. 모친은 왜 끝끝내 아무 말도 없이 눈을 감았을까? 편지 한 장, 아니 몸에 지녔던 보석 하나라도 보내줬더라면 어린 시절부터 그를 떠나지 않았던 공허감은 메워졌으리라. 그러나 아무것도 오지 않았다. 온 것이라고는 부음뿐이었다.

대주교의 손짓에 따라 신도들이 일어섰다. 한 사람, 잔가스토네만 앉은 채였다. 그가 입을 가리지도 않은 채 하품을 했다. 심드렁한 그 얼굴에 그의 슬픔이 고스란히 들어 있다는 걸 비올란테는 알 것 같았다.

10
1723~1725

그해 가을은 일찍 찾아왔다. 사나운 바람이 골목길을 훑고 지나가고 차가운 빗발이 지붕과 현관을 후려쳤다. 코시모는 추웠다. 서재의 큼직한 난로 앞에 앉아 있어도 늙은 뼈마디는 후들거렸다. 열이 오를수록 그의 뻣뻣한 살갗에는 살얼음이 덮이는 듯했다.

이따금 그는 소스라쳤다. 대체 어떻게 그가 아직 살아 있단 말인가? 그의 가계에서 팔십대까지 산 사람은 없었다. 예순 살을 넘긴 사람도 찾기 힘들었다. '메디치가의 저주'라고 사람들은 말했다. 피를 야금야금 굳혀 화석처럼 만드는 통풍이란 병마. 코시모는 간간이 일 마니피코의 데드마스크를 떠올렸다. 피렌체의 미녀들을 차례차례 손에 넣었던 매력적인 사내는 죽을 당시 괴물처럼 변해 있었다.

메디치가의 어느 누구보다 길게, 무려 반세기 전부터 이 도시를 다스리는 코시모 자신은 얼마나 추악한 얼굴을 하고 있을까? 그는 오래전부터 거울을 보지 않았다. 그의 쭈글쭈글한 얼굴은 동정(이 아니라면 최소한 호기심)을 불러일으키리라. 바깥출입을 할 일도 없었지만 드물게 팔라초 밖으로 나갈 때면 행인들이 그의 주변으로 몰려들었다. 왜? 군주에게 경의를 표하려고? 놀랍게도 아직 숨이 붙어 있는, 그래 봤자 살날이 얼마 안 남은 늙은이를 조롱하려고?

그의 기력은 소진했다. 남은 것은 오스트리아와 스페인의 수작이 귀에 들어올 때마다 분통을 터뜨릴 힘 정도였다. 그의 정책은 실패했다. 어떻게 해서든 토스카나를 손에 넣고 싶은 마드리드는 결국 빈의 요구에 굴복했다. 돈 카를로스 왕자가 피렌체를 다스리게 되면 합스부르크의 신하가 되기로 약조한 것이다. 대공은 지체없이 코르시니 대사를 통해 열강에 정식으로 항의했다. 그것이 자신의 인생에서 최후의 외교 행위가 되리란 것을 대공은 아직 모르고 있었다.

1723년 10월 말에 보낸 그 문서는 토스카나의 독립성, 그리고 잔가스토네와 팔라티나 선거후비 순으로 권좌에 오른다는 약속을 존중하란 주장을 되풀이했다. 피렌체와 피렌체에 딸린 공국들의 소유권은 그 둘 중 하나가 지명할 인물에게 귀속되며 그에게는 메디치가가 보유했던 것과 똑같은 작위와 특권이 보장되리란 것도 아울러 환기됐다.

그러나 조만간 세상을 떠날 군주의 발언이 무슨 무게가 있을까?

여전히 추웠다. 벽난로 안에서 바람이 울었다. 코시모는 온몸을 사시나무처럼 떨었다. 병마가 그를 덮친 것은 9월 중순경이었다. 그런데 이미 일 년 전, 무슨 전조라도 되는 것처럼 온몸이 새빨간 반점으로 뒤덮이고 고열이 났다. 돌팔이 의사들은 성 안토니오의 열*이라 진단했다. 미덥지 못한 치료에도 불구하고 대공은 완쾌됐다. 그렇지만 그 이래 죽음이 머릿속에서 떠나지 않았다. 그는 하는 수 없이 아들을 유배지에서 불러들여 놀랍게도 국사의 일부를 맡겼다.

예상을 뒤엎고 잔가스토네는 국정을 열심히 돌보았다. 그는 회의에서 양식 있는 의견을 내놓았고 늘 쾌활함을 잃지 않았다. 그 쾌활함은 피렌체인들의 생활에도 조금씩 번져, 무도회와 가장행렬이 다시 허용됐고 저녁이면 여기저기서 음악회가 열렸다.

사제들과 수도사들은 신앙심이 훼손된다며 불평을 터뜨렸지만 대공은 죽음을 준비하고 토스카나의 장래를 걱정하기 바빠 아무 소리도 하지 않았다. 대공은 아들이 조용히 권위를 행사하는 것이, 나아가 자신은 그러지 못했지만 성직자들과 당당히 맞서는 것이 내심 싫지 않았다. 혹 아들의 진짜 속내를 잘못 봤던 것은 아니었을까? 그러나 이제 와서 그런 것을 고민할 시간은 없었다.

서재가 어둠에 잠겼다. 또 한번의 무서운 밤이 시작됐다. 코시모는 구원도 받지 못한 채 자다 말고 저세상으로 갈까봐 두려웠다.

---

* '단독(丹毒)'을 지칭하는 것으로 보인다.(원주)

그는 잠들지 않으려고 마지막 힘까지 쥐어짰다. 눈꺼풀이 무거워지면 몸을 꼬집었다. 스르륵 잠에 떨어지더라도 오래가지 않았다. 그는 악몽이라도 꾼 사람처럼 외마디 비명을 지르며 깨어나 눈을 부릅뜬 채 새벽까지 버텼다. 그럴 때마다 그는 갖가지 생각에 잠겼다. 최후의 심판에 불려간 것처럼 자신의 잘잘못을 헤아려볼 때도 있었다. 라티아노 참사회원에 봉해졌던 것, 교황의 각별한 은혜를 입었던 것은 잘한 점의 목록에 적어넣었다. 그는 긴 인생을 통해 열성껏 신앙의 의무를 실천하고 덕을 고양했으며 신의 종복으로서 기쁨을 느끼지 않았던가? 부끄럽지만 잘못한 점의 목록에는 백성들의 요구를 무시하고 그들을 가차없이 벌하고 가난 속에 몰아넣은 것, 구석구석 밀정을 풀어 신하들을 감시했던 것, 두 아들을 사랑하지 않은 것, 결점투성이 아내였을망정 필요 이상 잔인하게 굴었던 것을 적어넣었다.

명철하게 스스로를 심판하면 신의 자비를 얻을 수 있을까? 그것이 대공의 유일한, 그리고 마지막 고민이었다.

* *
*

사제들과 수도사들은 코시모 3세를 하루라도 더 살게 하려고 필사적이었다. 세상의 어떤 군주가 그들을 그렇게 후하게 대접했으랴? 수도원과 수녀원은 대공의 쾌유를 비는 기도가 끊이질 않았다. 복음전도자 성 루카가 그렸다고 전해지는 임푸르네타의 기적의 성모마리아 초상화를 앞세워 사람들이 피렌체의 거리들을 행진했다. 산타마리아 마달레나 데이 파치의 유해는 잠들어 있던 지하 납골당에서 특별히 꺼내져 기도를 바치도록 신도들 앞에 전시됐고, 그 사이 각 성당들은 성체聖體를 전시했다.

도시는 무겁게 가라앉아 있었다. 두건을 쓴 신심 깊은 수도사와 사이비 수도사들의 행렬이 꼬리에 꼬리를 물고 피티 팔라초를 들고 났다. 대공은 자신의 임종에 입회할 피사의 프로시니 대주교와 날마다 대화를 나누었는데 그 내용은 비밀에 싸여 있었다. 대주교는 코시모 3세가 성실하게 죽음을 준비했으니 조금만 더 노력하면 주님의 평화 안에서 죽어 영생을 얻을 것이라 격려했다.

잔가스토네는 눈물과 탄식과 기도는 누이에게 맡기고 변함없이 초연한 생활을 구가했다. 그런 일에 두 사람이나 매달릴 필요는 없다고, 그는 진심으로 생각했다. 대공이 저세상으로 간 것도 아닌데 차기 피렌체의 군주에게는 궁신들의 아첨과 찬사가 쏟아졌다. 그의 문란한 생활을 누구보다 헐뜯었던 한 궁신은 뻔뻔하게도 어린 아들을 데려와 마음대로 처분하시라며 머리를 조아렸다. 열심히 그를 손가락질했던 또다른 궁신은 코시모 3세가 허락하지 않았던, 파르마의 어느 왕자와 자기 딸의 결혼을 허락해달라며 찾아왔다. 잔가스토네는 짐짓 진지하게 청탁들에 귀를 기울였지만 섣부른 약속은 삼갔다. 부친이 아직 눈을 시퍼렇게 뜨고 있었기 때문이다. 사실 국정의 일부를 아들에게 넘기기는 했지만 대공은 마지막 숨이 붙어 있는 순간까지 자기 손으로 통치하기를 원했다. 그 증거로 아들과 상의 한마디 없이 세금을 신설했다. 시민들은 앞으로 수입의 5퍼센트에 해당하는 세금을 물어야 했다. 독재자의 마지막 변덕일까? 아니면 백성들의 비참한 처지 따위는 애초 관심이 없던 군주의 맹목적 판단일까?

10월 말에 코시모는 임종에 들었다. 토스카나의 전 사제와 수도사, 그리고 교황대사가 그의 침대머리로 달려왔다. 대사는 그가 눈을 감기 직전에 교황의 이름으로 축복했다. 10월 31일 밤 대공은 마지막 고해로 모든 죄가 사해진 후 숨이 꺼졌다. 자신들의 군주이자 보호자였던 코시모 3세가 성스러운 그날에 숨을 거두어 성인들의 공동체로 직행한 것에 성직자들은 더없는 만족을 느꼈다. 몇몇은 기적이라 주장했고, 또 몇몇은 기적까지는 안 되더라도 신통한 일이라 지적했다. 코시모 3세의 병마는 오십삼 일 동안 계속됐고 그 오십삼이라는 숫자는 그가 토스카나를 다스린 햇수와 일치했다. 그렇지만 똑떨어지는 결론을 내는 사람은 없었다.

* *
*

도시는 상중喪中이었다. 그러나 무거운 공기 밑으로 은밀한 기쁨이 흘렀다. 고인의 명복을 빌러 피티 팔라초로 몰려가는 피렌체인들의 얼굴은 어딘지 유쾌해 보였다. 댕댕거리는 조종조차 이따금 실수로 명랑한 음색을 띠었다.

시민들은 피렌체에 새바람이 불기를 기대했다.

신임 대공 잔가스토네는 조촐한 예식만 치르고 옥좌에 올랐다.

"익살극의 주인공이 된 느낌이에요." 그는 대관식 도중에 형수에게 키득거리며 속삭였다.

그러나 이런 익살도 잠시뿐이었다. 자비롭지만 빈틈없는 새 군주는 즉각 개혁에 착수했다. 우선 성직자들의 횡포부터 종지부를 찍어야 했다. 옛날에는 번성했던 이 도시의 인구가 현재 6만5천 명에 불과한 데 반해 재속 성직자와 수도회 성직자를 합치면 무려 만 명이나 되었다. 그는 첫 조치로 그들을 궁정에서 내쫓았다. 새 재상 카를로 리누치니(옛날에 자신을 붙들어 아내가 사는 보헤미아로 끌고 갔던 이 외교관에게 잔가스토네는 아무 원한도 없었다)에게 성직자들을 모든 공직에서 해임하라는 명령이 내려졌다. 그때까지는 루터교, 마호메트교, 유대교 신자들이 가톨릭으로 개종할 때 하사하던 연금도 폐지했다. 교회와 국정을 분리하기 위해 대공은 성직자가 주재하는 전통적인 예식에 참석하지 않았다.

그는 시민들을 감시하던 밀정들도 없애고 궁정의 사치를 대폭 줄였으며 세금을 감면했다. 마지막으로 몇 년 전 약속했던 대로 비올란테를 피티 팔라초로 불러들였다.

"형수님은 누구보다 훌륭한 자문관이 되실 겁니다."

선친처럼 편협한 신앙심에 젖어 사제들의 말만 듣는다는 이유로 안나 마리아 루도비카는 권력의 핵심에서 제외됐다. 물론 개인적 원한도 없지는 않았는데, 말과 개만 떠받드는 괴상한 아내를 골라 준 것이 바로 그 누나란 사실을 그는 잊을 수 없었다. 부적절한 성벽을 지닌 동생을 벌주려고 일부러 그런 혼담을 들고왔는지도 모르지만.

새로운 일련의 조치는 시민들의 지지를 얻었다. 봄바람이 불어와 도시에 떠다니던 엄숙한 향내를 말끔히 걷어갔다. 사람들은 거리에서 유쾌하게 웃었고 저녁이면 우피치 갤러리의 기둥 아래서 다시 춤을 추었다. 소박한 여흥과 카니발이 부활하고 한동안 금지됐던 가면 착용도 허용되었다.

그러나 시민들의 환영 속에 단행한 이 조치들은 코시모 3세가 오랫동안 속속들이 버려놓은 도시를 복구하는 데는 충분치 않았다. 상업과 농업은 조금씩 회복됐지만 아직도 거리는 거지들과 적선을 요구하는 불구자들로 우글거렸으며, 제대로 관리를 받지 못한 집들은 우중충하게 서 있었다. 피렌체는 왕년에는 아름다웠지만 이제 두꺼운 화장으로 주름을 감춰야 하는 늙은 창녀였다.

새 군주는 소탈하고 단순하게 살았다. 그는 손님을 청해 연회를 베푸는 일이 거의 없었고 궁정의 귀족들보다는 집안의 하인들과 어울리기를 더 좋아했다. 물론 먹고 마시기를 좋아하는 것은 변함이 없었으며, 특히 뻔뻔하게 팔라초에 눌러앉은 오랜 연인 다미아노의 변덕에 꼼짝도 못해 형수를 크게 실망시켰다.

다소 어지러운 사생활이 잔가스토네가 개혁을 추진하는 데 장애가 되지는 않았다. 사형 제도가 폐지되고 곡물 가격도 인하됐다. 감격한 시민들은 광장마다 모여 불을 밝히고 새 대공을 칭송하는 노래를 불렀다.

* *
*

비올란테는 탐닉했다. 시아버지의 생전에 대공이 그녀의 말을 정말 원할 때에만 조심스럽게 의견을 내놓는 데 그쳤던 그녀는 본격적으로 국정에 관여했다. 그것은 도취에 가까운 야릇한 감동을 주었다. 잔가스토네는 공적인 자리에 나타나기를 꺼려 접견과 궁정의 의식을 주재하는 일을 그녀에게 맡겼다. 그녀는 토스카나 시민들의 소박한 하소연으로부터 이권이 걸린 청탁이나 복잡한 탄원에 이르기까지 전부 귀를 기울였다. 그녀에게는 자연스러운 권위, 올바른 판별력, 한결같은 명랑함이 있었다. 그녀는 예의 바르고 신뢰하는 관계인 카를로 리누치니와 함께 까다로운 서류들을 검토하고 적절한 해결책을 논했다.

작정하고 그런 것은 아니었지만 그녀는 시누이의 자리를 권력과 지위 양면에서 차지했다. 그녀는 명예를 내세우지 않았고 시누이를 자극하지 않으려 신경썼다. 안나 마리아 루도비카는 아직은 자신을 제대로 대접하는 수도원과 성당을 돌며 패배감을 되씹었다. 비올란테는 사람들이 몰려와 조언과 호의를 구하는 것이 싫지 않았다. 바이에른의 보잘것없는 공주로서, 더욱이 불운한 부부 생활로 인해 궁정의 소리 없는 조롱을 받았던 지난 몇 해의 씁쓸함은 말끔히 지워졌다. 설령 페르디난도가 무사히 권좌에 올라 그녀가 대공비가 되었다 해도 지금처럼 국정에 큰 영향력을 발휘하지는 못했을 것이다.

오직 한 가지, 잔가스토네의 사생활이 고민이었다. 그는 술만 들어가면 손을 쓸 수 없는 탕아가 되었다. 비올란테가 시동생의 처소를 찾아갔다가 다미아노와 그 일당의 비웃음을 산 적도 있었다. 그녀는 건달들과 함께일 때면 자존심도 체면도 팽개치는 시동생을 준엄히 질책했다. 잔가스토네는 눈물을 흘리며 불쌍한 모습으로 있었다. 옥좌와 그 주인의 품위를 손상시키는 이 방탕한 생활을 언제까지 두고만 보지는 않으리라 그녀는 마음먹었다. 대공의 문란한 생활에 입방아 찧기 좋아하는 사람들은 흥이 났고, 사제들은 냉소를 지었으며, 현명한 군주의 자비를 기대하는 시민들은 실망했다.

비올란테는 의외의 동맹을 발견했는데, 전혀 다른 이유로 잔가스토네의 사생활을 비난하는 안나 마리아 루도비카였다. 그녀는 동생의 건달 친위대에게 몇 번 수모를 겪은 이래 깊은 원한을 품고 있었다.

그러나 형수도 누이도 대공을 새사람으로 만들지는 못했다. 아침에 깨어 비교적 정신이 말짱할 때면 너저분한 잠옷을 내려다보며 대공도 조금쯤 반성했다. 그렇지만 이런 선의는 거의 지속되지 못했다. 다미아노가 멍석을 깔아주면 반나절도 흐르기 전에 탕아로 돌아갔다. 비올란테가 훈계라도 할라치면 그는 웃었다.

"채찍이라도 집어들지 그러세요? 나 같은 놈은 단단히 혼이 나야 정신이 들겠죠, 안 그러니, 친구들아?" 그러면 주변에서 어슬렁거리던 건달들은 키들키들 웃었다.

뚱보 시동생을 진심으로 소중히 여기기에 비올란테는 더한층 가슴이 아팠다. 일부러 난봉꾼 행세를 하지만 그가 얼마나 좋은 사람인지 그녀는 알고 있었다. 시동생은 천성이 착하고 섬세하고 허영을 모르며 예술에 탁월한 안목이 있었고 그 밖에도 많은 장점을 지녔다. 유감스럽게도 그릇된 교육과 가족의 무관심이 그를 망쳤다.

비올란테는 중상과 비방이 일어날 때마다 필사적으로 시동생을 변호했다. 그것이 그녀가 줄 수 있는 변함없는 우정이었다. 자비로운 천사처럼 그를 지키는 일에 그녀는 비밀스러운 위안을 느꼈다. 그것이 자신의 고독을 잊는 길이었을까? 베르나르디노 페르페티가 피렌체에 발걸음도 하지 않았으므로 그녀는 그를 만나지 못했다. 매력적인 그 사내는 고향에서 젊고 어여쁜 여인을 만나 위로를 얻었으리라…… 비올란테는 그렇게 나쁜 방법으로 어리석은 조건을 내걸었던 것이 후회스러웠다. 그녀도 어쩔 수 없이 나이가 들고 매력은 시들었다. 그러나 아무도 달래주지 않은 욕망은 여전히 똑같은 자리에 탐욕스러운 모습으로 있었다.

그래도 희망을 품을 수 있을까? 그녀는 사랑에 빠진 어린 처녀처럼 계획을 세웠다. 1725년 대사大赦를 경축하기 위해 로마로 갈 때 토스카나의 대표단에 그를 끼워넣기로 한 것이다. 시에나인도 그런 명예를 쉽사리 거절하지는 못하리라. 그를 다시 만난다는 생각만으로도 비올란테의 가슴은 거세게 뛰었다.

* *
*

잔가스토네는 정오가 되기 전에는 절대 일어나지 않았다. 그는 공적이나 사적 용건으로 찾아온 사람들을 허물없이 방으로 들여, 침대에 누워 가발도 없이 잠옷 차림으로 만났다. 단정치 못한 군주의 모습은 방문객이 솔직하게 이야기를 하게 만들었다. 대화는 유쾌했고 대개는 농담으로 얼룩졌다. 다만 그가 접견을 허락하는 얼마 안 되는 귀족들만은 노골적으로 코를 싸쥐었는데, 대공의 생활태도에 찬동할 수 없었을 뿐더러 창문을 열어놔도 방안에서 돼지우리 냄새가 진동했기 때문이었다.

그 여름날, 잔가스토네는 팔라초에서 제일 시원한 일층의 방에 진을 치고 있었다. 그가 아직 침대 속에서 뭉그적거릴 때 시종장이 들어와 전통에 따라 산지미냐노의 농부들이 복숭아를 바치러 왔다고 알렸다.

“직접 갖고 들어오라고 해.” 대공이 하품을 하며 말했다.

“전하, 그것이……”

“뭐야?”

“복숭아는 바구니에 담겨 당나귀 등에 실려 있는데요.”

“그럼 당나귀도 같이 들이면 될 것 아냐.”

시종장이 고개를 숙이고 커다란 문을 활짝 열었다. 농부들이 얼떨떨한 얼굴로 당나귀를 앞세워 대공의 방으로 들어왔다. 잔가스토네는 폭소를 터뜨리며 다음과 같이 선언했다.

"앞으로는 해마다 당나귀를 데리고 내 침실을 방문하도록 하라."

대공은 흡족해서 농부들에게 루스포* 은화를 넉넉히 하사했다.

당나귀와 농부들이 물러가자 대공은 피티 팔라초의 새 손님인 제노바 출신 화가 알레산드로 마냐스코를 불러들였다. 일명 '일 리산드리노'라 불리는 그는 대공이 가장 총애하는 예술가였다. 빛이 잔잔히 떨리는 것 같은 환각을 일으키는 그의 그림이 대공은 좋았다. 흔히 속되게 취급되는 소재도 고스란히 화폭에 재현하는 점도 마음에 들었다. 갤리선의 노예, 걸인, 도둑, 떠돌이, 마술사 따위가 그의 그림에는 기괴하고 생생하게 살아 있었다. 잔가스토네는 종교재판의 음울한 그림자가 드리운 음산한 느낌의 수도사들을 매우 좋아했다. 고딕 양식의 조각상들이 서 있는 야릇한 묘지, 아비규환 속에서 꼼짝도 못하는 병든 떠돌이들, 폭풍에 휘말린 채 신에게 결투라도 청하는 양 주먹을 쳐든 속죄자들도 대공의 마음에 들었다.

"그대의 그림 한 폭 한 폭에는 불경한 힘이 깃들어 있어, 리산드리노. 아주 좋아."

"보잘것없는 작품을 잘 봐주시니 몸 둘 바를 모르겠군요. 제 고향에선 제 그림이 좋다는 군주는 한 명도 없지요, 불쾌하고 추잡하다는 사람들은 많지만요."

"보는 눈이 없어서 그래. 내게 새 그림을 가져올 때마다 두둑한

---

* 피렌체에서 사용한 베네치아의 은화.(원주)

보수를 내어주지. 지나간 과거의 영광을 예찬할 생각일랑 말고 피렌체를 있는 그대로 묘사해주게. 난 그대의 작품 속에서 썩은 시체를 보고 싶어."

마냐스코가 깊숙이 허리를 숙였다.

"나한텐 그러지 않아도 되네, 리산드리노. 별 볼 일 없는 예술가라도 제일 잘난 군주보다 더 훌륭하니까."

화가가 물러나자 카를로 리누치니 후작이 들어왔다. 세련되고 상냥하며 사교적인 이 신사는 대공의 우정을 누리는 흔치 않은 귀족들 가운데 한 사람으로, 군주가 어떤 몰골을 하고 있어도 모르는 체할 만큼 우아했다.

아직 저녁식사를 하지 않아 뱃속에서 꾸르륵 소리가 나기 직전인 대공이 대뜸 말했다.

"인사는 관두고 즉각 본론으로 들어가시죠, 후작 나리!"

리누치니가 기분 상한 기색 없이 가방을 열고 얇은 종이 묶음을 꺼냈다.

"대사들이 최근에 보내온 소식을 보고 드리려고요…… 선대 대공이 생전에 맺은 조약에도 아랑곳하지 않고 오스트리아와 스페인이 여전히 피렌체 공국의 계승권을 놓고 다투는 것 같습니다."

"잘들 해보라지."

"당분간은 잠잠히 지낼 수 있겠지만 결국 어느 한쪽을 선택해야 할 날이 올 겁니다……"

"오스트리아의 페스트와 스페인의 콜레라, 둘 중 하나를 골라잡아야 한다 그 말이죠. 둘 다 마음에 안 드는데 어쩐다죠."

"어차피 삼켜야 한다면 설사약을 잘 챙겨놔야 하지요. 떠도는 말로는 최근 프랑스와 스페인 사이가 틀어졌다는군요. 조만간 스페인이 오스트리아와 가까워질지도 모르죠. 그 두 나라가 혹 조약이라도 맺는다면 결과는 피렌체를 희생시키자는 쪽일 겁니다."

잔가스토네가 한숨을 뱉었다.

"힘센 두 열강의 말을 순순히 따라야지 별 수 있겠소? 우리 손으로 후계자를 고를 권리조차 없다니. 오죽하면 아버지가 공화정 재건을 고려했을라고. 하지만 그건 꿈이었소."

"전하도 공화주의자가 되시겠습니까?" 후작이 짓궂게 물었다.

"제도 따위는 아무려면 어때요. 백성들의 행복이 중요하지." 대공이 투덜거렸다.

"대사들에게 뭐라고 써 보내면 되겠습니까?"

"저들의 말을 따르라고 해요. 어차피 우리가 손쓸 수 있는 건 없잖소."

그는 잠시 생각에 잠겼다가 불쑥 말했다.

"이봐요, 후작 나리, 난 평화를 사랑하지만 아무래도 우리가 살아나려면 유럽에서 전쟁이 한 판 터지는 길밖에 없겠단 생각이 드는구려."

"전쟁을 원하십니까?"

"그럴 때도 있소. 희한한 일이지!"

재상이 서류를 정리하고 일어났다. 잔가스토네는 배가 고파 정신이 없었지만 리누치니를 붙들고 정색하며 말했다.

"혹 생각보다 빨리 내가 저세상으로 가거든 형수가 현재의 재산과 특권을 유지했으면 좋겠소. 내 이름으로 칙령을 작성하고 그걸 관리해주겠소?"

후작이 고개를 끄덕였다.

"훌륭한 판단이십니다. 비올란테 왕녀보다 대의를 신봉하며 성실한 분은 찾아보기 힘들지요."

* *
*

로마는 그녀를 열렬히 환영했다. 우아하고 겸손한 그녀에게 가는 곳마다 찬사가 쏟아졌다. 비올란테는 교황을 알현하기도 전에 영원의 도시를 사로잡았다. 소문은 베네딕투스 13세의 귀에도 들어가 교황은 단독 접견을 허락했다. 물론 정치적 계산의 소치였다. 토스카나의 후계자 문제라면 교황도 관심이 컸다. 외국 군대가 이탈리아반도로 밀려들어와 전쟁이라도 터지는 날에는 과거에도 종종 그랬던 것처럼 교황 소유의 공국도 축날 우려가 있었다.

교황은 인자한 얼굴로 그녀를 맞았다. 그는 비올란테가 빈틈없는 상대란 것을 알아차렸지만 중요한 문제를 건너뛸 생각은 없었다. 교황이 번지르르한 어조로 말을 시작했다.

"자매님, 피렌체 대공이 성스러운 교회의 가르침에 위배되는 문란한 생활에 젖어 있다는 말이 들리더군요…… 백성들에게도 좋은 본보기라 할 수는 없겠소."

"교황 성하, 말씀하신 대로 대공이 성실한 가톨릭교도로서 매일 모범적인 생활을 한다고 할 수는 없습니다. 하지만 백성을 돌보는 데는 열심이랍니다. 정의감에 불타는 그는 백성들의 행복만 생각하지요."

"행복은 이승에서 구하는 것이 아니오. 인간은 주님 앞에 나아갔을 때만 진정한 위안을 얻을 수 있지요. 따라서 중요한 것은 그들의 구원이오."

"저는 그 말씀을 누구보다 굳게 믿습니다. 미력하나마 저도 가난한 이들이 영생을 준비하게끔 힘을 보태고 있지요."

"알고 있소. 자비로운 성모님이 때가 되면 자매님을 당신 곁으로 불러주실 거요. 헌데 듣자 하니 대공은 옥좌와 교회를 이어주던 성스러운 관계를 깨버리느라 바쁘다던데? 몸을 바쳐 봉사한 사제들을 쫓아내고 종교 단체의 이권을 박탈했다지요? 음란하고 이교적인 행사들도 속속 부활시켰다던데 그건 교회를 모욕하는 일이오."

비올란테는 정정당당한 교황의 비난에 짐짓 평온한 얼굴로 대응했다. 성직자의 특권 축소 문제라면 그녀도 시동생이 경솔하게 권력을 남용했다고 생각했다. 그러나 피렌체의 군주를 변호하는 것이 그녀의 의무였다.

"대공이 성스러운 교회의 충실한 신도란 걸 믿어주십시오. 그가 취한 조치가 결과적으로 성직자들의 감정을 짓밟았다면 회개하도록 충고하고, 저도 앞으로 눈여겨보겠습니다."

베네딕투스 13세가 고개를 끄덕였다. 비올란테는 대담하게 말을 이었다.

"성하, 피렌체 대공은 명철한 정신의 소유자입니다. 신도들의 마음과 이성을 보살피려는 노력은 없이 종교 자체만 강요된 적이 많다는 게 그의 생각이지요. 그러기에 그는 사랑과 자비라는 진정한 믿음을 선호합니다."

교황이 헛기침을 하고 비올란테를 건너다보았다.

"그것은 루터파 이단의 냄새를 피우는 주장이 아니오?"

"아니라고 보장할 수 있습니다…… 그는 독일에서 온 것이라면 뭐든 질색하거든요."

그녀는 미소를 지으며 덧붙였다.

"보잘것없습니다만 저만 빼놓고 말입니다."

교황의 공세는 계속됐다. 교황은 그녀가 영향력을 발휘해 피렌체 대공의 정책을 바꾸고 불미스러운 사생활로 인한 추문에도 종지부를 찍어야 한다고 역설했다. 그런 다음 마지막으로 물었다.

"코시아 추기경 말로는 대공이 갈릴레오 갈릴레이의 명예 회복을 고려중이라던데 사실이오? 그의 유해를 산타크로체 성당으로 옮기려 한다는 것도?"

그 계획이라면 비올란테도 알고 있었다. 교황의 면전에서 거짓말을 할 수는 없었다. 그녀는 핑계를 대기로 했다.

"갈릴레이는 피렌체 대공의 증조부 코시모 2세의 보호를 받았던 인물로서……"

"그런 건 알 바 아니오. 중요한 건 그가 신성한 주님의 법정에서 유죄로 언도됐던 인물이란 점이지."

"그는 자신의 주장을 공식적으로 철회하지 않았던가요?"

"물론 그랬지. 무릎을 꿇고서 교회의 가르침에 배치됐던, 지구가 돈다는 가설을 철회했소이다…… 하지만 일어서면서 '그래도 지구는 돈다!'고 중얼거려 그 회개가 위선이고 거짓이란 걸 증명하지 않았던가?"

"성하의 현명한 충고를 시동생에게 반드시 전하겠습니다……"

그녀가 교황의 축복을 받기 위해 무릎을 꿇었다.

"자매님은 선한 영혼을 지녔구려. 그럼 자매님만 믿겠소."

비올란테는 복잡한 심경으로 교황의 처소를 떠났다. 교회가 방탕하고 불경하며 신심 없는 잔가스토네를 상대로 전쟁을 선포한 것은 아닐까? 베네딕투스 13세는 엄격한 금욕주의로 이름높았다. 비올란테는 교황에게 맹종하는 코시아 추기경이 교황을 쑤석거려 토스카나 대공과 대립시키려 한다는 것을 직감했다. 성직자를 계속 모욕하는 토스카나 대공이야말로 타락의 대표자였다. 만에 하나 옛날 로렌초 데 메디치처럼 파문이라도 당하는 날엔 피렌체의 주권과 독립성은 크게 훼손될 것이다.

로마에서의 거처인 마다마 팔라초로 돌아가기 전에 그녀는 시스티나 성당에 들러 미켈란젤로의 〈최후의 심판〉을 오랫동안 감상했다. 촛불의 그을음으로 조금씩 변색되기는 했어도 풍부한 암시로 가득한 웅대한 벽화의 위력은 여전히 비할 데 없었다. 보기 드물게 젊고 근육질로 그려진, 죄인들의 머리 위로 위협적으로 손을 흔드는 분노에 찬 그리스도는 그녀를 특히 매혹했다. 화폭에 넘치는 수많은 선인들과 악인들의 벌거벗은 몸뚱이는 참으로 관능적이었다. 바오로 4세의 명에 따라 나신들의 적나라한 그곳을 가린 다니엘레 다 볼테라*의 가필은 썩 좋은 결과를 가져오지는 못했으니, 화가의 붓끝이 감춘 것이 외려 더 열렬한 호기심을 불렀기 때문이었다. 약동하는 무수한 알몸들은 은밀한 흥분을 일으켰다. 비올란테조차 그림을 바라보며 자신이 원하는 그 사람은 어떤 몸을 하고 있을까 상상하지 않을 수 없었다.

비올란테는 그녀의 바람대로 로마행을 수락한 베르나르디노 페르페티와 재회했다. 그러나 의전상의 절차와 관례, 빡빡한 일정으로 인해 아직 단둘이 될 시간은 없었다. 게다가 페르페티는 로마의 훌륭한 집안들에 앞다투어 초대돼 문재文才를 자랑하느라 바빴다. 비올란테는 그와 거리를 둔 채, 여전히 불가해한 열정에 사로잡혀 그를 훔쳐보는 데 만족해야 했다.

〈최후의 심판〉의 여운이 아직 가시지 않았을 때 마차가 마다마 팔라초 앞에 멈췄다. 현관의 계단을 다 올라갔을 때 페르페티가 접견을 청한다는 보고를 받았다. 그녀의 가슴이 두방망이질했다. 그녀는 지나는 길에 처음으로 발견한 거울을 보면서 불안하게 자문했다. 너무 늙어버린 건 아닐까? 뺨에 붉은색 분을 좀 바르는 게 좋

* 이 화가에게는 '일 브라케노네' 즉 '바지 제조인'이란 별명이 붙었다.(원주)

지 않을까? 아니면 보랏빛 눈동자를 돋보이게 해줄 백연을 바를까? 이도저도 너무 늦었다. 그녀는 곧장 손님이 기다리는 살롱으로 갔다. 그가 일어섰다. 프랑스식으로 차려입고 머리를 검은색 비단으로 묶은 그는 로마의 파티에서 처녀들의 인기를 한몸에 얻는 멋쟁이 청년 같았다. 그가 장갑 끝에 드러난 손목에 입을 맞출 때 비올란테의 몸은 살짝 떨렸다. 그들은 당황한 얼굴로 잠자코 마주보았다. 그녀는 거추장스러운 페티코트 때문에 안락의자에 살짝 걸터앉았다.

침묵이 깔렸다. 쓸데없는 말로 섣불리 대화를 시작하기는 싫었던 것이리라. 먼저 입을 연 것은 기사였다.

"부인, 라페지에서 말씀하셨던 건 여전히 변함이 없습니까?"

"당신은요, 아직도 날 원하세요?"

그는 대답하는 대신 비올란테 곁으로 와 허벅지에 얼굴을 묻었다.

"오늘밤! 하녀들을 물리고 기다리겠어요." 그녀가 말했다.

* *
*

마냐스코가 대공의 침대 발치에 이젤을 설치했다. 그는 흑연을 쥐고 큼직하고 대담한 선을 그리며 스케치를 시작했다. 베개를 갖다대고 앉은 대공은 초콜릿과 크림과 담배 얼룩으로 끈적끈적하게 엉킨 가발의 웨이브를 푸는 데 몰두하고 있었다. 화가의 눈엔 대공은 더한층 살이 쪄 보였다. 빰은 블라우스 목깃 위에서 요란스럽게 떨렸고 두툼한 입술은 얼굴 한복판에 박힌 징그러운 딸기 같았다.

"아무것도 감추지 말게, 리산드리노. 생긴 그대로, 다시 말해 무지막지하게 혐오스러운 얼굴로 그려줘."

화가가 고개를 끄덕였다. 스케치가 끝나자 그가 이젤을 거두었다.

"전하가 허락하시면 내일 다시 오겠습니다……"

"잊지 말게, 이불의 얼룩 하나까지 그려야 한다는 걸. 그림이 완성되면 바사리의 회랑에서 제일 좋은 자리에 걸 거야. 근엄한 누님도 감상하시라고."

화가가 꾸벅 인사를 하고 조용한 발걸음으로 방을 나갔다. 그러자 거리낌 없이 고함을 질러대는 한 무리의 젊은이가 밀려들어왔다. 다미아노가 오직 미모만을 기준으로 선발한 그들은 피렌체에서 '루스판티'라 불렸는데, 대공이 매주 그들에게 루스포 은화를 나눠줬기 때문이었다. 대개 하층민 출신인(부패한 명문의 자손도 간혹 섞여 있었다) 이 천사 얼굴을 한 건달들의 임무는 대공의 뜻이라면 아무리 해괴한 변덕도 받들고 따르는 것이었다. 오래전에 육체관계를 그만둔 잔가스토네는 그들과 사랑을 나누지는 않았다. 그러나 그들이 눈앞에서 분방하고 정열적인 사랑을 나누는 것을 지켜보는 일은 싫어하지 않았다. 신입 회원이 들어오면 다미아노가 준비한 통과의례를 거쳐야 했다. 새 회원은 먼저 알몸으로 대공에게 보내졌고, 대공은 입속까지 들여다보며 구석구석 심사했다.

그다음엔 동배들이 달려들어 더듬고 두드려보고 어루만지고 덮쳤다. 새 회원의 눈에서 혹 눈물이 흐른다 해도 곧 은화가 하사되리란 생각에 괴로움은 순식간에 걷혔다. 모든 과정을 무사히 통과하면 신참은 정식으로 '루스판티'로 승격했고 그때부터는 마음놓고 군주를 비웃고 모욕하고 심지어 학대할 수도 있었다. 잔가스토네는 그들이 멋대로 굴면 굴수록 은밀한 쾌감을 느꼈고 신참자들에게 더 사악하고 건방진 행동을 하게 부추겼다.

대공은 건달들에게 제각각 근엄한 궁신들의 작위와 이름을 붙여 이른바 모의 궁정도 만들었다. 만취한 대공이 가짜와 진짜 각료들을 동석시켜 회의를 여는 일도 있었다. 커다란 추문이 일었지만 잔가스토네는 아랑곳하지 않았다. 형수가 로마에 가 있는 사이 그는 마음껏 자유를 누렸다.

비올란테! 대공은 형수를 좋아했지만 그만큼 두렵기도 했다. 눈앞에 나타나 자신을 질책할 때면 그녀가 미운 순간도 있었다. 그의 잠자리와 옷이 얼마나 더러우며, 오후가 넘어갈 때까지 침대에서 뒹구는 것이 얼마나 한심한 짓인지 그녀는 눈초리 하나로 훈계할 수 있었다. 형수를 라페지로 쫓아 은둔을 명할 수도 있었으리라. 그러나 그는 그 자신의 모든 것과 반대인 형수를 곁에 두어야만 했다. 그는 어둠이고 그녀는 빛이었다. 그들은 괴상한 한 쌍이었다. 그녀의 말대로 그가 탐닉하는 쾌락 너머에 더 나은 세상과 순결한 영혼이 있다고 믿을 수 있으면 차라리 좋을 것을. 비올란테가 덕을 베풀면 베풀수록 잔가스토네는 추잡한 일상 속으로 빠져들고 싶어졌다. 그녀를 사랑하게 만드는 바로 그 이유로 인해 그녀를 미워할 수밖에 없었기 때문이다.

* *
*

그녀는 그가 들어오는 소리를 미처 듣지 못했다. 침대 한복판에 웅크린 채 그녀는 욕망과 불안 사이를 헤매고 있었다.

그가 다가오는 것을 보고 그녀는 머리맡의 촛불을 끄려 했다. 그가 제지했다.

"아뇨, 당신을 보고 싶어요!"

그녀가 손을 거두자 그가 곁에 와 앉았다. 그녀의 머리는 헝클어졌고 얼굴은 창백했다.

"오세요, 용기가 사라지기 전에 어서 오세요!" 그녀가 말했다.

"날 사랑하는 게 그렇게 용기가 필요한 일인가요?"

"말도 안 되는 소리! 당신을 실망시킬까봐 너무나 겁이 나요."

그가 몸을 숙여 그녀의 입술에 가볍게 입을 맞추었다. 그러자 그녀가 그를 힘차게 끌어안았다. 그녀의 깨끗한 뺨에서 눈물이 흘러 그의 뺨에 번졌다. 그는 부드럽게 그녀를 떼어내고 눈물을 닦아주었다. 이불 속으로 그의 손이 들어갔다. 그녀는 잠자코 있었다. 그의 손이 얇은 리넨 잠옷을 헤집고 허벅지 사이로 미끄러졌다.

"싫어요, 쳐다보지 말아요!" 그녀가 숨을 몰아쉬며 말했다.

그녀는 그렇게만 하면 만사를 숨길 수 있는 양 눈을 꼭 감았다.

"부탁이에요, 그만하세요!"

그러나 그녀의 몸은 팽팽해지고 기사의 손길을 찾았다. 입술 사이로 조그만 신음이 흘러나왔다. 뱃속에서 기쁨이 꿈틀거렸다. 그녀의 숨이 거칠어졌다. 페르페티는 서둘러 옷을 벗고 그녀의 옷도 벗겼다. 그녀가 그의 품으로 파고들었다.

"너무 창피해요. 그렇지만 행복해요. 이해할 수 있어요?" 그녀가 그의 귓가에 속삭였다.

기사는 아무 말 없이 사랑하는 이의 몸속으로 천천히 들어갔다. 그녀의 눈이 활짝 벌어졌다.

그는 새벽이 되어서야 그녀를 떠났다.

"아주 기분 좋게 피곤해요." 그가 옷을 입는 사이 그녀가 기지개를 켜며 말했다.

"언제 또 만나주시겠소?"

그녀는 대답 대신 미소만 짓고 입술에 손가락을 대면서 눈을 내리깔고 잠이 든 척했다.

11
1726~1731

피렌체로 돌아온 비올란테는 대공의 팔라초에 떠도는 음란한 광기를 알아차렸다. 기다렸다는 듯이 그녀에게 불평과 탄원이 쏟아졌다. 피렌체인들은 대공이 애지중지하는 건달들이 팔라초 밖으로 몰려나와 오만 가지 행패를 부리는 것에 격분했다. 면죄부를 받은 줄 아는 그들은 말을 탄 채 성당에 들어가고, 사제들을 능욕하고, 상점 진열대에서 물건을 슬쩍하고, 여염집 문을 밀고 들어가 사내아이나 계집애를 멋대로 끌어내 욕심을 채웠다.

시민들은 폭발 직전이었다. 선대 대공의 편협하고 엄격한 정책과 단호히 결별한 군주에게 품었던 신뢰는 산산조각 났다. 새 대공이 뭘 얼마나 먹고 마셔대며 누구를 끼고 살건 상관없었지만 건달 친위대의 악행을 방치하는 것은 묵과할 수 없었다.

비올란테는 사태의 심각성을 직감했다. 교황을 알현한 결과를 보고한다는 핑계로 그녀는 무조건 대공의 처소를 찾아갔다. 방문 앞에 진을 친 건달들을 위엄 있게 쫓아내고 그녀가 방으로 들어갔다.

잔가스토네는 아직 꿈속이었다. 그녀가 묵직한 커튼을 젖히고 창문을 전부 연 다음 대공을 흔들어 깨웠다. 그는 소스라치며 눈을 떴고 그 바람에 회색 나이트캡이 굴러떨어졌다. 머리칼은 헝클어지고 눈곱이 꼈으며 볼이 늘어진 대공의 몰골은 그야말로 동정심이 아니라 혐오감을 불러일으키는 꼴불견이었다.

그의 침대머리에 계속 서 있기 위해서는 비올란테조차 큰 인내심을 발휘해야 했다.

"무슨 일로 돌풍처럼 쳐들어오셨는지요?"

"로마에서 돌아오자마자 갖가지 추문이 귀에 들어와서지요."

그 말은 즉각 효과를 발휘했다. 잔가스토네는 얼굴이 하얗게 질려 몸을 일으켰다. 옷깃이 해진 더러운 잠옷이 드러났다.

"왜 날 못살게 구시죠?" 그가 중얼거렸다.

"대공이 거느린 건달들이야말로 시민들을 못살게 굴더군요."

잔가스토네가 어깨를 으쓱했다.

"짓궂은 녀석들이라 심한 장난을 좀 쳤던 게죠…… 하지만 밤낮도 없이 군주를 섬기는 용감하고 정직한 젊은이들인데요."

"선대 대공께서 사제들의 간섭에 꼼짝도 못했던 것처럼 도련님은 그 못된 청년들에게 눌려 지내고 있어요."

그녀의 입에서 신랄한 비난이 쏟아졌다. 대공은 잠자코 있더니 신음처럼 중얼거렸다.

"그러니까 형수님은 유쾌한 저 친구들을 내게서 빼앗고 싶으신 거로군요?"

"그건 대공이 결정할 일이지 내가 나설 일이 아니에요. 하지만 내게 그럴 힘만 있다면 대공의 선의를 파렴치하게 이용하고 재산을 축낼 생각만 하는 저들을 당장 쫓아낼 겁니다."

잔가스토네가 꾸지람을 들은 덩치 큰 어린애처럼 눈을 내리깔았다. 그의 얼굴에 비친 고뇌에 비올란테는 자신도 모르게 마음이 약해졌다. 그러나 그가 재빨리 반격을 개시했다.

"충고 감사합니다. 백번 지당한 말씀이에요⋯⋯ 그런데 이건 아세요? 우리 둘은 너무나 다르다는 걸. 형수님은 착하게 타고났어요. 가만히 있어도 착한 사람이라 그 말이죠. 그러니까 덕이 높다고 해서 칭송 들을 이유는 없는 셈이죠. 반면 난 성서에도 나오는, 제 토사물을 핥아 먹는 똥개인 걸 어쩌겠어요."

그가 한숨을 뱉었다.

"누구보다 내가 날 제일 경멸한다는 걸 아직 모르세요? 이 세상에서 숨을 쉬며 버티려면 더 역겹고 짜릿한 자극이 끊임없이 필요하단 말이에요."

"대공은 그러느라 영혼을 타락시키고 있어요!"

"영혼?" 그가 이기죽거렸다. "거 참 멋진 말이군요! 그런 게 정말 있다면 형수님이 내 구원을 위해 기도해주시는 데 위안을 얻겠죠. 형수님처럼 훌륭한 신도가 발 벗고 나서면 내 죄도 깨끗이 씻길 테죠."

"비웃는군요."

"아뇨, 비올란테…… 사는 데 지쳤을 뿐이에요."

* *
*

비올란테는 포기하지 않았다. 대공이 건달들에 둘러싸여 지내는 시간을 줄여볼 생각으로 그녀도 사교계를 썩 좋아하지는 않았지만 라페지 저택에서 연회를 베풀었다. 시동생이 피렌체의 훌륭한 신사 숙녀 들과 어울리게 한다는 작전이었다. 대공은 순순히 형수의 뜻을 따랐다. 그러나 얼마 안 가 싫증이 났다. 그는 우울함을 잊으려 술을 마셨다. 그가 취기를 빌려 손님들에게 시비를 걸고 욕설을 내뱉거나 일부러 그들의 입맛이 떨어지는 짓을 저지르는 일이 갈수록 잦아졌다.

종종 새벽까지 이어지는 이 세련된 모임은 사실 좀 피곤했지만 비올란테는 물러서지 않았다. 한번은 그녀가 시동생의 흥미를 끌기 위해 파리넬리라는 유명한 카스트라토를 초대했다. 천상의 목소리는 청중을 사로잡았고 대공도 모처럼 말짱한 정신으로 기뻐했다. 일은 손님들이 식탁에 둘러앉았을 때 터졌다. 잔가스토네는 거푸 석 잔의 포도주를 들이켜고 손등으로 입술을 닦았다. 손님들이 모르는 체하며 접시를 내려다볼 때 대공의 쩌렁쩌렁한 목소리가 울렸다.

"소프라노 가수는 거세해서 고운 목소리를 얻죠. 그럼 다른 사람들도 거세하면 더 잘나가지 않겠소?"

대공은 건너편에 앉은, 피렌체 명문의 준수한 청년을 빤히 쳐다보았다. 그가 청년의 코밑에 나이프를 들이대고 흔들었다.

"잘생긴 청년, 인류의 진보를 위해 거시기를 희생할 생각 없나?"

물을 끼얹은 듯한 침묵이 깔렸다. 청년이 얼굴을 붉히자 잔가스토네가 웃음을 터뜨렸다.

"자넨 아주 훌륭한 거세 수탉이 될 걸세."

그러고는 대공은 술을 물처럼 마셨다. 곤드레만드레가 되어 넘어지지 않으려고 식탁에 달라붙어 있던 그가 마침내 자리를 뜨려는 순간 식탁보가 딸려가면서 잔들과 접시들이 쏟아져 박살났다. 그는 자신이 만든 소란을 알아채지 못한 것 같았다. 그의 머리는 흔들거리고 눈은 반쯤 감겨 있었다. 돌연 딸꾹질이 시작되더니 그가 뱃속의 것을 요란하게 게워냈다. 옷과 가발까지 푹 적시고도 그는 인사불성이었다.

하인들이 달려와 치우고 닦아내기가 무섭게 잔가스토네는 또 한 번 걸쭉하고 시큼한 토사물을 쏟아냈다. 비올란테는 결국 연회 중지를 선언했고 손님들은 흩어졌다. 대공은 혼자 남겨졌다. 그가 가까스로 일어서더니 고래고래 소리쳤다.

"마차! 내 마차!"

다미아노에게 고용된 장정 넷이 달려가 갈지자로 비틀거리는 대공을 떠메어 마차 안에 처넣었다.

* *
*

처음에는 가슴을 콕콕 쑤시는 희미한 통증이었다. 비올란테는 별로 신경을 쓰지 않았다. 그녀는 호리호리했지만 건강한 체질이었다. 통증은 며칠 안 가서 사라졌고 그녀는 이내 잊어버렸다.

그녀는 변함없이 회의에 출석했고 대공국의 유력 인사들과 대사들을 접견했다.

라페지의 연회에서 소동을 일으킨 이래 잔가스토네는 방에서 한 발짝도 나오지 않았으므로 그녀가 대부분의 국사를 도맡아야 했다. 어차피 대공이 공식석상에 나타나봤자 좋은 일은 하나도 없었다.

그날 아침 잠에서 깼을 때 통증이 다시 찾아왔다. 그녀 몸안에 작고 약한 푸른 불꽃이 가슴을 살짝 할퀴고 사라졌다가 잊어버릴 만하면 또 나타났다.

신뢰라고는 할 수 없는 궁정의 돌팔이 의사들에게 달려갈 생각은 애초 없었다. 그녀가 자란 고장에서는 의사가 오면 없던 병도 생긴다고 믿었다. 그러므로 그녀는 이따금 찾아오는 고통과 친구가 되는 쪽을 택했다.

매일 저녁 기도를 마치고 잠자리에 들 때면 그녀는 페르페티를 생각했다. 뱃속 깊이 욕망이 똬리를 틀고 있었지만 그녀는 결심을 굳게 지켰다. 연인과 또 한번 사랑을 나누는 일은 끝내 없었다. 대신 그 하룻밤은 그녀의 마음속에서 찬란한 보석처럼 반짝였다. 그 날 밤 입었던 잠옷은 종교의 성물처럼 잘 개어 자물쇠를 잠근 보관함 속에 간직했다.

야릇한 것은 그녀가 페르페티와의 사랑을 고해성사 때도 고백하지 않았다는 사실이었다. 그녀는 몸과 마음으로 죄를 저질렀다고 자책했지만 누구에게도 털어놓지 않았다. 그 비밀이야말로 둘도 없는 보물이었고 아무도 그것을 빼앗을 권리는 없었다.

* *
*

벽이 흔들리고, 외벽에 장식된 돌들이 굴러떨어지고, 도로가 갈라지면서 행인을 몇 명 집어삼켰다. 지진이었다. 공포에 사로잡힌 피렌체인들은 비명을 내지르며 사방으로 흩어졌다. 본래 미신을 믿는 그들은 신의 징벌이라 여겼다. 피해가 복구되고 평정이 돌아오자 사제들은 기다렸다는 듯 설교단으로 올라가 피렌체는 소돔으로 변했다고 외쳤다. 그들은 타락한 풍속의 장본인으로 대공을 지목했다.

새로운 사보나롤라식 수도사들은 벌써 신도들을 모아 공개 참회를 시켰다. 이 도시의 역사는 늘 그랬다. 놀기 좋아하는 피렌체인들이었지만 어느 날 불현듯 하늘을 올려다보며 자책과 속죄로 돌아서고는 했다. 회개의 파도가 한번 몰아치면 세상없는 탕아도 독실한 신도로 거듭났다.

비올란테는 위험을 감지했다. 자신들을 심하게 홀대했던 군주에게 복수할 작정으로 사제들과 수도사들이 시민을 쑥석거리고 있었다. 방탕한 대공이 한 발만 잘못 디뎌도 전 시민을 적으로 돌리고 말리라. 민심이 술렁거린 데는 또하나의 사건이 관련되어 있었는데, 시민들은 그 사건을 '경험에 의거하여' 불길한 전조, 다시 말해 신의 노여움이라고 판단했다. 지진이 발생하기 얼마 전, 만취한 대공이 비틀거리다가 넘어졌다. 사람들이 달려가 일으켰을 때 군주의 발목은 흐느적거렸다. 흉흉한 소문이 퍼졌다. 뚱뚱보 군주가 다시는 제 발로 걸을 수 없을 것이며, 운신도 못하고 누워 지내다가 조만간 세상을 떠나리란 말이었다. 다행인지 불행인지 피렌체 궁정에는 유능한 외과의사가 한 명 있었다. 의사는 탈구된 대공의 다리를 멀쩡하게 고쳐놓았다. 그런데도 시민들은 대공의 죽는 날이 약간 미뤄졌을 뿐이라고 믿었다.

피렌체는 심상찮은 공기에 휩싸였다. 어떻게든 민심을 수습해야 했다. 식견 높다는 사람들의 자문을 구한 결과 비올란테는 스스로도 늘 비난해왔던 불공정한 조치를 택할 수밖에 없었으니, 서른 명의 외국 창녀들을 속죄 의식이 베풀어지는 사이 공개 추방한다는 조처였다. 내키지는 않았지만 신속한 결과를 기대하자면 그 길뿐이었다. 그것은 부도덕하지만 능숙한 조치였다. 굳이 타지에서 온 창부들을 고른 것은 피렌체의 자부심을 건드리지 않기 위해서였다. 그녀들에게 사회적 제재를 가함으로써 시민의 분노는 대공의 팔라초를 비켜갈 것이다. 시민들은 피렌체가 오늘날 이 꼴이 된 것이 피렌체 현지의 창녀보다 더 몹쓸 외국인 창녀들 탓이라도 되는 양 그녀들을 사정없이 야유하며 추방했다.

남은 것은 대공이 대중 앞에 나타나 피렌체는 물론이고 온 유럽의 궁정에 퍼진 죽을 날 운운하는 헛소문에 종지부를 찍는 일이었다. 그녀는 피렌체인들이 소중히 여기는 성당 몇 군데를 방문하는 행사가 어떠냐고 대공에게 제안했다. 특히 피렌체의 자랑인 산타 마리아델피오레 대성당에 군주가 당당하게 입장하는 순간 효과는 극대화될 터였다.

비올란테의 바람대로 팔라초는 대공의 외출을 준비하느라 큰 소동이 일었다. 길목마다 모처럼의 행차를 구경하려는 시민들이 모여들었다. 군주를 필두로 대공국의 내로라하는 인물들이 전부 참석하는 대대적인 행사였다.

안됐지만 이번에도 시동생은 형수의 노력을 물거품으로 만들었다. 피렌체인들의 주목을 받을 일에 긴장한 잔가스토네는 출발하기도 전에 술을 물처럼 들이켰다. 결과는 한마디로 최악이었다. 그에게는 십자가의 길이나 다름없는 고달픈 행차의 첫 지점 산토스피리토 성당을 막 지났을 때 대공은 마차 밖으로 몸을 빼고 꿱꿱거리며 속을 게워내 군중의 열렬한 환호에 화답했다. 산로렌초 성당을 방문한 다음에도 똑같은 일이 벌어졌다. 잔가스토네는 미친 사람처럼 킬킬거리며 구경꾼들을 향해 침을 튀겼다. 그러고는 정신을 잃었다. 들뜬 마음으로 거리로 쏟아져나왔던 피렌체인들이 목격한 것은 토사물로 얼룩진 옷을 입고 고개도 가누지 못한 채 마차에 늘어져 앉은 군주의 모습이었다. 야유하는 사람도 있고 비탄에 잠긴 사람도 있었는데, 한 가지 분명한 것은 그 술주정꾼에게 그들의 미래가 달렸다는 사실이었다.

그날 밤 비올란테는 혼자 울었다. 참담하게 끝난 행사의 가장 큰 희생자는 그녀였다. 행진은 결국 산타마리아델피오레 성당에 닿기도 전에 중단됐다. 피티 팔라초로 돌아오자 안나 마리아 루도비카의 비난이 쏟아졌다. 이 비참한 사태는 전부 비올란테 탓이 아닌가? 그녀는 누구보다 시동생을 잘 알지 않던가? 그의 흐릿한 정신으로는 그런 행사를 감당할 수 없다는 걸 몰랐던가? 비올란테는 시누이가 야망을 버린 게 아니었음을 깨달았다. 권력에서 멀어진 후에도 그녀는 비올란테를 제치고 선대 대공의 딸에게 합당한 자리에 앉을 생각만 했던 것이다. 혹 그녀가 동생의 허약한 정신과 방탕한 생활을 이유로 권좌에서 내몰기 위해 상원과 손을 잡지는 않을까?

네가 그 자리에 눌러앉은 건 머리가 돈 술주정뱅이의 자비 덕분이지, 내 앞길 가로막지 말고 이쯤에서 물러나! 하고, 안나 마리아 루도비카는 말하는 것 같았다.

일찌감치 라페지로 돌아가 고요한 나날을 보냈더라면 좋았을 것을. 시동생이 쥐여준 권력이라면 누릴 만큼 누렸는데 무슨 미련이 있어 피렌체에 남아 있었던가?

스스로 판 구덩이에서 허덕이는 시동생을 건져내고 싶다는 엉뚱한 희망, 그것 하나가 그녀를 그곳에 붙들어두고 있었다. 그녀는 그를 끝없는 절망에서 구하고 싶었다.

돌연 가슴이 격렬히 쑤시는 것을 느끼고 그녀는 낯을 찡그렸다. 칼로 베는 듯한 아픔이 훑고 지나갔다. 친숙한 그 고통은 날마다 조금씩 더 선명하게, 어느 때고 엄습했다. 비올란테는 결국 비밀리에 약제사를 찾았다. 약제사는 증세를 듣고 아편 정기가 담긴 작은 병을 내주었다. "이걸 드시면 아주 짧은 순간이지만 더없는 편안함을 맛보실 겁니다." 의심이 많은 그녀는 극히 미량만 복용했다. 고통도 성실한 신도들에게 내려지는 신의 선물이 아니던가?

* *
*

대공은 새로 개발한 놀이에 흠뻑 빠져 있었다. 이른바 입체 그림을 그리는 일이었는데, 간단히 말해 건달들로 하여금 우피치 갤러리에 전시된 걸작품을 고스란히 재현하는 놀이였다. 한 번 보고 말기에는 아까운 작품은 이름높은 화가를 불러 화폭에 담게 했다.

보티첼리의 〈비너스의 탄생〉을 기괴하게 복제한 최근작이 완성됐을 때는 웃음과 갈채로 팔라초가 떠나갈 뻔했다. 까무잡잡한 피부에 머리털이 새까만 사내가 말끔히 탈모하고 조잡한 말총 가발을 눌러쓴 다음 가짜 가슴을 달고 비너스를 재현했다. 길게 땋은 금발 머리채를 한 손에 쥐고 쑥스러운 곳을 감춘 원작의 아름다운 비너스는 더없이 음란한 탕녀로 탈바꿈했다. 제피로스와 뮤즈들도 하나같이 볼만했다.

잔가스토네는 크게 만족하여 우스꽝스러운 그것을 우피치 갤러리의 원작과 나란히 걸기로 했다. 그 참에 궁정의 내로라하는 인물들도 불러 작품을 전시하는 것도 재미날 터였다. 외출은 귀찮았지만 모처럼 가마를 타고 행차하는 것도 나쁘지 않으리라.

그날이 오자 그는 건달들의 호위를 받으며 주민들의 시선을 피할 수 있는 바사리의 회랑으로 접어들었다. 장막을 씌운 그림 앞에서 궁신들이 기다리고 있었다. 잔가스토네가 빙그레 웃으며 가마에서 내렸다. 불참한 관리가 거의 없는 것을 보고 그는 흡족해했다. 형수가 없는 것이 좀 놀라웠지만 리누치니 후작 말로는 몸이 불편해 집에서 쉰다고 했다.

그가 육중한 몸을 움직여 제일 좋은 자리에 걸린 그림 앞으로 다가갔다. 장막 밑에 있는 것은 물론 희대의 복제판이었다. 그는 나란히 걸린 원작에는 눈길조차 주지 않고 장막을 걷어냈다. 그러고는 구경꾼들을 향해 얼른 몸을 돌렸다. 이 부끄러운 모방작에 놀라서 물을 끼얹은 것 같은 침묵이 깔렸다.

"어떤가, 원작보다 낫지 않소?" 그가 진지한 낯빛으로 물었다.

심한 모욕감에도 불구하고 입을 여는 사람은 아무도 없었다. 잔가스토네는 얼어붙은 좌중을 빙글거리며 둘러보았다. 그가 가마로 돌아가려 할 때 한 사내가 앞으로 나왔다. 검은 옷을 입고 짧은 턱수염을 기른 반백의 사내는 병사처럼 보였지만 피렌체 명문의 자손으로 시민들의 존경을 받는 세리스토리 후작이었다. 그가 사람들을 헤치며 나올 때 건달 친위대의 한 금발 청년이 얼굴을 붉혔다. 후작은 프란체스코라는 그 청년의 아버지였다. 후작이 정중하게 고개를 숙이고 단호한 목소리로 말을 시작했다.

"전하, 저희들에게 전하의 사생활을 이러쿵저러쿵할 권리는 없습니다. 그렇지만 전하는 이 낯뜨거운 그림을 이곳에 걸어 조국의 위대한 예술가 보티첼리를 모욕했을 뿐 아니라 그 작품을 주문한 전하의 영광된 조상들에 대한 기억도 더럽힌 것입니다."

잔가스토네의 얼굴이 새하얘졌다. 하지만 갑자기 그가 몸을 틀어 프란체스코의 목깃을 잡아 끌어냈다.

"이봐, 친구, 가서 네 아버지한테 내가 이곳에 내걸린 쓰레기들을 어떻게 생각하는지 알아듣게 설명을 좀 해드려. 이 작품들한테선 썩은 냄새가 나. 이것들이 인생을 망친다고! 내 조상들이 모아들인 이 잘난 허영덩어리들이!"

그가 청년을 떠밀었다.

아버지와 아들은 마주보았다. 아들에게는 아버지와 대적할 용기가 없었다. 청년이 눈을 내리깔더니 아버지 앞에 무릎을 꿇었다. 후작은 아들에게는 눈길도 주지 않고 카랑카랑한 목소리로 말했다.

"전하는 아직 어린애인 제 아들을 타락시켰습니다. 허나 피렌체에는 전하의 문란한 생활과 전하가 일으키는 끊임없는 추문을 비난하는 용기 있는 선인들이 제법 있습니다."

대공의 낯빛은 비난을 듣고 더욱 새하얘졌다.

"이봐요, 노인장, 지금 누구 앞인지 깜박했나보구먼? 난 댁이 섬기는 군주야. 내가 왜 그런 터무니없는 말을 들어야 해?"

후작이 거칠게 아들을 밀치고 대공을 향해 몇 발짝 나아갔다. 건달들이 일제히 단검을 넣어둔 소맷부리에 손을 갖다댔다. 대공의 면전까지 온 후작이 웃옷을 펼치자 산스테파노 기사단의 십자가가 드러났다.

"전하가 궁금해하시니 일러드리지요. 보시다시피 저는 우리 모두의 주인이신 주님의 거룩한 뜻을 따르는 군주만 섬깁니다."

"시건방진 늙은이! 당신을 감옥에 처넣을 거야!" 잔가스토네가 중얼거렸다.

"기왕이면 선대 대공에게 억울하게 희생된 죄 없는 로베르토 아치아이올리의 감방에 가둬주시죠."

"경비병을 불러! 저놈을 끌어내란 말이야!" 대공이 찢어지는 목소리로 외쳤다.

움직이는 사람은 아무도 없었다. 군주와 후작은 얼굴을 맞대고 서로 노려보았다. 뒤에서 건달들이 무기를 빼들었다. 저마다 숨을 참고 있었다. 리누치니가 계단 쪽으로 살짝 사라지는 것을 눈치챈 사람은 아무도 없었다.

극도로 흥분한 잔가스토네가 두리번거리더니 건달들의 우두머리인 듯한 다부진 청년 파비오에게 소리를 질렀다.

"그래, 네 주인이 이런 꼴을 당하는데 보고만 있을 테냐? 입만 나불대는 겁쟁이 같으니!"

건달 대장이 발끈해서 단검을 거머쥐고 나섰다. 후작은 미동도 않은 채 가슴을 내밀고 서 있었다. 건달은 차마 찌르지 못하고 머뭇거렸다. 그때 프란체스코가 갑자기 일어나 앞을 가로막았다. 그도 어느새 허리춤에서 단검을 꺼내들고 있었다. 하지만 청년이 미처 방어할 겨를도 없이 건달 대장의 단검이 배를 쑤셨다. 청년은 피투성이가 되어 아버지의 발밑에 쓰러져 숨이 끊어졌다. 후작은 여전히 꿈쩍도 않고 대공을 노려보았고 건달 대장은 얼굴이 노래져서 뒷걸음질쳤다. 잔가스토네는 눈을 부릅뜬 채 사지를 부들부들 떨고 있었다.

회랑 끝이 어수선해지더니 리누치니가 한 무리의 병사를 앞세우고 나타났다. 바닥에 널브러진 프란체스코의 시체를 보고 재상은 단숨에 사태를 파악했다. 한편에는 피 묻은 칼을 쥔 대장 파베오를 에워싼 건달 친위대가, 맞은편에는 험악한 얼굴의 궁신들이 대치하고 있었다. 칼집에서 칼을 꺼내는 궁신도 있었다. 어물거리다가는 최악의 유혈 사태가 터질 참이었다. 리누치니가 재빨리 대공을 가마로 밀어넣고, 서로 노려보는 양 진영 사이에 병사들을 배치했다. 그의 냉정한 판단 덕에 살육은 면했지만 추문까지 피할 수는 없었다. 며칠 숨어 지내던 살인자가 팔라초로 돌아와 멀쩡히 활보하는 것을 대공이 묵인함으로써 추문은 더욱 커졌다.

* *
*

비올란테는 그 민망스러운 사건을 전해듣고 슬픔에 사로잡혔다.

이미 시민들에게는 비웃음을, 성직자들에게는 미움을 받는 잔가스토네는 이로써 대공국의 유력 인사들로부터 돌이킬 수 없는 적대감을 산 것이다. 외국의 밀사들까지 부채질하는 이 불리한 형세에 그가 얼마나 더 저항할 수 있을까?

시동생도 걱정이었지만 그녀의 병도 심상치 않았다. 고통은 아무 때나 엄습했고(그녀는 이제 아플 때마다 주저 없이 약을 삼켜 진정시켰다) 몸은 늘 피곤했다. 그러나 그녀에게 맡겨진 국사를 돌보자면 참고 버텨야 했다.

다행히 로마에서 반가운 소식이 날아왔다. 베네딕투스 13세가 선종하자 로렌초 코르시니라는 피렌체 명문 출신의 추기경이 교황으로 선출된 것이다. 비록 건강에 큰 불안을 안고 있기는 했지만 새 교황 클레멘스 12세의 탄생은 토스카나 대공국은 물론이고 스페인을 위해서도 좋은 일이었다. 오스트리아가 뒤를 밀었던 추기경을 제침으로써 스페인이 우위를 점했기 때문이었다.

비올란테는 이 일을 시동생에게 유리하게 이용하기로 했다. 피렌체인들에게 사흘간 축제를 베풀었고 마지막에는 산타마리아델피오레 성당에서 '테데움'이 울려퍼졌다. 신중하게도 잔가스토네는 의식에 출석하지 않았다. 세리스토리 일족과 프란체스코의 어린 시절 친구들의 복수가 두려웠던 것이리라. 일찍이 두 명의 메디치가 대성당에서 습격을 받았다는 사실을 그는 잊지 않았다.*

* 『메디치』 1권을 볼 것.(원주)

유감스럽게도 피렌체인들의 기쁨은 오래가지 않았다. 클레멘스 12세는 대공에게 자신의 선조 안드레아 코르시니 대주교를 합당하게 대접할 것을 요구하고 나섰다. 이야기인즉 이 대주교는 14세기에 훌륭한 기독교인으로서 세상을 뜬 뒤 우르바누스 8세 때 성인품에 오른 인물이었다. 그를 성인품에 올리느라 코르시니가는 숱한 뇌물을 뿌렸고 그 덕에 일가의 재산은 크게 축났다. 오죽하면 그의 집안에서는 아이들에게 덕이 높은 사람이 되되 성인만은 절대 되지 말라고 가르쳤을까.

돈을 많이 잡아먹은 산안드레아의 유해는 산타마리아 델 카르미네 성당의 수수한 타일 바닥 밑에 잠들어 있었다. 새 교황의 눈에는 너무 초라한 대접이었다. 그는 대리석 예배당을 지어 선조의 귀한 유골을 옮기고 싶었다. 대공은 거부할 수 없었다. 그러나 빚이 상당히 경감됐다고는 해도(코시모 3세가 사망했을 당시 부채는 2천만 에큐 금화에 달했지만 잔가스토네가 가까스로 천4백만 에큐 금화로 줄였다) 피렌체의 국고는 그런 지출을 감당할 형편이 못 되었다. 결국 시민들의 주머니에 의존해 능 건설을 추진할 수밖에 없었다. 세금을 꾸준히 감면해왔던 군주는 할 수 없이 밀가루에 세금을 물렸다. 시민들은 격분했다. 대공의 칙령을 로지아 델라 시뇨리아의 벽에 붙이려던 관리는 행인들의 몰매를 피해 베키오 팔라초로 도망쳐야 했다.

피렌체 출신의 교황이 탄생하여 얻은 정치적 이익은 그로써 물거품이 되었다.

* *
*

비올란테는 결국 자신이 앓는 것을 더 숨길 수 없게 되었다. 국사를 돌보는 일도 띄엄띄엄해졌고 많은 부분을 리누치니 후작에게 미루었다. 얼굴에는 병색이 뚜렷했다. 그러나 그녀가 우는소리를 일절 하지 않았기에 측근들 누구도 그녀 앞에서 건강 문제를 거론할 수 없었다.

그런데도 소문은 퍼졌다. 우선 궁정에, 뒤이어 시민들에게도. 아침에 일어나면 팔라초 문 앞에 들꽃다발이 놓여 있는 날도 있었다. 어떤 날은 누군가 정성껏 만들었을 칸투치와 브리기디니* 봉지가 놓여 있었다. 비올란테는 이름 모를 피렌체인들의, 사랑을 드러내는 수수한 선물에 감동했다.

지체 높은 인물들도 병상을 찾아왔다. 그녀는 일부는 맞아들였고 일부는 피곤을 핑계로 물리쳤다. 그러나 그녀가 기다리는 오직 한 사람은 나타나지 않았다. 형수가 병중이란 걸 뻔히 알 텐데도 잔가스토네는 끝내 얼굴을 내밀지 않았다.

문병객들 가운데 불가피하게 안나 마리아 루도비카도 있었다. 시누이만은 병석에서 맞기 싫었으므로 비올란테는 일어나 하녀에

---

* 칸투치는 아몬드를 넣은 비스킷, 브리기디니는 피스토이아 지역의 작은 와플.(원주)

게 몸단장을 맡겼다. 옷을 입고 머리를 손질하고 화장을 한 그녀는 침실에 딸린 규방에서 시누이를 맞아들였다.

두 여인은 키 작은 안락의자에 앉아 팽팽한 눈초리로 마주보았다. 밝은 빛깔의 옷을 입은 비올란테는 수척했지만 아름다웠다. 전신을 검은 옷으로 감싼 안나 마리아 루도비카는 표정이 무뚝뚝해서 그렇지 예순 살을 넘긴 여성치고는 아직 고왔다.

"병으로 고생한다고 들었어." 안나 마리아 루도비카가 먼저 입을 열었다.

"제 소식을 챙겨 들어주시다니 고마운 일이군요. 그런데 사람들이 허풍을 떨었던 모양이네요. 다행히 많이 회복됐거든요."

"분을 듬뿍 바른 보람도 없이 몹시 창백하군."

안나 마리아 루도비카는 잠시 뜸을 들였다가 지나가는 말처럼 덧붙였다.

"자네를 위해 미사를 올리도록 지시했어."

"좀 성급하시네요. 아직 죽을 때는 안 된 것 같은데요."

"우린 누구나 주님의 손안에 있어. 기도는 헛되지 않아. 혹 주님이 건강을 되돌려주지 않으신다 해도 우리들의 기도 덕에 자네의 영혼을 훨씬 자비롭게 거두어주실 게야."

"제 구원을 이렇게 염려해주시는 걸 감사드려야 할까요?"

안나 마리아 루도비카는 그 말에는 대꾸하지 않고 불만스럽게 내뱉었다.

"자네는 날 좋아하지 않았지, 아닌가?"

"그러는 형님은요? 절 조금이라도 너그럽게 봐주신 적이 있던가요? 형님은 절 질투하시죠, 도련님이 제게 권력을 나눠주고 형님을 떼어놓았기 때문에요. 하지만 도련님이 만일 제가 아니라 형님을 택했더라면 전 유감 같은 건 품지 않고 조용히 물러나 라페지에서 평화롭게 살았을 겁니다."

"난 코시모 3세의 딸이야!" 안나 마리아 루도비카가 거만하게 말했다.

"그리고 전 다른 데서 굴러온 돌멩이죠. 남편과 새 조국을 섬기는 것 말고는 아무 야망도 품은 적이 없는 바이에른의 보잘것없는 공주."

"난 그 말 안 믿어. 자네는 이미 오래전에 불쌍한 잔가스토네에게, 멍석만 깔아주면 타락하는 그 의지 약한 애한테 올가미를 씌웠어."

"제가 도련님의 악행을 부추기기라도 했다는 건가요?" 비올란테가 분개했다.

"아버지가 생전에 쓰신 편지를 통해 알고 있을 뿐이야. 두 사람이 시동생과 형수 이상의 친밀한 관계라지."

"어떻게 그런 말을!" 비올란테는 목이 메고 숨이 거칠어졌다.

안나 마리아 루도비카는 말없이 자리를 박차고 일어나 올케를 거만한 눈초리로 내려다보았다. 그녀가 비올란테의 얼굴을 빤히 쳐다보며 내뱉었다.

"분명히 자넬 보고 있으면 기분이 나빠져."

그녀가 요란하게 호박단 스치는 소리를 내며 자리를 떠났다.

* *
*

그 불쾌한 방문은 안나 마리아 루도비카가 기대한 결과를 가져오지 못했다. 비올란테가 외려 살아야겠다는 오기를 냈던 것이다. 충실한 리누치니와 합의하여 그녀는 우선 팔라초에 질서를 세웠다. 일없이 복도를 어슬렁거리고 하녀들을 괴롭히거나 부엌을 뒤지고, 대공이 돈을 집어주는 걸 잊어버리기라도 하면 창문 밑에서 소리소리 질러대는 건달 친위대는 다 쫓겨났다. 경비 체제도 강화해 병사들에게 화승총과 곤봉이 배포됐다. 해가 진 후 군주의 별도 승인 없이 팔라초로 들어오려는 자에게는 발포해도 좋다는 대장 베티노 리카솔리의 명령이 내려졌다.

새로운 조치는 효과를 발휘했다. 한 줌의 건달들이 아직 소란을 부리는 잔가스토네의 거처만 빼놓고 팔라초는 평온함을 되찾았다.

비올란테는 리누치니와 계속 협력하여 공국의 외교 업무에도 정열을 쏟았다. 피렌체 대공에게는 상의 한마디 없이 빈에서 조인된 새 조약에서 4대 강국은 토스카나의 옥좌가 스페인의 돈 카를로스 왕자에게 넘어간다는 방침을 재차 확인했다. 빈이 피렌체에 대한 권리를 포기한 것이다. 사실 카를 6세는 자기 계승문제를 걱정하느라 이러쿵저러쿵할 형편이 아니었다. 아들을 두지 못한 그는 장녀 마리 테레즈를 옥좌에 앉힌다는 '왕령'을 유럽의 각 군주들이 인정하게 만드느라 분주했다.

주사위는 던져졌다. 이미 스페인 부대가 파르마에 진을 치고 있었으니 저항해도 소용없을 터였다. 피렌체에 최대한 유리하고 부르봉의 보호를 보장하는 조약을 맺는 것이 관건이었다. 스페인과의 비밀 협상이 시작됐다. 피렌체 대공과 스페인 왕이 서명하게 될 협정에는 합스부르크의 권위는 일체 배제됐다. 미성년자인 돈 카를로스는 잔가스토네의 감독하에 놓였다. 토스카나에 스페인 주둔군을 파견한다는 조항도 합의됐는데 그 유지비를 어느 쪽이 부담하느냐로 맹렬한 논쟁이 벌어졌다. 피렌체 쪽에서는 외국군의 주둔을 수락한 것만으로도 큰 양보란 걸 강조했다. 스페인 쪽에서는 토스카나의 한심한 군사력으로는 대공국의 영토에 스페인군이 들어가는 것을 피할 도리가 없다고 맞섰다. 리누치니는 피렌체에 주재하는 스페인 장관 아스카니오 신부에게 토스카나의 국고가 과다 출혈 상태란 것을 주지시켰다. 마드리드가 요새들을 마음대로 사용하고 싶거든 돈을 지불하란 소리였다. 논쟁은 거기서 중단된 상태였다.

왕자는 스페인 주둔군이 토스카나에 배치되는 대로 장차 자신의 것이 될 공국에 입성하기로 결정됐다.

그 조약은 코시모 3세의 뜻에 따라 잔가스토네의 뒤를 이어 권좌에 오르기로 되어 있었던 안나 마리아 루도비카를 완전히 무시한 것이었다. 안나 마리아 루도비카는 올케에게 더 크고 씁쓸한 원한을 품게 되었다. 비올란테는 분명 시누이가 찾아와 가했던 모욕에 앙갚음한 것이리라.

비올란테는 피로했지만 시동생의 처소를 찾아가 외교 성과를 설명하기로 했다.

대공은 언제나처럼 변소 갈 때만 빼고는 내려오지 않는 침대에서 뒹굴고 있었다. 시큼하고 쾌쾌한 냄새가 떠다니는 그 돼지우리 바닥에 매일 아침, 하인들이 갓 따온 장미꽃잎들을 뿌렸다.

잔가스토네가 우중충한 눈초리로 그녀를 무심하게 바라보았다. 그녀의 얼굴에 병색이 역력했는데도 그는 안부 한마디 묻지 않았다. 대신 한 건달에게 형수가 앉도록 의자를 내오라고 지시했다. 그런 다음 손짓을 해 그들을 전부 물렸다.

비올란테는 숨을 몰아쉬며 막 작성된 조약을 하나하나 설명했다. 군주는 무표정한 얼굴로 듣기만 했다. 오직 한 대목, 자신이 왕자에게 감독권을 행사한다는 조항에서만 그는 웃음을 터뜨렸다.

"거 참 재미있군! 내 나이 예순에 덜컥 아버지가 되다니. 기대도 안 했던 일인데."

그가 빙글거리며 덧붙였다.

"난 그애를 감독하고, 스페인 주둔군은 나를 감독한다 그거로군요!"

"서명을 할 건가요?" 시동생의 말에 동요한 비올란테가 물었다.

"그러길 바라세요?"

"물론 완벽한 조약은 아니에요. 하지만 현재로선 그나마 제일 낫지요."

"그럼 그렇게 하죠!"

비올란테가 일어서려 하자 잔가스토네가 붙들었다.

"내가 장차 보호해야 할 녀석이 어떤 녀석인지는 최소한 알아야죠?"

"잘생겼고 상냥하다고 하더군요. 아직 어린애지만요……"

"그러니까 아직 사내가 안 된, 솜털이 보송보송한 소년이라 그건가요?"

시동생의 질문에서 일종의 욕망이 느껴졌다. 그녀가 경계하며 머뭇거리자 잔가스토네는 태평하고 유쾌하게 말을 이었다.

"벌써 스페인 물이 들었을 불쌍한 그 아이는 토스카나를 다스릴 수 없을 거라 장담해요. 그에겐 부르봉의 피가 흐르니까요. 몹쓸 어머니 덕에 나도 물려받은 그 고약한 피가. 피렌체에 좋은 일은 하나도 안 생길걸요. 어쨌든 익살꾼의 옥좌를 백치가 이어받는 건 딱 어울리네요."

비올란테는 대꾸하지 않았다. 그녀는 고통으로 얼굴을 찡그리며 힘겹게 일어섰다. 잔가스토네는 모르는 체했다. 그녀가 장미꽃잎을 밟으며 문으로 다가갈 때 그가 신음처럼 중얼거렸다.

"다미아노가 날 버렸어요. 그는 이제 여기 없어요. 무시무시한 우리 누님한테 독살당할까봐 벌벌 떨면서 숨어 살죠."

비올란테는 여전히 침묵을 지켰다. 마음이 몹시 쓰라렸다. 두 사람을 남매처럼 이어줬던 우정은 어디로 갔을까? 그들은 서로의 고독을 도닥거리고 즐거움과 기쁨을 나눠 갖지 않았던가? 무슨 말이

든 허물없이 털어놓는 사이가 아니었던가? 그러나 그가 보여주는 것은 이제 무관심뿐이었다.

비올란테는 처소로 돌아오자마자 소파에 쓰러졌다. 상상했던 것보다 훨씬 일찍 끝이 다가와 있었다.

12
1731~1732

창밖은 돌연 봄이었다. 그녀는 침대에 누워 믿기지 않는 심정으로 보볼리 정원을 내다보았다. 긴 겨울을 이겨내고 돋아난 새순들이 바람 끝에 떨렸다. 어린 나뭇잎들 사이로 햇빛이 빗살처럼 퍼졌다. 털 뭉치를 물고 둥지로 날아가던 박새 한 마리가 창턱에 내려앉아 잠시 날개를 쉬었다.

비올란테는 일 마니피코의 자부심 넘치는 신조를 떠올렸다. '시대는 되돌아온다.' 그 한마디로부터 고대의 아름다운 육체와 그리스신화의 신비를 재발견한 상상력 넘치는 사회가 꽃피었다…… 강렬한 르네상스의 불꽃은 이내 전 유럽으로 번졌다. '시대는 되돌아온다'라고, 그녀는 큰 소리로 되뇌었다…… 보티첼리는 그 말을 증언하는 것처럼 아름다운 뮤즈들이 양탄자 같은 꽃밭 위에서 소생하는 자연을 경축하는 광경을 그렸다. 그런데도 화사한 그 그림

속의 눈부신 얼굴들에는 미소도 웃음도 없고 야릇한 엄숙함뿐이라고 비올란테는 문득 생각했다. 마치 약동하는 그 생명이 얼마나 덧없는지 말하는 것처럼. 머지않아 꽃은 지고 젊음은 시들어 끝내 죽음을 맞는다고 말하는 것처럼.

비올란테는 이번이 마지막 봄이란 걸 알고 있었다. 그녀는 결국 주위의 고집에 꺾여 진찰을 받았고 의사들은 입을 모아 병세가 호전될 거라고 주장했다. 그녀는 믿지 않았다. 아는 체하는 그들의 소견 따위는 필요 없었다. 그녀의 몸은 속에서부터 조금씩 부서지며 떠날 준비를 하고 있었다. 이제 아편도 듣지 않는 고통만 아니라면 평화로이 죽음을 받아들이련만.

곧 불꽃이 꺼질 양초 한 자루…… 그녀의 눈앞에는 끊임없이 그 광경이 보였다. 너울거리는 작은 불꽃 위로 신의 손이 어른거린다. 원추형 뚜껑이 불꽃을 덮는다. 뚜껑이 열리자 심지는 검게 그을려 있다. 가느다란 연기 한 자락이 올라간다. 영혼처럼.

봄이 가면 그녀도 떠나리라…… 그러나 그녀는 언제나 봄처럼 살지 않았던가? 남편은 냉담했지만 그녀는 명랑함을 잃지 않았다. 남편이 떠난 한참 뒤에 그녀는 생의 한가운데서 진정한 사랑을 만났다.

그 사랑은 덧없었지만 그녀의 삶을 찬란하게 밝혀주었다. 비올란테는 정열에 굴복하지 않았던 것에 한 점의 후회도 없었다. 페르페티와의 하룻밤보다 더 큰 행복은 어디서도 누리지 못했으리라.

리누치니 후작이 이따금 그녀의 병상을 찾아왔다. 그는 자잘한 궁정의 소문을 늘어놓을 때나 중요한 국사를 전할 때나 한결같이 쾌활하고 상냥했다. 돈 카를로스는 그해 연말 토스카나에 입성할 예정이었다. 대공국의 수많은 신하들이 리보르노로 왕자를 맞으러 갈 계획이었다. 그들의 마음은 이미 그에게 기울었다. 모친이 파르네제 태생이니 왕자도 절반은 이탈리아인이 아니던가? 배은망덕하고 충동적인 피렌체인들. 오늘 사랑한 사람을 내일 화형대로 보내는 것이 피렌체인들이었다. 언제나 그랬다. 메디치가와 피렌체의 역사는 사랑과 결별이 씨실과 날실처럼 교차하는 역사였다. 피렌체인들은 '국부'로 숭앙했던 대大 코시모를 자신들이 한때 추방했다는 것을 잊고 살았다. 그들은 로렌초 일 마니피코를 사랑하며 기쁨과 아름다움을 배웠지만 결국 그를 버리고 사보나롤라 수도사의 품으로 달려갔다. 잔가스토네는 어떤가…… 분명 대공에게는 무수한 결점이 있었다. 그렇지만 피렌체인들의 숨통을 틔워준 그는 지금처럼 공공연한 조롱과 놀림보다는 나은 대접을 받을 만하지 않을까?

"시민들의 고약한 변덕에 희생되지 않은 건 부인뿐입니다…… 그들은 부인을 사랑해요. 부인만은 저버린 적이 없어요."

"내게 그런 사랑을 받을 자격이 있을까요? 그들은 내가 대공의 삶을 바로잡아주기를 기대했어요. 하지만 난 그의 안에 잠들어 있는 선함을 깨우지 못했지요."

그녀는 잠시 입을 다물고 새순이 돋는 나뭇가지에 올라앉은 새들의 지저귐에 귀를 기울였다. 그녀가 가느다란 목소리로 말을 이었다.

"그는 얼마든지 좋은 군주가 될 수 있었을 텐데. 잔가스토네는 공정하고 현명한 군주의 자질을 전부 지니고 있었어요. 불행히도 그는 자기 자신과 싸움을 벌이고 있었죠. 불행한 교육, 끔찍한 결혼, 사랑을 제대로 주지 못한 부모 탓으로 그는 갈수록 스스로를 미워하게 됐지요. 결국 자포자기해 타락 속에서만 위안을 얻게 됐고요."

기력이 다해 비올란테는 입을 다물었다. 여간해서는 속마음을 드러내는 일이 없는 후작이었지만 하마터면 비올란테의 손을 잡을 뻔했다. 너무나 야위고 작은 그 손을.

"그렇게 애썼는데도 대공을 바로잡는 일은 불가능했군요……"

비올란테가 힘들게 몸을 일으켜 앉았다. 그리고 필사적으로 소리를 짜내 말했다.

"그를 만나시거든 부탁이니 이렇게 전해주세요. 난 줄곧 그를 사랑했다고! 누가 뭐라 손가락질해도 그는 가장 소중한 친구라고."

* *
*

그녀의 잠은 너무 얕아 희미한 소음에도 수시로 눈을 떴다. 눈시울이 붉어진 메니카가 다가오고 있었다.

"아무 말 하지 마. 아무 말도!" 비올란테가 조그맣게 중얼거렸다.

메니카는 코를 훌쩍이며 눈물을 삼켰다.

"주님께 가는 것보다 더 큰 축복이 있을까?"

이제 유명한 시인이 된 농부 처녀가 고개를 끄덕였다. 그녀가 떨리는 목소리로 속삭였다.

"페르페티 기사가 찾아왔어요. 접견을 청하는데요……"

페르페티! 비올란테의 가슴이 두방망이질했다. 그토록 긴 세월이 흘렀는데도, 다시는 만나지 말자고 했는데도, 그는 그녀를 잊지 않았던 것이다. 그녀는 무엇보다 스스로를 위해 그와 만나는 걸 피했다. 그를 다시 본다면 그에게로 달려가 유혹에 굴복할까 두려웠기 때문이다.

"불쌍한 페르페티……" 그녀가 중얼거렸다.

그를 한 번만 더 보고 싶었지만 그럴 수 없었다. 늙은 몸뚱이, 뼈가 앙상한 얼굴을 보면 그는 실망하리라. 그는 사랑하는 여인의 아름다운 모습만 기억해야 했다.

"정중하게 전해, 그를 축복한다고, 하지만 만나줄 수는 없다고. 그리고……"

그녀는 주저했다. 이렇게 자신을 드러내도 될까? 그러나 죽는 순간까지 비밀을 간직하는 것은 어리석지 않을까?

"그를 깊이 사랑한다고 전해."

메니카의 눈에 놀라움이 번졌다. 그녀는 비올란테를 부끄럽게 만들지 않으려고 잠자코 물러났다.

그녀가 나가자 비올란테는 눈을 감았다. 질병의 고통으로 얼룩진 그녀의 얼굴에 희미한 미소가 떠올랐다.

* *
*

"다미아노! 다미아노! 왜 날 버렸어?"

잔가스토네는 떠난 연인을 부르며 울었다. 그는 연인에게 겁을 주어 도망치게 만든 누이를 저주했다. 곁에는 아직 몇몇 건달이 남아 있었지만 그는 아무 재미도 느끼지 못했다. 오직 다미아노만이 그의 상상력을 자극하여 최고의 쾌락을 맛보게 할 수 있었다. 술잔치와 폭식, 그런 초라한 위안 말고 그에게 남은 것은 아무것도 없었다.

어쩌자고 불쑥 그런 생각을 해냈을까? 언젠가 읽었던 페트로니우스라도 떠올렸던 것이리라…… 한밤중에 대공은 돌연 가마를 대령하라고 일렀다. 팔라초의 하인들은 몹시 놀랐다. 대공은 몇 달째 방에서 한 발짝도 나온 적이 없었던 것이다.

한 시간 후 대공은 잠옷 위에 긴 외투를 대충 걸치고 어울리지도 않는 밀짚모자를 눌러쓴 채 밤거리로 나갔다. 한 무리의 창기병과 횃불을 쥔 시종들을 앞세워 행렬이 움직였다. 가마를 뒤따르는 건달들이 대공의 명에 따라 주변에서 어슬렁거리는 유녀들을 규합했다. 야릇한 그 행렬은 인적 끊긴 어두운 골목길을 조용히 나아갔다. 도시는 선잠에 빠져 있었다. 어둠 속을 서성거리던 유령들이 그들을 발견하고 어둠 속으로 꺼졌다. 군데군데 불을 밝힌 주막으로부터 요란한 노랫소리와 웃음소리가 새어나왔다.

일행은 산스페란디노의 '스투파'* 앞에서 멈췄다. 눈치 빠른 건달 하나가 문을 두드렸다. 옷을 걸치다 만 주인장이 잠이 덜 깬 얼굴을 내밀었다. 그에게 옛 베네치아 금화 한 움큼을 쥐여주자 주인장은 문을 활짝 열었다. 대공 일행이 우르르 밀려들어갔고 창기병들은 밖에 남아 건물을 지켰다.

희미한 등잔불 빛 아래서 욕장은 불온하고 푸르스름한 김을 피워올렸다. 건달들과 창녀들이 키들거리며 옷을 벗어던지고 물속으로 뛰어들었다. 잔가스토네는 버드나무 안락의자에 앉아 어둑어둑한 털들이 뻔뻔하고 외설스럽게 드러난 백대리석 같은 젊은 몸뚱이들을 음미했다.

물방울이 튀고 웃음이 터졌다. 그들은 닥치는 대로 짝을 지어 몸을 섞었다. 웃음과 괴성과 신음이 떠다녔다. 주인장이 포도주를 내왔다. 목을 축인 그들은 물속과 물 밖 타일 위에서 더한층 어지럽고 열렬한 정사를 나누었다. 팔다리가 엉키고 은밀한 곳들이 맞닿았다. 침과 땀과 정액이 뒤섞인 시큼한 향기가 대공의 코를 간질였다.

커다란 유리창으로 희붐한 새벽빛이 들어올 때에야 그들은 나가떨어졌다. 음탕한 광경에 만족한 대공이 기지개를 켜며 소리 없이 웃었다. 불현듯 욕장 맞은편 벽에 붙어 있던 그림 속의 성모마리아가 눈앞에서 벌어지는 음란한 광경을 보다 못해 어느 날 눈을 감았

* 공중목욕탕.(원주)

다는 전설이 떠올랐다. 그 순간 그는 비올란테를, 덕의 화신인 그녀를 생각했다. 그는 참을 수 없는 기분이 되어 당장 팔라초로 돌아가자고 소리쳤다.

* *
*

고통은 줄기차게 엄습했다. 내장을 쥐어뜯는 듯한 아픔이었다. 벌써 오래전부터 고통은 아편으로도 가라앉지 않았다.

의사들은 처방하고 사제들은 기도했다. 비올란테는 이제 음식을 넘기지 않았다.

"이러시면 죽음을 앞당기시는 겁니다. 언제 치유의 은혜를 내리실지 모르는 주님께 죄를 저지르는 것이지요."

그녀는 아랑곳하지 않았다. 그녀가 바라는 것은 오직 고통에서 벗어나는 것, 어서 끝을 보는 것이었다. 그러나 생명은 저항했다. 가느다란 줄이 아직 그녀를 지상에 붙들어두고 있었다.

침대 앞에서 그림자들이 왔다갔다했다. 그녀는 그들을 가까스로 바라보았다. 그녀의 눈은 피로했으므로 병상으로 달려온 훌륭한 문병객들을 알아보는 것은 불가능했다.

주위가 수런거렸다. 사람들이 기도를 중얼거리거나 귓속말을 주고받았다. 어린아이와도 같은 죽음이 멀지 않은 병자 앞에서는 목소리를 낮추는 법이었다.

잔가스토네는 끝내 찾아오지 않았다. 아마 다시는 그를 만날 수 없으리라. 그는 그녀를 통해 자신의 죽음을 연상하는 것이 두려웠을 게다. '우린 마침내 닮은꼴이 됐어요…… 도련님의 고통스러운 영혼처럼 내 모습도 추해졌어요……'

그녀가 정신착란을 일으켜 무어라 중얼거렸다. 사제들이 병자의 마지막 말을 거두기 위해 귀를 갖다댔다. 그녀는 그들을 밀어냈다.

"아뇨, 악마가 아니라 천사를 보내줘요……"

사제들은 흠칫하며 물러나면서 성호를 그어댔다. 그녀는 어둠 속으로 추락하며 마지막 힘을 쥐어짜내 죽음을 불렀다. '주님, 왜 이런 고통을?' 문득 줄이 끊겼다. 푸른빛 한줄기가 다가왔다. 빛은 몸뚱이를 구석구석 적신 다음 머릿속으로 스며들었다.

그녀는 미소를 짓고 숨을 거두었다.

* *
*

"춤을 춰라, 얘들아…… 춤을 춰!"

그는 만취해 중얼거렸다.

자신의 처소에서 엄청난 춤판이 벌어지는 사이 그는 미친 사람처럼 울다가 웃고 웃다가 울었다.

"즐겨라, 부랑아들아, 덕도 죽음을 이기지는 못하니까!"

잔가스토네가 새로 딴 포도주병을 움켜쥐고 들이켰다. 술은 목구멍에 걸려 넘어가지 않았다. 그가 입속의 술을 시트 위에 뱉어냈다. 팔라초 밖이 소란스러웠다. 그는 침대에서 빠져나와 잠옷을 걸치고 갈지자걸음으로 걸어가 창가에 섰다. 광장이 사람들로 뒤덮여 있었다. 비올란테의 간소한 장례 행렬이 인파에 가로막혀 한복판에 멈춰 있었다. 부자와 가난뱅이, 늙은이와 젊은이를 가리지 않고 애도를 표하러 몰려들었다. 유해가 누운 자그만 관을 들여다보려고 몸싸움과 주먹다짐이 벌어졌다. 고인의 유지에 따라 유해는 아담한 산타테레사 수도원 회랑 바닥에 조촐히 묻힐 것이다. 이미 꺼내 유골 단지에 넣은 심장은 산로렌초 성당 메디치가 예배당의 페르디난도의 석관 앞에 놓일 것이다. 형수의 마지막 바람을 듣고 잔가스토네는 콧방귀를 뀌었다. "평생 모욕을 당해놓고도 모자라 더러운 하녀처럼 그의 발치에 잠들겠다 그거군."

장례 행렬은 여전히 나아가지 못했다.

"대체 저것들은 언제 끝낼 셈이야?" 대공이 투덜거렸다.

그가 창문을 열어젖히고 난간을 붙든 채 외쳤다.

"그 빌어먹을 창녀를 어서 데려가!"

야유가 쏟아졌다. 잔가스토네는 피식거리며 물러났다. 건달들을 전부 몰아내고 방문을 닫자 그는 다시 침대로 들어갔다. 다 큰 아이처럼 그가 이불을 뒤집어쓰고 마침내 오열을 터뜨렸다.

* *
*

잘생긴 소년이었다. 리보르노로 달려온 토스카나인들은 왕실 갤리선에서 내려 대공국의 땅에 발을 딛는 왕자를 열렬히 환대했다.

앳되지만 몸가짐이 절도 있는 왕자는 도착하자마자 다음과 같이 선언했다.

"나는 이제부터 이탈리아의 것입니다. 그러므로 돈 카를로스가 아니라 돈 카를로라 불러주십시오."

언어와 전통에 집착하는 토스카나인들은 감격했다. 수행원들의 잔소리에도 불구하고 왕자가 예법만 따지지 않은 점도 호감을 샀다. 토스카나인들은 스페인의 엄한 전통이 자신들의 일상을 어둡게 만들지 않을까 은근히 걱정하던 터였다.

물론 왕자의 수행원들이 두둑한 지갑을 활짝 연 것도 호의를 얻었다. 메디치가의 충복들마저 왕자의 추종자가 되었다. 나무랄 데 없는 이 앳된 청년은 대가 끊어진 늙은 왕조를 대신하는 데는 안성맞춤이리라.

옥좌를 물려받기 위해 불려온 어린 왕자가 뜨거운 환영을 받았다는 사실은 대공의 귀에도 들어갔다. 대공은 흡족해하지도 씁쓸해하지도 않았다. 그는 무덤덤하게, 칭찬이 자자한 어린애를 맞을 준비를 했다. 비올란테가 세상을 떠난 후 잔가스토네는 변했다. 물론 밤낮으로 침대에서 뒹구는 버릇은 여전하여 그의 침대는 하인들조차 접근을 꺼리는 시궁창이 되었다. 그러나 그의 일상이 된 우울함을 걷어낼 수 있는 것은 이제 아무것도 없었다. 건달들의 세상 없이 기발한 짓도 그를 웃게 만들지 못했다. 그런데도 그는 여전히 그들을 끼고 살며 돈을 나눠주었다. 마치 그 건달들만이 여생을 같이 보내줄 유일한 벗인 것처럼.

술을 들이켜는 사이사이 그는 무슨 생각을 했을까? 그의 뿌연 머릿속에는 오직 한 사람만이 들어앉아 떠나지 않았다. 비올란테! 어제도 오늘도 그녀는 그를 건너다보고, 심판하고, 그리고 사랑했다. 아무리 발버둥쳐도 떼어낼 수 없는 성가신 사랑. 자비와 상냥함으로 얼룩진 끈적끈적한 사랑. 전염되는 사랑…… 요컨대 그녀는 선교사처럼 그를 사랑했다.

형수의 가느다란 목소리가 그의 귓전에 울렸다.

"내가 도련님을 사랑하는 건 그럴 만해서예요. 도련님은 본인이 생각하는 것보다 훨씬 좋은 사람이에요!"

그는 그녀가 눈앞에 있는 것처럼 소리를 질러댔다.

"아뇨! 싫어요, 날 사랑하지 마세요! 억지로 날 착한 사람으로 만들려고 하지 말라니까요! 난 그럴 재주 없어요, 아시겠어요? 난 진창에서 구르려고 태어났다고요. 헛수고하지 마세요. 형수님의 훈계는 쇠귀에 경 읽기예요, 어차피 난 이렇게 생겨먹었다니까요!"

언제부터 거기 서 있었을까? 리누치니 후작이 여느 때처럼 말쑥한 모습으로, 콧구멍이 시큰거리는 걸 참으며 서 있었다.

"재상……" 대공이 중얼거렸다.

잔가스토네는 땀에 전 몸을 일으키려고 때가 낀 베개를 찾았지만 바닥에 떨어진 걸 보고는 그만두었다. 그는 기다란 베개를 등에 받쳐 그럭저럭 후작의 얼굴을 볼 수 있었다.

"밥 먹는 시간만 기다리는 나한테 무슨 볼일이 있으신가요?" 그가 말했다.

"돈 카를로스 왕자의 피렌체 입성이 연기됐습니다."

"그 풋내기가 내 옥좌를 물려받기 싫다던가요?"

"그럴 리가 있습니까. 천연두에 걸렸다는군요."

"천연두! 저런, 아주 재미있게 됐군. 그럼 리보르노에 눌러앉아야지. 피렌체로 와서 착한 백성들한테 병을 옮기면 안 되죠."

"튼튼한 젊은이니까 분명 이겨낼 겁니다. 일단 팔라초의 가장 훌륭한 의사들을 파견했습니다."

"잘하셨소…… 그 돌팔이들한테 걸리면 성한 사람도 병이 나는 게 흠이지만."

대공은 껄껄거렸고 리누치니는 예의바르게 살짝 웃었다. 잔가스토네가 트림을 하고는 말을 이었다.

"우리가 꼬마 왕자의 회복을 염원하는 걸 증명하기 위해 산 차노비의 썩어가는 유해를 관에서 끄집어내 산타마리아델피오레 성당의 열렬한 신도들 앞에 내놔야겠구려. 선친이 총애했던 그 용감한 사내는 이미 죽은 나무 한 그루를 살려낸 경력이 있으니 왕자도 간단히 살려낼 것이오……"

"정말로 그런 지시를 내려야 할까요?"

"아무렴! 난 진지하다오, 리누치니! 신심이 부족한 사람들은 콧방귀를 뀔 거고 독실한 사람들은 기도를 하겠죠. 그거야 각자 알아서 할 일이고. 왕자가 쾌차하면 산 차노비의 영광도 올라갈 거요, 안 그래도 그 무명 성인은 평판을 좀 높일 필요가 있지 않소?"

대공이 또 트림을 하고 말을 맺었다.

"하늘이 점지해준 후계자를 만나려면 더 기다려야 한다 그거로군요. 상관없어요. 메디치 사내들은 인내심이 많으니까. 그애도 불사조처럼 살아나 무사히 메디치의 뒤를 이어줄 거요."

대공은 말을 마치고 후작을 아랑곳하지 않고 돌아누워 이불을 뒤집어썼다.

* *
*

돈 카를로스는 쾌차했다. 그를 치료한 의사들은 썩 용하다고 할 수는 없었지만, 어쨌거나 얼굴에 번졌던 농포도 말끔히 사라졌다.

리보르노에 도착한 지 석 달 만에 그는 피렌체로 향했다. 토스카나인들이 겁을 먹지 않도록 너무 대규모도 아니지만 그가 고귀한 왕자란 걸 증명하기 위해 너무 소규모도 아닌 호위대를 거느리고 그는 나아갔다. 숙박지마다 그는 열렬한 환대를 받았다. 그의 젊음과 명랑함은 모두를 사로잡았다. 그의 소박함도 매력적이었다. 시민들은 그가 식사하는 것을 구경할 수 있었고 닫집도 없는 수수한 침대만 놓인 침실을 방문할 수도 있었다.

왕자가 피렌체에 입성할 날이 임박하자 잔가스토네는 비로소 정신을 차렸다. 그는 모처럼 목욕을 하고 깨끗한 옷으로 갈아입었다. 이제 와서 새사람이 될 생각은 없었으므로 그는 침대에 누운 채 왕자를 맞아들이겠다고 선언했다. 대신 방을 환기했고 더러운 것도 전부 닦아냈다. 향수도 듬뿍 뿌렸지만 식욕을 떨어뜨리는 악취는 여전히 떠다녔다.

대성당에서 지루한 〈테데움〉을 들은 후에 돈 카를로스는 피티 팔라초로 향했다. 길목마다 그에게 경의를 표하는 작은 깃발들이 장식되어 있었다. 왕자는 괴짜에 탕아라는 소문이 자자한 군주를 어서 만나보고 싶었다. 순진한 왕자는 관습을 우습게 여기는 그 군주가 자유로운 정신을 지닌 멋진 인물이리라 생각했다.

첫인상은 좋았다. 침실을 옥좌의 방으로 사용하다니, 이 뚱뚱보 대공은 얼마나 개성적인가! 돈 카를로스가 달려가 침대머리에 무릎을 꿇었다. 잔가스토네는 손짓을 해 그를 일으키고 허물없이 침대에 앉혔다. 열심히 털고 닦았는데도 과자 가루와 과일 씨앗 따위가 사방에 떨어져 있는 그 침대에.

"얘야……"

대공도 왕자만큼 감동했다. 돈 카를로스는 태평하고 튼튼한 소년이었다. 게다가 무지몽매했다. 예술 애호가인 양 허세를 부리고 옛 영광의 무게에 깔려 폭삭 가라앉은 공국에 이보다 더 좋은 후계자는 없으리라. 사실 왕자는 춤과 사냥과 무기 다루는 법밖에는 배운 것이 없었다. 그 초라한 지식이 그를 가장 훌륭한 사내로, 가장 겸손한 군주로 만들리라고 대공은 믿었다.

노인과 소년은 친구가 되기로 약속했다. 그 증거로 대공은 왕자의 뺨에 입을 맞춘 후 그가 사냥을 즐길 수 있도록 보볼리 정원을 사냥감으로 가득 채워주라고 지시했다.

잔가스토네는 왕자를 이름 대신 꼭 '내 아들'이라고 불렀다. 그는 아버지가 된 것이 마음에 들었다. 비올란테의 죽음 이후 한 번도 맛보지 못했던 영혼의 평화가 찾아왔다. 애지중지하는 건달들에게 둘러싸여 그는 임박한 자신의 죽음을 차분히 기다렸다.

에필로그

잔가스토네는 1737년 7월에 숨을 거두었다. 1731년 산스페란디노 온천으로 옮겨진 그날 이래 그는 한 번도 침대에서 내려오지 않았다.

유감스럽게도 그는 생전에 자신의 '아들'이 옥좌에 오르는 것을 보지 못했다. 유럽의 정치는 달리 움직였던 것이다. 열강들 사이에 전례 없이 대폭적인 세력 개편이 이뤄졌고 토스카나 대공의 바람 따위는 아무도 헤아려주지 않았다.

발단은 1733년 폴란드 왕 프레데리크 오귀스트 2세의 죽음이었다. 루이 15세는 빈 옥좌에 자신의 장인 스타니슬라스 레즈친스키를 앉히고 싶었다. 반면 러시아와 오스트리아는 죽은 군주의 아들 오귀스트 3세를 내세웠다. 대화로 해결이 되지 않자 그들은 군대를 움직여 서로 엄포를 놓았다. 실제로 전투가 벌어진 곳도 있었다.

마드리드는 그 혼란을 틈타 합스부르크가 독점해왔던 나폴리 왕국에 대한 옛 권리를 주장하고 나섰다. 돈 카를로스는 모친의 지시로 토스카나에 주둔하던 스페인 부대를 이끌고 나폴리로 출정했다. 때맞춰 프랑스는 카를 6세에게 전쟁을 선포하고 라인강 너머로 군대를 파병했으며, 그사이 사르디니아 왕은 롬바르디아를 빼앗았다.

얼마 후 혼란을 종결짓기 위해 열강들이 협상 탁자에 모였다. 바야흐로 본격적인 자리다툼이 시작됐다.

합스부르크를 나폴리 밖으로 몰아낸 돈 카를로스는 카를 7세라는 이름으로 나폴리 왕국의 옥좌에 올랐다. 다시 말해 메디치가의 후계자 자리를 내친 것이다. 라인 지방에서 승리를 거둔 프랑스는 오래전부터 탐내던 로렌을 요구했다. 스타니슬라스 레즈친스키가 폴란드의 옥좌를 포기하고 로렌을 다스린다는 조건으로 로렌 지방은 프랑스의 손에 들어갔다. 그 조정안은 로렌 대공 프랑수아 3세를 불쾌하게 만들었다. 그리하여 돈 카를로스 왕자가 내버린 토스카나가 로렌 대공에게 돌아가게 됐던 것이다. 반은 로렌 사람이고 반은 합스부르크(그의 아내는 황제의 장녀 마리 테레즈였다)인 로렌 대공이 메디치가의 후계자로 약속됐다. 일찍이 카를 5세가 탐냈던 때로부터 2세기가 흐른 후 피렌체는 오스트리아의 손에 떨어진 셈이었다.

이 소식은 말년의 잔가스토네를 슬프게 만들었다. 그에게는 자신의 뜻을 관철할 힘이 없었다. 어쨌든 역사란 퍽 재미난 데가 있었다. 모친 마르그리트루이즈의 연인, 그러니까 페르디난도의 진짜 아버지였을지도 모르는 그 연인도 로렌 사람이 아니었던가?

잔가스토네가 죽자 프랑수아 드 로렌이 피렌체 공국에 입성했다. 그는 메디치가 최후의 자손 안나 마리아 루도비카에게 토스카나의 섭정을 제안했다. 그녀는 도도하게 거부했다. 국정에서 늘 떨어져 있었고 일흔 살에 비로소 대공비의 작위를 얻은 그녀가 누린 권력이라면 더 많은 돈을 쓰는 것뿐이었다. 1743년 세상을 떠날 때까지 그녀는 피티 팔라초의 한쪽 익랑에 머물렀다. 그녀는 피렌체를 가로챈 오스트리아인들과의 교제를 끝까지 거부했고 자선재단에 부지런히 재산을 기부했으며 산로렌초 성당의 메디치 영묘를 완성하도록 명령했다. 그리고 이것이 제일 중요한데, 자신이 살면서 저지른 크고 작은 잘못을 일거에 상쇄하는 업적을 남겼으니, 다름 아니라 훌륭한 유언장을 작성한 것이었다. 메디치가의 전 재산과 궁전과 예술품은 토스카나 밖으로 반출하지 않는다는 조건으로 (그것들은 세상 구석구석으로부터 피렌체를 찾는 이들이 보고 감탄할 가치가 있었다) 토스카나 대공국에 기증됐다. 그리하여 세계에서도 손꼽히는 박물관이 탄생했고 메디치가의 영광은 불멸의 것이 되었다.

감사의 말

자클린 히에겔, 프랑수아즈 로스, 엘로디 테르와 비르지니 드 빔므가 이 피렌체 여행 내내 함께해주었다. 그들에게 깊은 감사를 전한다. 편집자 장피에르 구에노와 르네 기통에게도 감사를 전한다. 원고의 첫 독자(이자 비평가)인 아내 카트린, 딸 에드메에게도 고마움을 전한다.

옮긴이 **홍은주**
이화여자대학교 불어교육학과와 같은 대학원 불어불문학과를 졸업했다. 2000년부터 일본에 거주하며 프랑스어와 일본어 번역가로 활동하고 있다. 옮긴 책으로 『일인칭 단수』 『기사단장 죽이기』 『오래되고 멋진 클래식 레코드』 『수리부엉이는 황혼에 날아오른다』 『장수고양이의 비밀』 『토미의 무덤』 『눈의 무게』 등이 있다.

메디치 3
자비의 천사

초판 인쇄 2022년 5월 6일
초판 발행 2022년 5월 16일

지은이 파트릭 페노 | 옮긴이 홍은주
책임편집 김영수 | 편집 강윤정 김수아 이희연 황도옥 홍유진
디자인 신선아 최미영 | 저작권 박지영 형소진 이영은 김하림
마케팅 정민호 이숙재 한민아 김혜연 이가을 박지영 안남영 김수현 정경주
브랜딩 함유지 함근아 김희숙 정승민
제작 강신은 김동욱 임현식 | 제작처 영신사

펴낸곳 (주)문학동네 | 펴낸이 김소영
출판등록 1993년 10월 22일 제2003-000045호
주소 10881 경기도 파주시 회동길 210
전자우편 editor@munhak.com | 대표전화 031) 955-8888 | 팩스 031) 955-8855
문의전화 031) 955-8895(마케팅) 031) 955-2679(편집)
문학동네카페 http://cafe.naver.com/mhdn | 트위터 @munhakdongne
북클럽문학동네 http://bookclubmunhak.com

ISBN 978-89-546-8605-1 04860
978-89-546-8608-2 (세트)

잘못된 책은 구입하신 서점에서 교환해드립니다.
기타 교환 문의 031) 955-2661, 3580

www.munhak.com